저스티스맨

제13회
세계문학상
대상

저스티스맨

도선우 장편소설

나무옆의자

:: 차례

구성*
Composition

두 개의 탄환.

피살자의 이마를 뚫고 들어간 두 개의 탄두는 머릿속을 휘돌아 뒤통수로 빠져나갔을 것이다. 진입한 곳의 구멍은 깔끔했다. 마치 또 하나의 눈 같았다. 두 개의 검은 콧구멍, 두 개의 검은 눈, 두 개의 검은 탄흔. 사진은 선명했다.

그는 컴퓨터 마우스에서 손을 떼고 담배를 꺼내 들었다. 담배의 끝이 불길에 휩싸였다가 이내 보이지 않는 벽을 통과하듯 서서히 다른 차원으로 소멸해가는 동안에도, 모니터에 고정된 그의 시선은 움직이지 않았다. 그의 입가엔 의미를 알 수 없는 몇 겹의 주름이 가늘게 층을 쌓고 있었다.

———
* 이 소설의 장 제목은 모두 잭슨 폴록의 작품 제목에서 가져왔다.

두 팔을 늘어뜨리고 하얀 벽에 기대어 주저앉은 피살자의 부릅뜬 눈은, 아직도 자기 죽음을 믿지 못하는 듯 보였다. 동의 없이 떠나는 자신의 영혼을 노려보기라도 하는 것처럼 허공 어느 한 지점을 향한 시선의 끝을 내려놓지 못했다. 피살자는 남자였다.

피살자의 머리 뒤로는 지옥에서 떨어진 불기둥 같은 굵은 혈흔이 수직으로 여러 갈래 길을 세운 채 벽지를 물들이고 있었다. 그리고 그로부터 그리 높지 않은 윗부분에, 커다란 핏빛 웅덩이가 저무는 오후 끝 무렵의 붉은 태양처럼 둥글게 스며 있었다. 그 웅덩이를 기준으로 잘게 찢어진 양떼구름 같은 핏자국이 마치 초등학생이 그려놓은 햇살의 연장선처럼 방사형으로 흩뿌려져 있었다.

흡사 잭슨 폴록의 액션 페인팅 같았다. 그는 그렇게 생각했다. 폴록의 작품에서 색채와 상징을 걷어내면 분명 자신이 보고 있는 이 사진의 혈흔과 똑같은 형태의 선과 면이 드러날 거라고 확신했다. 그것은 다름 아닌 인간 본성에 내재한 악의의 발현이었기 때문이다. 그는 알고 있었다.

그리고 폴록도 알고 있었을 것이다. 항상 자기 안에서 꿈틀거리는 무질서한 방임과 잔혹한 파괴로의 갈망을. 무언가 헝클어뜨리고 망가뜨리고 부숴버리고 싶은 욕구에 휩싸인 열 오른 자신의 붉은 얼굴을, 폴록은 매일 밤 핏발 선 눈빛으로 바라봐야만 했을 것이다. 그리고 그 영혼의 주체할 수 없는 열망을 거대한 캔버스 위에 흩뿌림으로써 자신의 악의를 잠재웠겠지. 예술의 원형이란 언제나 그런 형태로 시작하기 마련이니까.

폴록의 추상화가 사람들로부터 그토록 대단한 추앙을 받는 이유가 바로 거기에 있다고 그는 생각했다. 행여 누가 볼까 두려워 자신의 심장 깊숙한 곳에 숨겨놓았던 악의 꽃을 그의 캔버스 위에서 발견하는 것이었다. 그것은 결계처럼 제한된 규범의 세계 속에 오랫동안 잠들어 있던 자신의 영혼을 되돌아보는 일이기도 했다. 까닭도 모른 채 의무적으로 따라야만 했던 인간의 굴레로부터 서서히 자유로워지는 과정이었다. 맹목적인 속박에서 벗어난 순수한 악의의 발현. 그 강렬한 이끌림이 수많은 이의 눈과 마음을 사로잡아 현실 세계로 돌려보내기를 거부했고 그들은 그 속에서 무한한 해방감을 맛보았을 것이다.

태초의 정통성을 지닌 악은 삶의 또 다른 면이자 선이자 색이었다. 그럼에도 사람들이 그토록 오랫동안 그것을 자신의 마음 한구석에 숨겨놓을 수밖에 없었던 이유는 그 매혹의 힘이 너무나도 강렬하기 때문이었다. 단숨에 삶의 균형을 무너뜨릴까 두려워 묻어둘 수밖에 없었던 무언의 합의. 또 하나의 본성.

그러나 그 본성이 언젠가부터 교묘하게 뒤틀린 형태로 인간 삶의 곳곳에 정체를 드러내고 있었다. 비열한 모습으로. 그가 생각하기에 비열함은 악의 축이 될 수 없었다. 정당성을 획득하지 못한 악은 다만 삶의 지저분한 부스러기 같은 것일 뿐, 그것을 두고 인간이 지닌 악의 본성을 논하는 것은 어불성설이었다.

그가 보기에 이 사진이 특별한 이유가 바로 거기에 있었다. 남자의 죽음은 이를테면 순수한 악의로의 회귀를 의미하기 때문이었다. 남자가 현실의 죽음으로 표현하고 있는 진실은 이 사진이 보여주는 사각의 프레임 속에 모두 담겨 있었다. 뒤통수로부터 뿜어져나간 핏줄기가 만든 인간 내면의 본성과, 보고자 하는 사람에게만 보이는 진실의 눈과, 예술가의 혼을 가진 사람에게만 나타나는 부활과 토템.

누구라도 자신의 마음을 억누르고 있는 가식적인 자아를 내던져버린다면, 이 사진이 표현하는 본연의 순수함과 악의 정통성을 느낄 수 있을 거라고 그는 생각했다. 진실한 감정으로의 각성을 깨끗하게 받아들이기만 한다면, 절정의 아름다움이 극악과 맥을 같이한다는 사실을 수용하게 되면서 잭슨 폴록 같은 예술가들의 작품을 한층 더 밀도 높은 감성으로 이해할 수 있게 될 터였다. 그리고 이 사진이 말하고자 하는 어떤 진실도.

남자의 사진은 인터넷 웹 사이트에 실린 것이었다. 그러나 조만간 사라질 터였다. 그것은 영화의 한 장면이 아니었기 때문이다. 대한민국 서울에서 일어난 연쇄살인 사건의 실제 현장 사진이었고 첫 번째 피살자의 모습이었다.

그것이 조작된 사진이 아니라는 사실은 항상 반 박자 늦는 사이버 수사대의 집요한 추적과 삭제로 추측할 수 있었다. 어떻게 실제 현장 사진이 인터넷에 유포될 수 있었는지 경찰이 확인할 방법은 없었다. 확인할 수 있는 것은 다만 최초 유포자의 아이피가 중국이라는 사실뿐이었다.

이후 다양한 정보 공유 사이트를 통해서 급속도로 확산하는 사진을 막을 방법이란 적어도 현재까지는 존재하지 않았다. 오로지 찾아 지워나가는 수밖에 없었다. 게재 시 받게 될 법적 불이익에 관한 경찰의 으름장 따윈 이미 효력을 잃은 지 오래였다. 오히려 누리꾼들의 비난만 증폭될 따름이었다.

그도 그럴 것이 일곱 명의 피해자가 발생하는 동안 경찰이 한 일이라고는 고작 인터넷에 떠도는 범죄 현장의 사진을 찾아 삭제하는 일이 전부였다. 적어도 사람들이 보기에는 그랬다. 일곱 명의 살인 사건 피해자가 발생하는 동안 경찰에선 범인은 고사하고 피살 원인도 알아내지 못했다. 속수무책이었다. 살해 수법으로 보아 동일한 범인일 것이라는 추측이 전부였으나 그건, 지나가는 개도 알 수 있었다. 경찰의 발표가 아니었어도 이미 누구나 알고 있는 특징이었다.

총기에 의한 살인. 이마에 남은 탄흔 두 개.

단지 그 이유만으로 동일 인물의 범행이라고 짐작할 뿐, 다른 증거나 자취는 조금도 찾지 못했다. 살해 동기조차 알아내지 못했다. 피살자들 간의 접점이 전혀 없었고 그 어떤 연관 관계도 확인하지 못한 까닭에 경찰의 수사는 그야말로 오리무중이었다.

누군가는 계속 죽어나가고 있는데 범인의 행적은 물론이고 동기조차 밝혀내지 못하는 경찰을 국민은 더는 신뢰하지 않았다. 이제까지 대한민국에서 벌어졌던 연쇄살인의 패턴처럼, 피살 대상이 주로 이십 대 여성이라든가 빨간 옷을 입은 사람이라든가 부유층 노인이라든가 하는 유사점이 존재하지 않았으므로 언제 어디서든 누구라도 피살자가 될 수 있다는 사실만이 대보름의 둥근달처럼 어둠 한가운데를 덩그러니 밝히고 있었다. 국민의 불안과 공포는 극에 달했다. 결국, 누리꾼들이 나섰다.

언제 누가 죽을지 모르는 상황에서 그들은 스스로를 보호하기로 마음먹은 것이다. 인터넷을 통해 각종 정보가 공유되었다. 피살자들의 사진은 그런 가운데 유포된 것들이었다. 혐오스러운 사진이 국민의 공포를 부추긴다는 의견도 있었지만, 그것은 다만 의견일 뿐이었다. 확산을 막을 방법은 없었다. 경찰이 아무리 찾아 지워도 이내 다시 생성되었고 몸속에 퍼진 바이러스처럼 이곳저곳에서 속출했다.

누리꾼들은 오히려 경찰을 질타했다. 해야 할 수사는 제대로 못 하면서 기껏 한다는 짓이 인터넷에 뜬 범죄 사진이나 색출하는 일이냐며 비꼬았다. 현장 수사관 몇 명이 옷을 벗었지만 그것도 처음에나 주목을 받았을 뿐, 이후 경찰의 행각은 어느 쪽으로 촉수를 뻗어도 질타의 대상, 비웃음의 빌미가 될 따름이었다. 급기야 노상에서 달걀을 맞는 경찰관까지 생겼다.

그러던 중 저스티스맨이란 닉네임을 가진 누리꾼이 운영하는 포털 사이트 카페가 국민의 이목을 집중시켰다. 그가 제시하는 논리적인 사건 분석이 이제까지 인터넷에 난무하던 무분별한 정보와는 차원이 달랐기 때문이었다.

저스티스맨은 자신이 운영하는 카페의 최초 공지 사항을 통해 조금 남다른 의견을 제시함으로써, 사람들의 펄럭이는 시각과 생각에 무게를 더할 기회를 제공했다. 좀 더 차분하게 자신들의 사고를 컨트롤할 수 있는 여유를 일깨워준 것이다.

그 공지의 내용이란 간단히, 세상에서 벌어지는 모든 일에는 원인과 과정과 결과라는 게 공존하기 마련인데 우리는 흔히 결과만을 두고 모든 것을 판단하므로 오류가 발생하기 쉬우며 그러한 집단 오류가 또 다른 이차적인 문제를 만들어낸다는 얘기였다.

사람들은 가끔 자신이 살아온 평범하기 이를 데 없는 삶을 혐오하며 자괴감을 느낄 때가 있는데, 그러한 자의식 과잉이 뒤틀린 욕망으로 발현되는 순간이 바로 부당함으로 피해를 본 타인의 삶을 목격했을 때라고 저스티스맨은 주장했다.

그것은 피해자일 것으로 추정되는 타자의 처지에 밑도 끝도 없이 분개하여 정의감처럼 느껴지는 감정을 불사르고, 그 감정의 정체를 미처 분간하기도 전에 일방적인 옹호를 칼날처럼 내세우며, 가해의 원인일 것으로 추측되는 대상을 무차별적으로 질타함으로써 자신의 자괴감을 희석하려는 자구책의 전형일 따름이라고, 비열함의 또 다른 얼굴일 뿐이라고 그는 모질게 평가했다.

문제는 그러한 치졸한 내면으로부터 비롯된 필요 이상의 정의감이, 달성해야만 하는 어떠한 맹목적인 사명감으로 변질함에 따라 완전한 정의라는 이름으로 또 다른 피해자를 양산해낸다는 것이었고, 그렇게 몰아가듯이 형성된 사명감으로 이루어지는 정의는 당당한 만큼 더 잔혹한 이면을 지닐 때가 많다는 게 그의 주장이었다.

저스티스맨의 이러한 논리는 이제까지 벌어진 연쇄살인 사건 일곱 건의 공통점을 브리핑해놓은 그의 게시물보다 각 사건의 근본적인 동기와 구체적인 연관성을 서술한 게시물에서 더 큰 효과를 발휘했고, 그 결과 누리꾼들의 폭발적인 관심과 전폭적인 지지를 얻게 되었다.

일반적인 공통점으로 그는 총기가 동일한 범행 도구로 사용되었다는 점과 그것이 리볼버 삼팔구경이라는 점, 리볼버 삼팔구경은 현재 경찰이 사용하는 총기와 같고 두 명의 피살자를 제외한 나머지는 모두 이마 위에 정확히 두 방의 탄흔이 남았다는 특징을 꼽았다. 그리고 탄흔으로 미루어 모두 근거리 사격임을 알 수 있다는 내용도 덧붙였는데, 여기까지는 경찰의 수사와 큰 차이가 없었다. 그러나 그다음이 절묘했다.

언론은 물론 경찰에서도 전혀 파악하지 못했던 각 범행의 근원적인 사건부터 추적해나가 이어놓은 것이었다. 그것은 심지어 수년이 지난 시점에서부터 출발해 수집한 자료들로 저스티스맨의 가설을 다양하게 뒷받침하고 있었는데, 과거 인터넷 기사는 물론이고 개인적으로 알아낸 자료들의 수가 가히 방대했다. 그리고 그 자료들의 치밀함과 정교함과 논리적인 타당성에 혀를 내두르게 되는 것은 물론이요, 대체 어디서 어떻게 그런 자료들을 구할 수 있었는지에 관해서도 누리꾼들은 경이로움을 감추지 못했다.

그로 말미암아 저스티스맨의 카페는 대단한 사회적 반향을 불러일으켰다. 대다수 누리꾼의 높은 신뢰를 얻은 것은 물론이고 그렇게 형성된 신뢰 때문에 그의 가설이 급기야 진실이라고 여겨지는 단계에까지 이르렀다. 순식간에 오십만이 넘는 누리꾼이 그 카페의 회원으로 가입했고 이후에도 수가 만만치 않게 늘어났다. 그러나 그 과정에서 아무도 예상치 못한 반전의 결과가 발생했다. 보이지 않는 연쇄살인범이 냉혈 살인마에서 사회적인 영웅으로 둔갑하는 사태가 벌어지고 만 것이다.

잿빛 무지개

Greyed Rainbow

적성에 맞지 않는 직업을 선택하여 그나마도 버티기 쉽지 않은 직장에서 그야말로 힘겹게, 하루하루를 보내는 그저 평범한 이십 대 직장인이 한 명 있었다. 그의 그런 인생이 답답하다고 해서 그가 살아온 나날을 그 시점으로부터 부지런히 뒤로 되돌려본다고 한들, 별반 다를 것 없는 생의 연속에 지나지 않았다.

왜 그렇게 된 것일까. 그것이 올바른 의문이 아니라면 무엇 때문일까. 언제부터 그런 삶이 완연한 패턴으로 자리 잡아버렸을까. 그에게도 사실 고등학교 때까지는 하고 싶은 일이란 게 있었다. 쉬는 시간마다 멍하니 턱을 괴고 텅 빈 칠판을 바라보며 생각했던 몇 가지 일들. 이를테면 꿈이라든가 삶의 목표 같은 것들.

그는 타의에 의해 정해진 규칙을 일방적으로 따라야만 하는 삶을 견딜 수가 없었다. 그러나 그것은 그의 본성 심연에서 느끼는 억압일 뿐, 표면적으로는 아직 미성숙한 인격체였기 때문에 자신이 받는 스트레스의 원인이 그런 종류일 거라곤 상상조차 하지 못했고, 몰랐고, 몰랐으므로 표현할 수도 없었다.

그저 남들이 자신을 가리키며 했던 말대로 성실하나 집중력이 조금 부족하다거나 착하지만 소극적인 면이 있는 학생으로 그는 성장했고, 그것이 자신의 재능이나 능력을 판가름하는 정확한 잣대가 아니라, 원치 않은 삶의 형태 속에서 빚어지는 피상적인 평가에 불과하다는 사실을 전혀 깨닫지 못했다.

그러므로 그런 진실과는 전혀 상관없이, 발언하지 않을수록 발언할 기회가 적어지는 조그마한 경쟁 사회 속에서 그는 조금씩 도태되어갔고, 한번 수그러들면 눈에 띄는 변화의 폭도—사실 여부와는 관계없이—작아지므로 관심에서 멀어졌고, 그러다 보니 자신의 의사를 표현하지 못했고, 드러나지 못하다 보니 때론 존재조차 잊힐 때도 있었다.

하여 결국에는 그도 그렇게 스스로 인식하는 자신의 모습보다 남들이 일러주는, 이를테면 가족이라든가 선생들이 평가하는 인격이 오롯한 자신의 모습인 걸로 알고 살아가게 되었고, 그러는 동안 그는 내면에서 억눌린 채 수평으로만 팽창하는 본연의 자아를 인식하지 못했고, 몰랐고, 오로지 끊임없이 무언가가 엇나가고 빗나가는 그때의 나날들이 어서 지나가기만을 간절히 바랐다.

그러니까 그런 식으로 형성된 그의 두 번째 인성이 그때까지의 삶 대부분을 지배했던 것이다.

그러나 그는 기대했다. 이 지긋지긋한 학창 시절만 벗어난다면 무언가 반드시, 그게 무엇이 될지 정확히 알 순 없었지만 지금까지와는 분명히 다른 삶을 살 수 있을 거란 믿음 같은 게 있었다. 아마도 내면 깊은 곳에 도사리고 있던 본연의 모습이 자신의 정체성을 되찾고자 하는 본능적인 열망을 드러낸 것일 수도 있었는데, 그래도 그의 나이 약관도 채 되지 못한 시기에 그런 내면의 의지까지 정확하게 읽어낼 순 없었다.

해서 그는 늘 그래왔듯 막연하게 바라는 일 외에 무언가를 딱히 준비하는 일 없이 졸업을 맞았고, 모두 가는 대학에는 불행히도 진학하지 못했다. 집에서 생각하는 학비에 대한 부담도 물론 있었지만, 무엇보다 그가 선택할 만한 학교나 학과의 스펙트럼이 무척이나 좁았다. 졸업 후 취업 문제로부터 어느 정도 자유로울 수 있는 대학 또는 학과의 요구에는 자격이 미치지 못했고, 선택할 만한 자격에 부합하는 대학 혹은 학과로의 진학은 의미가 없다는 게 학교 측의 은연한 의견이었다.

게다가 그가 바랐던 학과는 취업과는 전혀 무관한 전공이었으므로 최초 그가 자신의 의견을 피력했을 때의 반응도 모두 부정적이었다. 결국 이미 집의 도움으로 대학에 진학한 형제가 결론 내리기를, 너 스스로 벌어 다닐 생각이라면 어디든 원하는 곳으로 가든가 말든가 멋대로 하라는 것이었는데, 그건 그가 꿈꾸던

멋대로의 형태가 아니었으므로 쉽게 결정하지 못한 채 망설이다가 시기를 놓쳐버렸다. 그는 집과 거리 그 사이 어딘가에 멍하니 서 있다가 얼마 후, 더는 견디지 못하고 육군부사관학교에 지원했다.

그러고는 하사에서 중사로 계급이 바뀌어가는 동안 그가 꿈꾸었던 자유의지도 자연스럽게 말살되었다. 세상은 누구나 다 원하는 것을 쟁취하며 살 수 있는 곳이 아니라는 사실을 일깨워준 곳이 군이었고, 수많은 인격 가운데 오로지 단 하나만을 채택한 뒤 나머지를 모두 버리지 않으면 살아남을 수 없는 곳 또한 세상이라는 사실을 알려준 곳도 군이었다.

남과 같아야 살 수 있는 세계. 힘의 논리 혹은 수의 배치에 의해 지배되는 세상. 그곳에서 그가 타의에 의해 선택할 수밖에 없었던 인격이란 결국 동조하고 복종해야 하는 굴레였다. 적어도 그런 태도를 직접적으로 강요받지는 않았던 학창 시절에는 그나마 꿈에 관한 어떤 동경이라도 있었을 텐데, 사회에 나와 훨씬 더 실재적인 삶의 형태, 그 빈틈없는 규칙을 받아들여야 했던 때에 이르러 그는 아마도 그나마 아른거리던 꿈조차 놓아버렸을 것이다. 그러고는 훗날 자신에게 꿈이 있었는지조차 잊어버리게 될 터였다.

흘러가는 세상의 흐름 속에 그냥 몸을 내려놓는 것이, 특출한 능력이나 배경 없이 태어난 자가 평온하게 살 수 있는 유일한 방법이자 군을 경험한 사람의 성숙한 전형이란 조언을 그는 자신도 모르게 받아들였고, 그즈음이 그가 제대할 시기와 약속이라도 한 듯 맞물려 자연스럽게 다음 세상으로의 편입이 이루어졌다.

그는 제대 후 군과 사회와 가정을 제외한 미지의 공간에서 잠시 머뭇거리다가, 이윽고 하고 싶은 일보다는 할 수 있는 일, 이를테면 학력과 관계없이 누구라도 취업할 수 있는 직업 가운데 하나를 선택해서 흡수되었다.

그것은 보험설계사였는데 그때만 해도 그 일이란 게 원하면 가질 수 있는 직업이었고, 이전의 능력보다 이후의 능력이 더 큰 비중을 차지하는 영역이었으므로 적어도 처음에는, 해볼 만한 일이었다. 문제는 시간이 흐를수록 그런 능력에 관한 평가가 점점 더 엄혹해지고 차별화된다는 점에 있었다. 그와 비슷한 처지에 놓인 사람의 수는 날이 갈수록 많아지고 이미 삶의 유속에 능수능란하게 적응한 어머니들과의 경쟁도 더는 무시할 수 없는 지경에 이르렀기 때문에, 그는 급기야 자신이 선 자리를 지키는 것조차도 매우 버거운 하루하루에 직면하게 되었다.

자의에 의한 선택 혹은 타의에 의한 떠밀림 뭐가 됐든 그는 어쨌거나 어느 조직에 속해서도 남다른 성과를 드러낸다거나 특출한 능력을 보여준다거나 하는 일이 없었고, 딱히 서글서글한 성격도 아니었으므로 부드러운 대인 관계를 엮어내는 축에도 속하지 못했다.

  그는 마치 알 수 없는 어느 세계에 자신의 영혼을 걸어놓고 오로지 육신만 이 땅으로 내려와 허우적거리는 사람처럼 희미한 존재감을 지속하고 있을 따름이었다. 그 자신도 그저 해가 뜨니 눈을 뜨고 돈을 벌기 위해 직장에 다니는 사람에 불과하다는 사실을 애써 부인하지 않았고 굳이 떠올리려 하지도 않았다. 그가 가장 잘하는 일은 그러므로 조용히, 드러나지 않게 숨죽여 지내는 일상을 견디는 것이었다.

  만약 그가 불성실한 영업 태도로 도피성 외근에 불과한 일과를 보내는 사람이었다면 월말마다 평가되는 그의 실적에 관해 이해라도 될 텐데, 그는 예전부터 줄곧 성실한 사람이기는 했다. 즐겨 감당하는 일이 아니다 보니 손마디 끝에 섬세함을 담지는 못하고 빈 영혼으로 제 일을 수행하므로 결과가 만들어지지 않을 뿐, 어쨌거나 부지런히 움직이기는 하는 것이었다.

  그러나 아무리 열심히 상품을 홍보하고 바지런히 돌아다녀도 사람에 따라 되지 않는 일도 이따금 있는 법이었는데 그에겐 영업이란 업무가 바로 그랬다. 아무래도 적합한 일이 아니었다. 그도 그렇다는 사실을 어렴풋이나마 깨닫고는 있었지만, 그러나 세상에서 자신에게 맞는 일을 하는 사람이 또 얼마나 될 것이며 그런 실정을 그 또한 모르지 않았으므로 그는 자신이 속한 자리에서 그저 최선을 다할 따름이었다.

물론 최선이라는 기준이 사람마다 다 다를 순 있겠지만, 그래도 그가 최선을 다하고 있다는 사실만큼은 적어도 그의 직장 상사와 동료 모두가 인정하는 바였다. 그렇다고 해서 실제로 그의 행동을 유심히 지켜봐서 아는 것은 아니었고 그의 착한 심성과 무던한 성격으로 미루어 보아 아마도 그럴 것이라고, 있으니 신경 쓰는 정도로 짐작하는 것일 뿐이었다.

　그러니 그 이상도 이하도 아니었던 까닭에 그는 그들에게, 필요할 때만 불리고 쓰임이 끝나면 곧 잊히는 동료인 것만은 분명했다. 그들의 태도로 보아 그렇다는 것을 어렵지 않게 알 수 있었고, 그가 그렇게 쉽게 상대할 수 있는 사람이었기에 굳이 내칠 필요도 없는 존재로 각인되어 있는 것인지도 몰랐다.

　설혹 그가 그런 자신의 처지를 적확하게 인지하고 비관적인 감정을 지니고 있었던들, 그가 바꿀 수 있는 환경이란 없었다. 그나마 영업직이니 그가 설 자리가 마련되어 있었을 뿐 다른 직장이란 꿈도 꾸지 못하는 형편이었다. 설령 있었다고 해도 그에겐 과감하게 사직서를 던지고 떠날 용기가 없었다.

　그는 그냥 그렇게 살았다.

　오라면 오고 가라면 가고 부르면 대답하는 일이 그에겐 가장 편하고 흔한 일상이었다.

　언제부터인가, 그렇게 되었다.

　그런 까닭에 회사에서의 잡무는 전부 그의 차지였고 그것은 심지어 회식하는 날조차도 다르지 않았다. 그는 항상 끝까지 남아 온갖 뒤처리를 다 했고 상사와 동료가 빠짐없이 귀가하는 것을 보고 난 후에야 집에 들어가는 일이 다반사였다. 인정하기 서글 픈 일이나 진실을 말하자면, 그나마 그 정도라도 챙기고 사니 상 대나 해주는 형편이었으므로 그런 일 또한 그로서는 선택의 여지 가 없었다.

슬프지만, 그랬다.

그러니까 그가, 그날, 그 도시, 그 거리에 혼자 내버려져 있었던 일이 실상, 일상에서 크게 벗어난 사건은 아니었던 것이다.

회사 회식이 있었던 그날 그는 새벽하늘이 희붐하게 밝아오는 것조차 눈치채지 못할 만큼 만취 상태였다. 그러나 그는 언제나 그래왔듯 누군가와 함께 있을 때면 무의식적으로 끝까지, 자신을 놓지 않으려고 애쓰고 또 그런 노력은 대개 어느 정도 결실을 보 였으므로 동석한 사람들이 그의 겉모습만 보고 취기를 가늠하기 란 쉽지 않았다.

하여 그는 여느 때와 다름없이 직장 상사와 동료 하나하나를 모두 챙겨 택시에 태워 보내고, 모두 떠난 것을 확인한 후에야 홀 로 남아 세찬 바람에 느닷없이 꺾이는 들풀의 모가지처럼 고개를 바닥으로 떨구고는, 힘없이 끄덕끄덕 처음에는 고개를 다음에는 상체를 조금씩 흔들다가 곧이어 발끝으로부터 치솟는 취기를 더는 감당하지 못해 온몸을 휘청거리며 갈지자로 걸었고, 그러다가 문득 멈춰 서기를 반복했다.

멈춰 선 그는 상체를 뻣뻣하게 세우고 이를 악물고 마치 기를 모으듯 두 주먹을 서서히 불끈 쥐고는 까닭 모를 분노에 휩싸이다가, 다시 긴 한숨을 내쉬며 눈을 들어 자신이 선 곳을 휘둘러보고는 마지막 남은 정신의 끄트머리를 놓지 않으려고 애썼다.

하지만 혼자 남은 그의 그런 노력은 이를테면 허공으로 비상하기를 꿈꾸는 바람 빠진 풍선의 애절함과 별반 다를 바 없었다. 시간이 지나면 지날수록 그의 제정신이 요구하는 태도와는 점점 더 멀리 원치 않는 도시로 거리로 땅바닥으로 흘러갈 따름이었다.

그렇게 도무지 통제되지 않는 취기와 알 수 없는 노기에 사로잡혀 제 몸 하나 가누지 못하는 와중에도 문득문득, 습기 가득한 지하 천장에 매달린 알전구처럼 순간 깜빡 제정신이 돌아오기는 하는 터라 그도 그 찰나에, 무람없이 길거리를 헤매는 자신의 행동에 의문을 가졌지만 불행히도 그 의문은 본능을 제어할 만한 해답에 이르지 못한 채 다시 나가버렸다.

그는 단 한 번도 자기 안에 또 다른 자아가 있을 거란 사실을 생각해본 적이 없었다. 왠지 모르지만 그간 살아오며 제 안에 무엇이 담겼는지 지그시 관찰할 시간 같은 게 필요할 거라고 생각해보지 않았다.

뭔가 허둥지둥, 아마도 학교에서는 학교가 정해놓은 규칙에 따라 군에서는 군의 명령대로 움직이고 사회에서는 타자의 시선이 이리저리 그를 쉼 없이 내모는 통에, 스스로 자기만의 무엇을 위한 시간이라든가 저 자신을 깊게 들여다볼 기회를 가져야 한다는 생각 자체를 해본 적이 없는 까닭일 터였다.

솔직히, 눈을 뜨고 일어나서 무언가를 종일 힘겹게 견디다 보면 하루가 저물고 마는 나날의 연속이었다. 그러나 그의 머리와 가슴, 그리고 그보다 더 깊은 영혼의 심연 어느 곳에선가는 언제고 자신의 정체성이 회복되기만을 바라는 또 하나의 인격이 엄연히 존재하고 있었다.

그것은 사회의 조련에 따라 길든 그의 인격이 자신을 온전히 지배하지 못할 때마다 혈관과 세포 사이를 헤치고 꿈틀거리며 튀어나와 강력한 존재의 의지를 발산함으로써, 마치 전파를 제대로 수신하지 못하는 하나의 영상물처럼 수 겹으로 겹치며 단 하나의 몸뚱이를 차지하고자 하는 치열한 전쟁을 시작하는 것이었다.

하여 그의 본성이 온몸을 지배하는 순간이면 오랫동안 참아왔던 분노, 그러니까 그를 차별하고 멸시하는 세상의 온갖 태도에 관한 부아를 부글부글 끓이다가 어느 정점에 이르러 그 기세가 꺾이는 것이 일반적인 양상이었는데, 그날따라 예외적으로 그런 패턴에 변화가 있었다. 부글부글 끓어오른 부아가 수그러들기는커녕 오히려 수직으로 치솟아 그의 정수리 어디쯤인가를 점령했고, 곧이어 폭죽이 터지듯 팽창하며 그의 열기를 발화시켰던 것이다. 그는 대로를 향해 고래고래 소리를 질러댔다.

내가 왜 여기 있어 라든가 개새끼들 두고 보자 라든가 끝까지 그런 식으로 해보라는 둥 아무 맥락도 없는 고함을 되는대로 질러대다가 때론 허공을 향해 주먹을 휘두르거나 발길질을 내뻗기도 했다. 그나마도 오가는 행인들이 적어 그의 고성이나 몸부림이 누군가에게 위협을 가하거나 해를 입히는 폭력 행위로 전락하지 않았달 뿐, 위태롭기는 매한가지였다.

동공이 풀리고 발음이 정확지 않은 것은 동료가 있을 때도 마찬가지였으나 혼자 남은 그는 놀라우리만치 변했고 언뜻 다른 사람 같았고 어찌 보면 다른 사람이라고 하는 편이 옳을는지도 몰랐다.

어떤 방법으로도 더는 통제할 수 없는 화가 배 속 저 깊은 곳에서 오랫동안 뜨겁게 달궈지다가 끓어오르듯 내부 장기를 홧홧하게 데우고, 목구멍을 타고 오른 그 열기가 머리끝까지 치솟았다가 사라지기를 반복하는 동안 그는 점점 더 날카로워지는 자신의 신경을 어찌하지 못했다.

예민해질 대로 예민해진 그는 번쩍이거나 소리 나는 곳이면 어디든 힘껏 쏘아보며 눈을 부릅떴고, 잠시 어딘지 모를 곳을 초점 없는 동공으로 내내 노려보다가 이내 두꺼운 셔터를 끌어내리듯 맥없이 눈꺼풀을 떨어뜨렸다. 그렇게 눈을 감은 채 휘청, 뒤로 몸이 넘어가는가 싶더니 갑자기 또 화들짝, 이렇게 포기할 순 없다는 듯 상체를 재차 세우고 눈도 부릅뜨고 검지를 쭉 뻗어 역시 어딘지 모를 곳을 가리켰다. 더불어 허공에 박힌 무언가를 더 깊숙이 집어넣기라도 하겠다는 듯 두어 번 더 쿡쿡, 찌르고는 나직하게 욕지거리 비슷한 어떤 말들을 옹알이다가 또 느닷없이, 흡사 취권이라도 연마하듯 다른 소리가 나는 쪽 혹은 반짝이는 곳으로 느리지만 마무리는 절도 있게, 고개를 내돌렸다.

그렇게 몸을 흔들거나 알 수 없는 말들을 끊임없이 중얼거리며 거리를 방황하던 그는 드디어 아 그래, 집으로 돌아가야지 하고 별안간 잃어버린 기억을 되찾은 패잔병처럼 서서히 발걸음을 돌려, 그가 마지막으로 동료를 차에 태워 보낸 그 자리 비슷한 지점으로 되돌아갔다. 그러나 도로변에 서서 위태롭게 몸을 휘청거리는 그를 태워줄 택시는 없었다.

그는 대로변 경계석에 서서 묵념이라도 하듯 힘없이 고개를 떨구고 있다가, 불현듯 주인의 호출을 받은 경비견처럼 고개를 처들더니 난데없이 도로로 뛰어들었고 달리는 차들을 혼비백산케 했다.

그는 사 차선 도로의 이 차선 지점까지 한걸음에 뛰어나가며 나를 무시하지 말라고 고래고래 소리를 질러대다가, 생각지도 못하게 많은 수의 자동차들이 일제히 급제동하며 내는 굉음과 경적 소리와 번쩍이는 상향등과 운전자들의 욕설에 놀라 허둥지둥 인도로 되돌아왔다. 그러고도 그는 수차례 그 짓을 반복했고 그러는 동안 서서히 배가 아파오는 것을 느꼈다. 배도 아프고 속도 울 렁이고 머리도 깨질 것 같았다.

　그는 인도 중간에 서서 몸을 웅크리고 잠시 정신을 차리려고 애를 써보았다. 통증이 마치 끊어진 퓨즈의 잔류처럼 제정신을 깜박 이었다가 놓았고 몇 번을 그렇게 되풀이하는 동안 그는 문 득, 택시보다는 아무래도 화장실이 먼저라는 사실을 깨달았다. 찰나의 순간 이어졌던 제정신이 지금의 문제는 대로가 아닌 화장 실에서 해결해야 할 사안임을 일깨워준 것이다. 그는 배 속으로 부터 솟구치는 헛구역질을 애써 참으며 길가에 늘어선 건물들을 뒤지기 시작했다.

　그는 좀 전처럼 소리를 지르거나 멈춰 설 수 없었다. 그랬다간 바로 토하거나 배변을 해버릴 것만 같았다. 다급함이 순간이나마 그의 정신을 번쩍 들게 했다. 정신이 들자 식은땀이 기다렸다는 듯이 이마 위로 송골송골 맺혔다. 등허리도 뜨겁게 달아올랐다.

　그는 여기저기를 미친 듯이 뛰어다녔다. 뛰어다닐수록 점점 더 배 속이 요동쳤지만 화장실을 찾는 일은 쉽지 않았다. 간혹 건물 층계참에 있는 화장실을 발견해도 하나같이 굳게 잠겨 있었다. 장사하는 카페나 주점도 더는 없었다. 말짱한 정신이었다면 무리 없이 사태를 처리할 수 있었겠지만 그는 취했다. 조급함이 상황 을 더욱 악화시켰다. 더는 버틸 수 없었다. 최종적으로 그는 아무 건물이나 들어가서 복도에다가라도 볼일을 봐야겠다고 결심했

다. 그러나 바로 그때,

　정말 돌발적으로 그가 예상치도 못한 순간에 속에 있던 음식물들이 입 밖으로 쏟아져 나왔다. 그가 참고 자시고 할 겨를도 없이 음식물은 마치 분수가 뿜어지듯 허공으로 분사되었고, 그는 그 자리에 서서 더는 견디지 못하고 속을 게워내기 시작했다. 한번 자제를 잃자 걷잡을 수 없었다. 내장이라도 쏟아낼 듯 거칠게 그는 토악질을 해댔다. 사거리 어느 빌딩 앞이었다. 엉금엉금 기다시피 빌딩 앞에 조성된 화단 끄트머리까지 다가간 그는 그곳에 반쯤 몸을 기댄 채 남은 위산까지 모두 쏟아냈다. 한참을 그러다가 엉거주춤 몸을 일으켰는데 그 순간 휘잉,

　머리가 도는 것을 그는 느꼈다.

　잠시 머릿속을 떠났던 취기가 엄청난 기세로 다시 되돌아와 그를 사로잡아버렸다. 주체할 수 없었다. 마치 사막 한가운데서 만난 모래 폭풍에 휩싸이듯 그는 정신의 혼미를 느꼈고 남은 의식마저 서서히 중앙으로 작은 점처럼 모이더니 마침내 전원이 나간 흑백 티브이처럼 완전히 꺼져버렸다.

　같은 날 늦은 오후 경찰서 유치장에서 눈을 뜬 그는 아무것도 기억하지 못했다. 심지어 그는 직장 상사와 동료를 배웅했던 일조차도 기억하지 못했다. 그의 기억은 이미 그전에 끊겨 있었던 것이다. 드문드문 어딘지 모를 곳을 뛰어다닌 것 같은 느낌은 들

었지만 그게 꿈인지 생시인지 분간할 수 없었고 왜 뛰어다녔는지 조차 알 수 없었으므로 그건, 기억이라고 볼 수 없었다. 당연히 경찰서 유치장까지 오게 된 사연에 관해서도 그는 몰랐다.

그는 경찰서에서 필요한 절차를 거쳐 조서를 꾸미고 행정 처분을 받은 뒤 풀려났다. 경찰은 그에게 행정 처분과는 별도로 빌딩 관리인을 찾아가 사례를 해야 할 것이라고 말했다. 그가 싸지른 똥과 토사물을 관리인이 치웠다는 얘기였다. 그는 자신이 빌딩 화단 옆에 쭈그리고 앉아 바지를 내리고 똥을 쌌다는 사실을 믿을 수 없었다. 싼 똥 옆에 바지도 제대로 올리지 않은 채 고꾸라져 잠든 그를 경찰에 신고한 것이 그 건물의 관리인이었고 오물도 결국에는 관리인이 치웠다고 했다.

"젊은 사람이 정신 좀 바짝 차리고 삽시다." 하고 담당 경찰이 말했다.

휴일을 보내고 이튿날 회사에 출근한 그의 그날 사정에 관해 아는 동료는 없었다. 그들의 관심은 회식 날 그의 무사한 귀가 여부에 없었고 그 시각 인터넷을 뜨겁게 달구던 톱뉴스에 있었다. 그도 그들이 웅성웅성 모인 자리 뒤편에 합류해서 멀찍이 보이는 모니터를 바라보았다. 커서를 따라 움직이는 그의 시선 끝으로 실시간 검색어의 맨 꼭대기를 차지하고 있는 문구가 눈에 띄었다.

'오물충의 만행'이란 제목이었다. 그러고 보니 그 밑에 열린 몇 개의 창이 모두 그 제목을 클릭한 결과물들인 것 같았다. 마우스의 주인이 상위에 열린 창을 닫자 그 밑으로 또 무수한 기사와 사진들이 범람했다. 그의 동료는 또 다른 기사를 클릭해서 새로운 창을 열었다.

길거리 화단 옆에 바지를 엉거주춤하게 걸친 채 모로 누워 잠든 사람의 사진이었다. 그의 옆에는 흥건한 변과 점점이 떨어진 토사물들이 있었다. 물론 그의 얼굴과 반쯤 벗겨진 아랫도리와 각종 오물은 모두 모자이크 처리되어 있었으나 적어도 그 자신만은 사진의 주인공이 누구인지 알아볼 수 있었다. 사진을 본 그는 하마터면 그 자리에서 비명을 지를 뻔했다. 가까스로 정신을 차린 뒤 허둥지둥 자리로 돌아온 그의 심장은 그야말로 미친 듯이 뛰었다. 무슨 일이 일어난 거지? 살아오며 그토록 놀랐던 적이 또 있었을까 싶을 만큼 그의 심장은 발광해댔고 놀란 기색을 감출 수 없어 그는 미칠 것만 같았다.

고개를 처박고 외근 스케줄을 정리하는 척하는 동안에도 그는 어서 월요 회의가 끝나고 밖으로 나갈 수 있기만을 간절히 바랐다. 그의 맥박은 이제껏 한 번도 느껴본 적이 없을 정도로 급하고 강하고 요란하게 뛰었다. 숨조차 쉬기 어려울 지경이었다.

그는 모든 동료가 자신을 바라보고 있는 것처럼 느끼면서도 한 편으론 그 사진의 주인공이 아직 자신인 줄은 모른다는 사실을 알았다. 그들이 나누는 대화가 마치 고막에서 울리듯 가까이서 들렸는데 그 내용 가운데 자신의 이름이 언급되지는 않았던 것이다. 그들은 알아보지 못했다. 다만 회사에서 그리 멀지 않은 장소에서 그런 일이 벌어졌다는 사실에만 경악할 따름이었고 별 미친 인간이 다 있다는 가십만이 그들의 관심거리였다. 그들은 심지어 그날 그가 입었던 옷차림에 관해서도 눈치채지 못했다. 그에 관한 그들의 무관심이 적어도 그때만큼은 도움이 된 셈이었다. 그는 마른침을 삼키며 그 하루가 어서 지나가기만을 간절히, 또 간절히 바랐다.

그러나 하루가 지나서도 달라진 것은 없었다. 그 밤 그는 컴퓨터를 켰다가 껐다가, 침대에 누웠다가 일어났다가, 앉았다가 눕기를 반복하며 뜬눈으로 밤을 새웠다. 꾹 참고 잊고 자고 일어나면 언제 그런 일이 있었느냐는 듯 모든 일이 제자리로 돌아와 있기만을 간절히 바라 마지않았지만, 그의 기사는 부동의 일 위 자리를 지켰고 당분간은 내려올 생각이 전혀 없어 보였다. 당연히 게시물의 양도 줄지 않았고 오히려 더한 조회 수를 기록하며 더 많은 게시물이 만들어졌다. 그야말로 일파만파로 퍼지고 있었다.

불행은,

그러니까 그에게 끔찍한 악몽과도 같아질 일들은, 이틀째 되던 날 오후에 벌어졌다.

결국 그의 신분을 유추할 수 있는 정보들이 인터넷상에서 줄줄이 공개되기 시작한 것이었다. 그들이 어떻게 그의 개인 정보까지 입수할 수 있었는지는 알 수 없었지만 그들은 알아냈다. 알아냈고 퍼뜨렸고 그로 말미암아 모 보험회사에 근무하는 영업 사원이라는 사실까지 밝혀졌다. 그리고 얼마 지나지 않아 급기야 그의 고등학교 졸업 사진마저 공개되었다. 물론 모자이크 처리된 사진이었으나 모두 그런 것은 아니었다. 몇 분만 더 시간을 투자하면 원본 사진도 어렵지 않게 찾아볼 수 있었다. 그로서는 믿을 수 없었지만 믿지 않을 수 없는 일들이 눈앞에서, 그것도 걷잡을 수 없이 벌어지고 있었다. 아무것도, 할 수 있는 일이란 없었다.

차마 입에 담을 수 없는 욕설 따위가 그때의 그에게는 문제가 되지 않았다. 모르는 사람들의 악성 댓글 따위 신경 쓰지 않을 수 있었다. 그런 것들을 참고 견디는 것만으로 이 모든 일들이 무마되거나 잊힐 수 있다면 그는 그 어떤 욕설 아니라 그 이상의 뭇매도 감수할 수 있었다. 그러나 단 한 번의 실수는 그 정도에서 매듭지어지지 않았다.

그는 신분이 밝혀지고 얼마 안 있어 회사를 그만두어야만 했다. 더 다니라고 해도 다닐 수 없는 상황이었다. 그는 영업 사원이었고 사람을 만나야 하는 직업이었으므로 그 일을 더는 이어나갈 수 없었다. 누구나 그를 알아보는 것은 아니었지만 누구나 그를 알아보는 것은 아니라는 이유만으로 그가 그들을 전혀 의식하지 않을 수는 없었다.

얼마나 많은 사람이 자신을 알아보는가의 문제가 아니었다. 누구 한 사람이라도 자신을 알아볼 수 있다는 자체가 두려울 수밖에 없었다. 더 많은 사람이라는 숫자는 의미 없는 개념이었다. 단 한 사람이라도 그를 알아볼 수 있다면 그는 그 한 사람을 피해서 지구 끝까지라도 도망칠 수 있었다. 그러나 그 한 사람이 대체 누구인지 알 수 있는 방법이란 없었으므로 그는 두려움에서 벗어날 수 없었다. 그에게 대인 기피증이 생기지 않는 것이 오히려 이상한 상황이었다.

그래도 그는 잠깐이나마 극복하려고 노력했다. 모르는 사람들의 손가락질 따위야 이를 악물고 버티고 모습을 드러내지 않으면 언젠가는 잊힐 문제였다. 참고 버티면 못 버틸 것도 없다고 그는 매시간 매분 매초마다 다짐했다.

직장을 잃은 것도 괜찮았다. 막상 잃고 나니 잃기 전의 두려움이 무엇 때문이었는지 알 수 없을 만큼 홀가분한 면도 솔직히 없지 않았다. 선택의 여지가 없어지니 오히려 모든 게 다 간단해졌다. 그는 차라리 아르바이트라도 하면서, 허둥지둥 살아왔던 이제까지의 삶을 차분히 정리해보는 시간으로 삼을 수 있으니 오히려 더 잘된 건지도 모른다는 긍정적인 생각을, 그야말로 필사적으로 끌어냈다.

그러나 그의 노력은 결실을 얻지 못했다. 결국 또 그를 무너뜨리고 만 것은 모르는 사람들로부터의 비난이나 극복할 수 없는 의지박약이 아니었다. 그것은 다름 아닌 근거리에서 그의 생활을 직접 둘러싸고 있는 사람들의 시선이었다. 그들의 눈빛 속에 감추어진 또 하나의 눈빛은 도저히 피할 길이 없었다. 아무 말 하지 않고 바라보는 그들의 눈빛보다 차라리 날카로운 칼날을 받아들이기가 더 쉬웠을는지도 몰랐다. 네가 하는 일이 결국 그렇지, 라는 식의 조소 가득한 그들의 눈빛은 그를 궁지 그 이상의 세계로 틈도 없이 몰아세웠다.

억울해도 억울하다고 말할 수 없었고 들어줄 사람도 없었다. 얼마 되지 않는 친구들도 그랬고 그의 가족은……, 그의 가족이 그에게 가족이란 단어 그 자체를 넘어선 의미로 기능했던 적이 단 한 번이라도 있었던가?

한 번도 없었다. 단 한 번도 없었기에 오히려 섭섭함을 느낀 적도, 원망해본 적도 없었다. 그에게 가족이란 그저 우연히 맺어진 하나의 인연에 불과했고, 무언가 흐릿한 수묵화를 보는 것처럼 서로에게 희미한 존재임을 증명할 뿐 남다른 이해나 포용을 기대할 만한 관계가 아니었다.

그들의 일상에서 그려지는 희미한 선과 색과 무표정한 여백이 일견 평온한 기류처럼 보일 수도 있었지만, 그것은 다만 우연히 형성된 가족으로서의 구색일 뿐 실제로 그 속에서 이루어지고 있어야 할 수많은 정서는 이미 사라진 지 오래였다. 원인을 알 수 없었기에 그런 정서 따위, 어쩌면 애초부터 없었는지도 모른다고 그는 생각한 적이 있었다.

그렇다고는 해도,

이제까진 아무리 그래왔다고 해도 이런 상황에서까지, 그의 영혼마저 완벽히 까맣게 타들어갈 만큼 사는 일 자체가 두려움이 되는 상황에서까지도 그를 외면하는 건, 정말이지 가혹한 일이었다.

그는 이제껏 그래왔듯 무의미한 선과 색으로 여백을 채운 낡은 그림을 아무 감정 없이 바라보다가, 실은 그 속에 담긴 사무치도록 슬픈 사연을 불현듯 깨닫기라도 한 사람처럼 깊은 슬픔에 빠져들었다.

그의 가족은 가족으로서의 진정한 내면의 울타리를 그에게 마련해주지 않았다. 그러기는커녕 그와 가족인 것이 밝혀질까 봐 노심초사할 따름이었다. 아주 가끔이나마 유일하게 그의 편을 들어주었던 엄마조차도 그땐 그랬다. 그에게 따뜻한 손길 또는 위로의 말 한마디 건네주지 않았다. 내가 무슨 그리 큰 잘못을 저질렀느냐고 그는 세상을 향해 소리치고 싶었지만 차마 그럴 수 없었다. 그는 불행히도,

그럴 용기조차 없는 사람이었다.

그러던 어느 날 마침내 그의 형제가 다가와 잠시 어디 시골에 내려가 생활하는 것이 어떻겠냐고 권유해왔다. 살아오며 단 한 번도 그의 인생에 긍정적인 관심 또는 호기심조차 둬본 적 없었던 혈육이 나서서 그런 권유를 한 것은 역시나 그 또는 그의 미래를 걱정해서 건넨 호의가 아니었다. 그것은 일종의 도피를 의미

했고 그 또한 그를 위해서가 아니라 가족을 위해서라고 그의 형제는 자기 의중을 감추지 않고 밝혔다.

"너처럼 무능한 인간한테 우리 가족은 할 만큼 다 했다. 엄마 아버지도 말을 안 해서 그렇지 네가 눈앞에서 얼쩡거리는 것만으로도 충분히 스트레스를 받고 계실 거다. 나이를 그만큼 처먹었으면 네 앞가림은 고사하고 식구들한테 피해는 입히지 말고 살아야 할 거 아니냐."

혈육으로부터 그보다 더한 말을 수도 없이 들어왔던 그였음에도 그때 그 말은, 어떤 이유에선지 그에게 말로 표현하기 어려운 형태의 모욕감을 안겨주었다. 그는 시켜서가 아니라 정말, 떠나고 싶어 떠났고 이후 그의 행적에 관해서는 알려진 바가 아무것도 없다고,

누리꾼 저스티스맨은 카페를 통해 밝혔다.

저스티스맨은 상기에 적어놓은 글의 내용을 뒷받침이라도 하듯 과거 오물충의 직장 동료였던 사람 몇몇과 오물충을 아는 지인 몇몇을 인터뷰한 뒤 각색한 내용이라고 기록했고, 인터뷰 내용 일부와 당시 기사 내용 일부를 발췌해 게시물에 덧붙여놓았다. 아니나 다를까 그 게시물의 댓글에는 누리꾼들의 마녀 사냥에 대한 비난의 글이 홍수처럼 넘쳐났고 또 누군가는,

세상은 참 재미있는 곳이다. 단 한 번의 실수로 인생을 완전히

망쳐버리는 사람이 있는가 하면 그와 비교할 수도 없을 만큼 더한 실수 혹은 고의를 저질러도 아무렇지 않게 얼굴을 빳빳이 들고 살아가는 사람도 있으니, 아무리 더불어 살아가는 세상이라고 하지만 이건 참 씁쓸한 현실이 아닐 수 없다.

　라고 논평했는데 주류 의견이 대개 그런 식이었다. 그러나 정작 누리꾼들의 이목을 집중시킨 것은 오물충의 절절한 사연이 아니었다. 그에 따른 그다음 게시물들이었다.

돈키호테
Don Quixote

오물충의 사진을 최초로 인터넷에 올린 사람이 바로 연쇄살인
마의 첫 번째 피살자라는 게 저스티스맨의 주장이었다.

당시 고등학생이었던 그는 이른 새벽 독서실에서 밤을 새우고
나오는 길이었다, 고 저스티스맨은 기록했다. 놀라운 것은 그가
다녔던 학교와 독서실과 집까지의 동선이 상세하게 첨부되어 있
었다는 점이었고, 당시 그가 평소 그런 동선으로 움직였다는 사
실을 확인해주는 몇 가지 증언들도 뒷받침되어 있었다.

물론 그런 증언들이 모두 사실인지는 알 수 없었으나 사람들은
그것의 진실 여부에는 별로 관심이 없었다. 믿기 어려울 만큼 자
극적인 가설이지만 또 믿지 않을 이유도 없는 개연성을 지녔다는
사실만이 오로지 중요했다.

동트는 이른 새벽 집으로 향하던 고등학생이 목격한 오물충의

풍경은 가히 목불인견이었다. 그러나 눈살을 찌푸리며 자리를 피하기 바쁜 일반 성인들과 다르게 그는 고등학생이었고 고등학생이란 기묘하게도 일반인은 감히 상상조차 하지 못하는 몇 가지 일들을 순식간에 생각해내기도 하는 부류였다. 해서 그는 그 순간을 하마 놓칠세라 재빠르게 휴대폰에 담았다.

처음에는 단지 어떤 재미있는 일이 있을지도 모른다는 기대감 때문에 혹시 몰라 사진부터 찍어둔 것이었는데, 찍어놓고 가만히 생각해보니 그럴듯한 명분 같은 게 문득 떠오르기도 하는 것이었다. 이 도시의 청결을 말로 표현하기 어려울 정도로 심각하게 저해하는 어른들의 만행이라는 주제였다. 제법 그럴듯하지 않은가.

한참 어른들 따위라고 생각하고 살 나이 때의 그는 아무리 생각해봐도 빈틈없는 그 주제의 정의로움에 스스로 탄복하며 거듭 생각을 곱씹었고 그러다 보니 드디어, 자신도 이 사회의 정의를 구현하는 데 한몫할 수 있을지도 모른다는 생각에까지 이르게 되었다. 게다가 이 정의 구현이란 개념은 뿌리치기 어려운 묘한 마력마저 있어 그것을 실천하는 과정에서 자신에게 해만 없다면, 솟구치는 성취 욕구를 자제하기가 쉽지 않았다.

무엇보다 타자를 심판대 위에 올려놓을 수 있다는 인간 본연의 의식하지 못하는 욕망을 바탕에 두고, 그것을 통해 자신의 위상까지 높일 수 있다는 거부할 수 없는 악의적 매력 때문에 누구도 쉽게 그 유혹에서 벗어날 수 없었다. 그리고 이런 정의감은 일단 한번 생성되면 이변이 없는 한 곧바로 사명감으로 발전하고 급기야 자신이 아니면 그 일을 해결할 수 없을 거란 궁극의 자기애로까지 치닫기도 하는 법이었다.

그러므로 오물충의 이 잔혹한 만행을 그는 도저히 눈감아줄 수 없었고, 해서 침샘을 타고 오르는 정의감의 분출물을 크게 한번 꿀꺽 삼키고는 곧바로 컴퓨터 앞에 앉아 일단 휴대폰의 사진부터 전송했다.

평소 같으면 집에 오자마자 씻지도 않고 자기 바빴던 그는 어쩐 일인지 새로운 행성을 발견한 천문학자처럼 흥분을 감추지 못했다. 어두운 방 한편에서 마치 오로라처럼 빛을 뿌리며 환하게 빛나는 모니터를 들여다보며 그는 자기 생각을 어떻게 웅변으로 만들지 벌건 얼굴로 고민하며 열 손가락을 허공에서 흔들어댔다.

그러고는 이윽고 분출하는 욕망의 에너지를 손끝으로 모아, 광기 어린 피아니스트처럼 키보드를 두들겨 모니터의 하얀 공간 속에 까만 활자를 개미 떼처럼 일렬로 세우기 시작했다. 치고 메우고 행을 바꾼 뒤 적절한 공간을 찾아 포토샵을 마친 사진 한 장한 장을 마우스로 끌어 담았고, 그렇게 하나의 완성도 높은 게시물을 만들어냈다.

그리고 휴일 오전을 고스란히 투자한 이 결과물을 즉각 인터넷에 공개했다.

물론 포토샵을 이용해서 가릴 건 다 가렸지만 그 자체로 충격적인 사진이 아닐 수 없었기에 그가 생각했던 애초의 기대, 어른들에게는 경각심을 일깨우고 그 깨우침의 위대한 사명을 집행한 주체가 자신이라는 사실을 부각하고자 했던 그의 의도는, 불행히도 생각만큼 드러나진 않았다.

　사진이 주는 이미지가 그만큼, 그의 의도를 객관적으로 가늠할 수 없을 만큼 강렬했던 것이다. 그는 대단히 아쉬웠지만, 그래도 잘난 척하는 어른들을 한 방 먹인 동시에 자신은 누가 뭐래도 분명한 정의의 수호자임에 틀림없다는 자족감만으로도 충분했다.

　저스티스맨은 이 각색 내용에서 그의 최초 의도가 무엇이었든 그것과는 관계없이, 그가 오물충의 사진을 최초로 게재한 사람임을 증빙하는 자료들을 그 게시물에 줄줄이 엮어 달아놓았다.

　적어도 오물충이 사회적으로 완전히 매장당하기 전까지만 해도 그는 자신이 벌인 일이 정의로운 것임을 자랑스럽게 생각했던 까닭에 비밀로 할 이유가 전혀 없었고, 그러니 그의 친구들이 그 사실을 절대 모를 리 없었으며, 해서 그들 사이의 네트워크를 통해서 공공연히 더 많이 알려진 것도 어찌 보면 당연한 절차였던 연유로, 그의 존재를 알아내는 것이 그리 어려운 일만은 아니었다고 저스티스맨은 조사 후기에 써 올렸다.

　다만 아무도 오물충 사건과 최초 게시자의 존재를 염두에 두지 않았으므로 알려지지 않은 것뿐이라고 그는 덧붙였다. 경찰에서도 살인 사건의 피살자가 오물충 사진의 최초 유포자일 거라는 사실은 고사하고 오물충 사건 자체를 떠올릴 이유가 없었던 까닭에, 두 사건 사이의 접점을 발견하기는커녕 짐작조차 할 수 없었던 것이 어찌 보면 당연한 일이라는 게 저스티스맨의 의견이었다.

실제로 경찰 대부분은 오물충 사건이란 게 있었는지조차 몰랐다. 게다가 두 사건의 시간적인 간격 또한 만만치 않았으므로 둘 사이를 연결하기란 더더구나 쉬운 일이 아니었다. 저스티스맨이 아니었다면 누가 과연 그가 오물충 사건과 관련된 사람이었음을 짐작이나 했겠는가. 누구도 알 수 없는 일이었다.

그는 자신이 근무하는 대학원의 조교 사무실에서 살해당했다.

페인트의 유해성을 용납하지 못하는 교수의 취향에 따라 하얀 벽지로 사방을 두른 사무실 자기 책상 옆 벽에 기대어 주저앉은 채로, 그는 자신의 영혼이 천장을 뚫고 올라가는 것을 지켜보았다. 마치 어딜 가는 거냐고 묻는 표정 같기도 했다.

그러나 목격자는 아무도 없었다. 총소리를 분명하게 기억하는 사람조차 없었다. 때마침 대학 인근에 공사 현장이 있었고, 어디선가 나는 커다란 파열음을 들은 것도 같다고 증언한 사람 대부분은 그것이 공사 현장에서 나는 소리였던 것으로 기억한다고 진술했다. 그도 그럴 것이 상식적으로 도시 한복판에 있는 대학 교내에서 총소리가 날 일이란 만무했기 때문이다. 누구도 짐작하지 못했을 것이다.

경찰은 참으로 대담한 살해 수법이라고 소감을 밝힌 뒤 강도 살인이 아니므로 원한 관계에 의한 살인 사건으로 추정한다고 발표했으나 세상에 누가, 키 백칠십일 센티미터에 육십사 킬로그램에 불과한 남자, 그것도 대학원 조교에게 원한이 맺혔다고 권총으로 그를 쏴 죽여버리겠는가 하는 비웃음을 샀을 뿐이다.

그나마도 그것은 두 번째 살인 사건이 발생하기 전까지의 내용이었고, 두 번째 사건이 발생한 후 경찰은 동일 범인의 소행일 것으로 추측한다고 발표한 뒤 꿀 먹은 벙어리가 되어버렸다. 이때까지만 해도 저스티스맨의 첫 번째 가설은 누리꾼들의 전폭적인 지지를 얻지는 못했다.

오물충 사건조차 기억하지 못하는 누리꾼들이 그 사진의 최초 유포자가 연쇄살인마의 첫 번째 희생자라는 가설을 흥미롭게 생각할 수는 있었어도, 실제적인 개연성에 관해서는 다소 회의적인 반응이었다. 너무 뜬금없고 생소한 연관성을 제시했기 때문에 기실 그럴 수밖에 없는 여건이기도 했다.

그러나 저스티스맨의 두 번째 가설이 등장하자 누리꾼들의 반응도 조금씩 태도를 달리했다. 그가 세운 가설에 신빙성이 더해지고 의심의 여지 혹은 굳이 믿지 말아야 할 이유 또한 없는 자료들이 더욱더 많이 첨부됨에 따라, 저스티스맨의 논리가 한층 더

예리한 설득력을 갖추기 시작했던 것이다. 이 시기부터 조금씩 그의 카페가 누리꾼들의 입소문을 타고 퍼져나갔다.

고딕
Gothic

저스티스맨의 주장에 따르면,

두 번째 피살자는 첫 번째 피살자가 올린 게시물이 한참 유포된 뒤에 그 자료들을 종합하고 정리해서 그 자리에 오물충의 고등학교 졸업 사진까지 첨부해 올린 사람이었다. 모자이크 되지 않은 오물충 최초의 사진이었다. 비록 고등학교 때의 사진이었다고 해도 그 사진이 시발이 되어 오물충일 것으로 추정되는 다른 사진이 연거푸 공개되었던 것만은 분명했다. 놀랍게도 그는, 오물충의 동창생이었다.

그는 오물충이 다시 만나도 눈길을 피했을 만큼 고등학교 삼 년 내내 오물충을 괴롭힌 장본인이었다. 고등학교에 입학하고 같은 반이 된 첫날, 우연히 그의 발을 밟았던 오물충이 기어들어가는 목소리로 사과한 것이 계기가 되었다. 그는 왠지, 필요 이상 미안해하는 오물충의 힘없는 목소리와 별일도 아닌 걸로 시뻘게진 얼굴을 보는 순간, 이 인간을 괴롭히고 싶다는 강렬한 충동에 휩싸였다. 그냥 문득 잘근잘근 짓밟아주고 싶었다.

그렇다고 해서 그가 학교에서 소문난, 소위 말하는 일진인 것도 아니었다. 오히려 걸리적거리지 말라며 맞고 다니는 약자에 속한 쪽이었고 때론 셔틀을 당하기도 하는 부류였다. 그는 그런 괴롭힘이 있을 때마다 대개는 돈으로 충당했다.

그런 그가 자기보다 더한 약자, 이를테면 일진들은 자기네 학교에 그런 학생이 있는지조차 모르는 오물충에게 이유를 알 수 없는 강렬한 악의를 느낀 것이다. 그러나 그는 자기가 당하는 것처럼 대놓고 오물충을 괴롭히지 않았다. 셔틀을 시키거나 돈을 뜯어내지도 않았다. 남의 눈을 피해 몰래몰래 괴롭힐 따름이었고 그것은 오롯이 신체적인 가해에 국한되어 있었다.

그는 돈이나 심부름 따위보다 컴퍼스 송곳으로 허벅다리를 쑤시는 것과 같은 행동을 통해 무한한 희열을 느꼈다. 지나가다 아무도 몰래 등허리를 볼펜으로 쑤셔버릴 때 솟구치는 쾌감은, 다른 어떤 것으로도 대체할 수 없었다. 골수까지 피멍이 파고들 만큼 강력하게 쑤셔 박는 손맛과 일그러진 오물충의 표정을 바라보는 그 느낌은 종종 꿈에서조차 생각날 정도였다.

그는 도대체 내일은 어떤 방법으로 오물충을 괴롭힐까 상상하느라 쉬이 잠들지 못하는 때도 있었다. 온몸에 소름이 돋아 이불을 싸안고 뒤척이며 저도 모르게 기묘한 미소를 짓고는, 불 꺼진 천장을 향해 킬킬거리곤 하는 것이었다. 생각만으로도 치솟는 아드레날린을 도저히, 감당할 수가 없었다.

그럴 때마다 그는 어금니 사이사이마다 끝이 무딘 송곳이 내려와 자신의 잇몸을 찍어 누르는 듯한 기분을 느꼈다. 그것은 고통이라기보다 기묘한 쾌감으로, 아프지만 조금 더, 조금만 더 은근하고 깊숙하게 통증의 중심부를 지그시 눌러주기를 바라는 이중적인 감정이었다.

그러므로 이 흐뭇한 쾌락을 더욱더 오래 유지하기 위해서 그는 언제나 남몰래 오물충을 괴롭힐 수밖에 없었다. 혹시라도 누가 알게 되어 더는 할 수 없게 된다면, 그의 인생 최대의 낙이 사라지는 것이었으므로 상상만 해도 몹시 우울해졌다. 해서 그는 오물충이 무리에서 홀로 동떨어져 있을 때만 골라 괴롭혔다.

그런데 그런 경우가 그리 적지는 않았으므로 하루에도 수시로 괴롭힐 기회는 많았다. 그러나 원할 때마다 늘 그럴 수는 없다는 제한적 상황이 그의 몸을 더욱 달아오르게 했다.

그는 마치 상처 입은 어린 영양이나 사슴 같은 동물들이 무리에서 뒤처지기만을 기다리는 하이에나 같은 눈빛으로, 호시탐탐 오물충을 주시했다. 그러다가 무리에서 벗어나는 것을 발견하는 순간 여지없이 다가가 오물충의 발톱 부분을 뒤꿈치로 찍어버린다든가 쇠자로 손톱 위를 내려치는 식으로, 자신만의 환락을 끊임없이 탐닉했다.

그래서인지 그가 오물충을 괴롭히고 있다는 사실을 아는 아이는 그리 많지 않았다. 그런 연유에는 그가 비열하고 야비하고 은밀하게 잘 괴롭힌 까닭도 있었지만, 이 병신은 애초부터 누구에게 반항한다거나 하소연 따위 할 줄 모르는 진짜 병신이었기에 그런 일이 벌어지는 거라고 그는 생각한 적이 있었다.

단 한 번이라도 대든다거나 선생님께 이르겠다는 식의 반항을 했더라면 그는 더는 오물충을 괴롭히지 않을 의향도 있었다. 아주 그렇게는 못할지라도 횟수를 대폭 줄여줄 수는 있었다. 그러나 이 병신은 그러지 못했다. 뼛속까지 병신이었고 그런 인간이었으므로 그는 더욱, 때론 보는 것만으로도 짜증이 치밀었다. 괴롭히면 괴롭힐수록 마음의 증오가 더욱더 증폭되었다.

돌이켜보면 그는 어려서부터 그랬다. 나약하고 겁 많은 동물들을 태생적으로 싫어했다. 초등학교 때 교내에서 기르던 햄스터를 괴롭혔던 게 그래서였고, 결국에는 죽였고, 수족관 바위 위에 병신처럼 엎으려 있기만 하던 거북이를 괴롭혀서 죽인 이유도 다름 아닌 그 때문이었다.

물론 처음부터 죽일 생각으로 괴롭힌 것은 아니었다. 아직 죽음이라는 개념을 알 나이도 아니었다. 그냥 수족관 안으로 쇠젓가락을 슬며시 집어넣어본 것이 시발이었고, 건드리면 쑥 들어가

는 거북이의 모가지가 신기해서 쑤셔보았던 게 반복되었을 따름
이다.

거북이는 그를 알아보는 눈치였다. 그가 다가가 쇠젓가락으로
수족관 유리를 탁탁 두드리면 거북이의 목이 순간 움찔하고는 다
리를 파르르 떠는 것이 그의 눈에는 보였다. 그럼에도 커다랗게
팽창된 동공만 데굴데굴 굴릴 뿐 아무 짓도 못 하고 바위에만 엎
드려 있는 거북이를 그는 그냥 보아 넘길 수가 없었다.

처음 며칠은 송곳니만 슬쩍 드러내 보이며 웃는 정도로, 그렇
게 젓가락으로 탁탁 수족관 유리를 몇 번 두들기는 것으로 끝이
났지만 서서히 등껍데기를 한 번씩 찔러보는 지경에까지 이르렀
고, 그때마다 몸통으로 사라졌던 팔다리 머리가 다시 나올 때를
기다렸다가 세차게 머리를 내려치기도 했다. 대부분 잘못 내려
치기 일쑤였지만 종종 제대로 맞출 때면 거북이가 고통에 못 이
겨 제 몸을 발랑 뒤집기도 했다. 그럴 때마다 그는 케케케케, 괴상
한 소리를 내며 즐거워했다. 한번 몸통이 뒤집힌 거북이는 제 몸
을 쉬이 되돌리지 못했다. 허공에서 사지를 허우적거리며 머리를
몸속에 넣었다 뺐다 할 뿐이었다. 그는 아무도 모르게 거북이를
다시 뒤집어놓고 제자리로 돌아오곤 했다. 거북이가 수족관 안에
있는 한 그의 손길을 피할 길은 없었다.

거북이는 자신을 도울 사람들이 있는 시간과 없는 시간을 구별
하지 못했다. 그가 나타날 때마다 물속에서 사지를 허우적거리며

제아무리 발버둥 쳐봐야 수족관 안이었다. 도와줄 사람 하나 없다는 사실도 모른 채 물속에서 발광하는 거북이를 물끄러미 바라보는 순간은, 정말이지 짜릿했다.

그래서 그는 학교가 파하고 전교생이 하교한 뒤 선생님들까지 모두 퇴근할 때를 기다렸다가 괴롭혔다. 쇠젓가락을 쑥 집어넣어 미친 듯이 도망 다니는 거북이의 등껍데기를 쿡쿡 찌르고, 숨어 기다리다가 다시 나오는 모가지를 때맞춰 내려치는 그 일련의 행위를 통해 그가 느끼는 쾌감은 상상 이상이었다. 때론 찌릿찌릿 사타구니 사이로 전기가 오르는 것도 같았고 흡사 오줌이라도 쌀 것 같은 기분을 느낄 때도 있었다.

팔다리를 허우적거리는 거북이를 괴롭힐 때면, 제아무리 아무도 없는 시간이었다고 해도 혹시 누가 볼까 하는 긴장감으로 등골이 바싹 조여들고 갈증에 목이 타올랐다. 하지만 그만둘 수 없었다. 머리가 쭈뼛쭈뼛 서는 것 같은 쾌락을 도저히 외면할 수 없었던 것이다.

실제로 그가 그 짓을 마치고 나서 가장 먼저 하는 행동은 수돗가로 달려가 벌컥벌컥 물을 마시고 소변을 보는 일이었다. 그때 소변이 요도를 통해 흘러나가던 감촉은, 도무지 팔이 닿지 않는 가려운 부위를 누군가 벅벅 긁어줄 때의 느낌, 요도의 구석구석을 긁어서 내리는 것처럼 말로는 어떻게 표현이 안 될 정도로 시원한 기분이었다. 그런데,

오물충의 등허리에 압정을 있는 힘껏 박아 넣을 때의 기분이 바로 그랬다. 주둥이 사이로 피를 흘리면서 공포에 사로잡혀 부들부들 사지를 떠는 거북이를 바라볼 때 느낄 수 있었던 그 엄청난 압제의 쾌락.

그랬던 모지리가 갑자기 나타나서 항간의 인터넷을 뜨겁게 달구고 있는 것이었다. 물론 그 역시 처음에는 인터넷을 떠들썩하게 하는 오물충의 정체가 정확히 자신이 고등학교 때 그렇게 괴롭혔던 찌질이 멍청이라고 확신하진 않았다. 그러나 각종 사이트를 통해 공개되는 자료들을 유심히 살펴본 결과 그럴 가능성이 매우 높다는 것을 알았다.

동창들에게 수소문해 오물충이 소문에 떠도는 보험회사에 근무한다는 사실까지 확인할 수 있었던 그는 문득, 오래전 오물충을 괴롭히며 즐겼던 그때의 쾌감이 발바닥 저 아래로부터 스멀스멀 다시 기어 올라오는 것을 느꼈다. 마치 오랫동안 잊고 있었던 맛있는 군것질거리가 떠오른 악동처럼 그는, 입안 가득 감도는 군침을 꿀꺽 삼키며 무언가 주체할 수 없는 기운이 손바닥 안에서 움찔거리는 기분 또한 감출 수가 없었다.

그는 당장에 자리에서 일어나 고등학교 졸업 앨범을 뒤졌고 오물충의 사진을 찾아 스캔을 뜬 다음 바로 게시물로 작성해서 올렸다. 모자이크 따윈 할 줄 몰랐다. 쇠젓가락으로 거북이를 쑤실

때의 기분으로 그 작업을 하는 얼마 동안 그는 비기의 게임 아이템을 획득했을 때보다 더한 짜릿함을 느꼈고, 그때의 찌질이가 아직도 찌질하게 살고 있다는 사실이 그 무엇보다도 그에겐 참을 수 없는 쾌감이었다. 다시 한 번 직접 만나서 욕해주고 침 뱉고 발로 밟아주고 싶은 충동이 똥구멍 안쪽에서부터 목구멍까지 치솟아 올랐다.

어째서 그런 기분이 드는 것인지는 알 수 없었지만 한번 병신은 영원한 병신이어야 할 것만 같은 규칙에서 오물충이 벗어나지 않았다는 사실과, 그 오랜 시간이 지났음에도 여전히 자신의 발가락만큼도 따라오지 못하고 있다는 사실에서 비롯되는 쾌감은 이루 말로 표현하기 어려울 정도였다. 남의 생살을 이로 물어 잡아 뜯어내는 기분이었다.

약자의 처지로 더한 약자만 골라 괴롭히던 학창 시절이 지나고 더는 쉽사리 대상을 골라내기 어려운 성인이 되어 억누르고 살아야만 했던 본연의 악의가, 인터넷이라는 매개를 통하여 다시 한 번 아무 저항이나 막힘 없이 실현되고 있는 상황을 더없이 만끽했던 그는 결국, 그때와 마찬가지로 부모님이 운영하는 피시방에서 살해당했다.

그는 주로 그가 앉아 있던 계산대 아래, 그가 그렇게 신바람 나게 오물충의 게시물을 작성했던 그 자리에 앉아 죽었다. 이마에는 역시 두 방의 탄흔이 깔끔하게 새로 뚫린 눈처럼 나 있었고, 그의 죽음을 목격한 사람 또한 아무도 없었다.

정말 놀라웠던 것은 국과수가 추정한 그의 사망 시간대의 피시방이 한창 손님이 많을 때라는 점이었고, 실제로 그가 살해당한 뒤 입을 벌린 채 두 눈을 부릅뜨고 있는 모습을 발견하고 신고한 사람도 당시 그곳에서 게임을 하던 청년이었다.

계산대에 서서 그를 최초로 목격한 청년은 처음에는 무서운 표정으로 멍하니 허공을 바라보는 그의 상태를 한 눈에 알아채지 못했다고 했다. 이마에 찍힌 두 개의 점과 그 밑으로 흐르는 가는 핏줄기가 뭔지 몰라 한참을 봐야 했다고 증언했다.

게임 시디가 진열된 진열장 위로 마치 붉은 물감이 든 풍선을 던져 터뜨린 것 같은 혈흔을 보고서도 청년은 그게 뭔지 잘 몰랐다고 했다. 언뜻 비릿한 냄새를 맡게 된 것도 그 현란한 무늬의 얼룩들이 피라는 사실을 인지한 다음이었으므로, 청년은 한동안 자신이 보고 있는 장면이 대체 무엇인지 분별할 수 없었던 것이다.

그러나 이윽고 욕조에 물이 차오르듯, 자신이 보고 있는 장면의 실체를 서서히 깨닫게 되면서 소름 돋는 전율을 느꼈고, 시체라고는 단 한 번도 본 적이 없었던 청년은 보고 또 봐도 믿을 수 없는 광경에 비명을 질러 그곳에 있는 사람들을 모았다. 그들 모두가 이구동성으로 그가 죽었다는 것을 확인하고 나서야 신고를 한 것이었다.

결국 그는 그들이 모두 한 곳에 모여 게임을 하는 동안 살해당한 셈이었다. 피시방은 실제 총소리보다 더한 총소리가 헤드폰 속에서 난무하는 곳이었던 탓에 두 방의 탄흔을 남긴 진짜 총소리를 구별한 사람은 아무도 없었다.

누리꾼들은 두 번째 피살자의 나이와 오물충의 나이가 동일하다는 점과, 저스티스맨이 그 둘은 동창이라고 주장한 점이 사실이라는 것과, 그가 정말 오물충의 고등학교 사진을 올린 장본인이라는 자료들을 꼼꼼하게 확인한 결과 드디어, 고개를 갸우뚱하며 이전과는 다른 반응을 보이기 시작했다.

정말로, 저스티스맨의 가설들이 진실일지도 모른다는 신빙성이 조금씩 인정을 받기 시작한 것이다. 그리고 저스티스맨의 세 번째 가설에 이르러서야 누리꾼들은 마침내 이러한 추측이 단지 우연으로 꾸며내기엔 너무 많은 부분에서 일치한다는 사실을 인정하지 않을 수 없었다.

열기 속의 눈

Eyes in the Heat

세 번째 피살자는 다름 아닌 오물충 사건을 본격적으로 만방에 알린 인터넷 언론사의 사회부 기자였다.

그는 충격! 도시에 넘쳐나는 오물과 대변이라는 자극적인 제목으로 독자들을 유인했고, 개탄할 시민 의식이라는 주제로 오물충 사건을 공식 기사화했으며, 그 덕분에 기껏해야 누리꾼들 사이에서만 떠돌던 사건이 드디어 전 국민에게 알려지는 국면으로 접어들게 되었다.

국민 누구라도 이제 그런 일이 어디선가 있었음을 알게 되었고 몰랐던 사람도 부러 게시물을 찾아 읽게 되었으며 굳이 읽지 않아도 어디선가 들어 아는 정도는 되었다. 그는 기사를 통해 오물충 사건과 같은 무분별한 행태 때문에 거리에 오물이 넘쳐난다고 주장했다. 덧붙여 그로 말미암은 도시의 피해가 얼마나 크며,

기껏 경찰이 단속해봐야 행정 처분에 불과한 경미한 처벌로 과연 무차별 폭력이나 다름없는 오물충 사건과 같은 작태에 어떻게 대응할 수 있겠느냐며 열변을 토했다.

기사 한편에는 블로그나 개인 웹사이트를 통해서만 공개되었던 오물충의 참혹한 사진이 모자이크 되어 실려 있었고 그 밑에는 위의 사진은 특정 사건과 관련이 없다는 문구가 적혀 있었다.

그러나 그 사진을 보고 그에 관련한 연관 게시물을 한 번이라도 읽은 사람이라면 누구나, 그가 다름 아닌 오물충이라는 사실을 어렵지 않게 알 수 있었다. 누리꾼들 사이에서만 횡행하던 그의 얼굴이 마침내 전 국민에게 알려지는 중요한 계기를 그 기사가 제공해주었던 것이다. 오물충의 형제가 그에게 냉혹한 통보를 전했던 것도 기실 그 기사가 확대되고 난 이후였다.

그때의 기자 또한 오물충의 개인 신변에는 별로 관심이 없었다. 오히려 기대하지 않고 작성한 기사가 대박을 터뜨리는 바람에 데스크로부터 받아 챙길 보너스에만 마음이 달떠 있을 뿐이었다. 이전까지 그의 생활을 돌이켜보자면 생각지도 못했던 복권에 당첨된 상황이나 마찬가지였다.

특종이라 할 만한 사회적인 이슈가 없는 나날의 연속을 견딘다는 것이 기자로서는 쉬운 일이 아니었다. 사회적인 정의감이라든가 윤리적인 의무감 때문이 아니라 데스크의 습관적인 질타 때문이었다. 골이 흔들릴 지경이었다. 게다가 넘쳐나는 인터넷 기사들은 드레스덴에 투하되었던 폭탄의 개수보다도 많을 정도로 무차별적이고 무분별한 내용 일색이었으므로 여간해선 자신이 대중에게 전달하고자 하는 기사를 노출할 수가 없었다.

결국 객관적 저널리즘의 강령 따윈 토끼가 달나라에서 방아를 찧었다는 얘기보다 더 먼 동화 같은 이야기가 되었고 좀 더 자극적이고 선정적이며 확연하게 눈에 들어오는 제목을 지어야만 했다. 천박한 카피라이터가 되어야 했다. 기사의 질 따위는 중요하지 않았다. 부차적인 사항이었다. 누구라도 좋으니 일단 자신의 기사를 클릭하는 것이 최우선이었다.

메이저 언론사의 기자가 되기를 꿈꿔왔던 그도 한때는 기자의 사명감 비슷한 신념이란 게 있었다. 그러나 정직함만으로는 인정받을 수 없는 정글의 법칙을 깨닫고 난 뒤 그도 변하지 않을 수 없었다.

신념보다는 생계가 우선이었다. 따지고 보면 다 먹고살자고 하는 일이었고 그래서 그는 길거리에서 천 원에 새 개나 주는 잉어빵을 사서 씹으며, 내가 무슨 메이저 언론사의 부장도 아닌 마당에 기사의 질 따위까지 신경 써야 할 필요가 있겠느냐고 되새겼다. 그러니 그저 자신이 속한 인터넷 언론사 페이지의 광고 노출 빈도수나 올리자는 게 그가 보내는 일상 대부분이었다.

그는 종종 광장시장 빈대떡 가게에 홀로 앉아 막걸리와 빈대떡을 시켜놓고 말없이 우물거리며, 탁한 백열등 아래 탐스럽게 빛나는 음식들을 물끄러미 바라보거나 혹은 그런 음식을 정신없이 둘러보며 발걸음을 재촉하는 사람들의 환한 표정을 넋 놓고 바라보았다.

그러면서 그는 자신이 너무나도 간단하게 변해버렸다고 생각한 적이 있었다. 그 이전의 한때는 굴복했다고도 믿었었다. 그러나 그 어느 쪽도 아니라는 사실을 깨닫기까지는 그리 오랜 시간이 걸리지 않았다.

그는 변하거나 굴복한 게 아니었다. 그저 본연의 자신으로 되돌아온 것뿐이었다. 의무 교육이란 과정을 거치면서 현실과는 동떨어진 옳고 그름의 정의 따위를 배우다 보니, 그는 잠시 자신이 정의로운 사람인 줄로 착각했었다. 그것이 본래의 자기 모습인지 아니면 만들어진 허상인지에 관해서는 생각해볼 기회가 그리 많지 않았다.

그러나 세상에 나와 정의로움의 대변자라고 생각했던 직업을 선택하여 사회생활을 하다 보니, 처음에는 이 사회가 심각한 질병에 걸렸다고 생각했었는데 머지않아 문제는 이 사회가 아니라 자신에게 있다는 사실을 깨달았다. 세상이 비열하고 조급한 모습으로 자신을 몰고 간 것이 아니라 어차피 언젠가는 되돌아가게 될 내면의 진실, 자신의 고향으로 앞서 인도한 거라는 사실을 그는 마치 벼락 맞은 사람처럼 느닷없이 깨우치게 된 것이다.

자신은 변한 게 아니라 애초부터 가지고 태어난 천박한 근성 그 본연의 모습으로 이제야 먼 길을 돌아 귀환한 것이었다. 그것을 인정하기까지 얼마나 오랜 세월이 걸렸던가. 자신의 삶과 이 더러운 시장 바닥과의 차이를 전혀 알지 못하겠다고 스스로 냉소하며 막걸리 통을 들고 흔들다 빈 병이라는 사실을 확인한 그는, 깊은 한숨을 한번 몰아쉬고는 자리에서 일어났다.

그는 그렇게 빈대떡 가게의 검게 얼룩진 바닥 같은 곳으로의 정직한 귀환을 자축하며, 본능에 충실한 삶을 꾸역꾸역 살아내기 위해 썩어 문드러지기 직전인 이 사회의 찌꺼기들을 찾아 헤매야 했다. 창공을 나는 독수리를 꿈꾸며 세상에 나온 그는 결국, 맹수의 먹이가 되고 남은 희생양의 시체나 뜯어먹는 신세로 살아가야 한다는 진실을 받아들였다.

오물충 사건은 그러다가 우연히 건진 행운이었다. 처음 기사를 작성할 땐 이런 거지 같은 내용까지 써야 하는 자신의 신세가 한탄스러웠지만, 쓰다 보니 그 울분이 기사의 내용으로 전이되는 것을 느낄 수 있었다. 해서 그는 이왕지사 쓰는 기사, 치명적인 인간의 오점이라도 규명하는 양 처절한 어조로 규탄했고 각종 오물 때문에 전쟁이라도 일어날 것처럼 과장해 쓴 결과, 기사가 대박이 났다.

그렇게까지 뜰 줄 몰랐던 오물충의 기사 덕에 그는 두둑한 금전적 혜택을 얻은 것은 물론이요, 메이저급까지는 아니어도 그에

준하는 중대형급 언론사로 스카우트되는 삶의 전환을 맞게 되었다. 탁월한 선동 능력을 인정받은 셈이었다.

자신의 삶에도 한 번쯤은 해 뜰 날이 오는가 보다 하고 생각했던 그는 이를 악물고 새로운 환경에 적응하려고 애를 썼고 웬일인지 기대한 만큼의 결과 또한 생산되다 보니 생활이 편안해졌다.

그런데 늘 치열하게 들끓는 삶을 살아왔던 사람에게 안정된 생활이란 게, 처음엔 마치 뽀송뽀송한 솜이불 같은 느낌이더니 얼마 지나지 않아 남의 옷을 빌려 입은 것처럼 무언가 불편하고 부자연스러운 느낌으로 변해버렸다.

이전에 느꼈던 불편과 불만이 이를테면 어차피 가야 할 길 위에 놓인 장애물 같은 느낌이었다면, 이번에는 그것과는 차원이 다른, 무언가 생각지 못했던 길로 완벽히 잘못 접어든 것은 아닌가 하는 데서 오는 불안함이었다.

물질적으로 소망했던 환경과 정신적으로 대우받고 싶었던 여건이 비슷하게나마 갖추어지자 정작 자신이 바랐던 건 그런 종류가 아니라는 사실을 깨달은 것이다. 먹고살 만하니 배가 불러 부리는 투정이 아니었다. 더 고양된 인격으로 성숙해가는 과정에서 겪게 되는 일종의 정신적인 성장통이라고 보는 편이 차라리 더 옳았다.

세상이 오로지 돈과 권력으로만 돌아간다고 생각했던 시절엔

할 수 없었던, 그리고 해볼 생각도 없었던 자아 고찰의 기회가 어쩌면 그런 식으로 만들어지는 것인지도 몰랐다. 깊은 내면을 향한 자기 성찰의 진정한 기회.

그때까지 모든 불행은 오로지 외부의 영향에 의해 좌우된다고 믿었던 탓에 그는 스스로 만드는 불행에 관해서는 굳이 생각해본 적도, 해볼 까닭도 없었다. 세상의 악운이란 어차피 정해진 사람만이 감당하며 사는 거라고 여겼는데, 그 이유가 소위 금수저를 물고 태어난 사람과 비교해 그렇지 않은 사람의 태생적 한계에서 비롯되는 차이라고 확신했기 때문이었다. 빈한한 가정에서 태어난 인생이란 늘, 지랄 같은 거라고 그는 생각했었다.

그런데 좀 더 나은 환경에서 맞닥뜨린 좀 더 높은 인간들의 치졸한 내면을 들여다보고 나니 그곳이야말로 정말 자신이 있을 곳이 아니라는 생각이 들었다. 자신은 평생을 투덜거리며 살아오긴 했어도 생각 자체가 틀어져 있지는 않았다. 미안하지만 어쩔 수 없었다고 끊임없이 궁색한 변명이나 늘어놓는 인생이기는 해도 그 마음의 본바탕까지 병든 환자는 아니었다.

그러나 그가 항상 부러워하거나 시기에 눈이 멀어버릴 것 같았던 환경에 둘러싸여 살아온 이들은—물론 모두가 그런 것은 아닐 테지만—대개 뇌의 어느 부분인가가 아예 고장 나 있는 사람들 같았다. 박쥐나 뱀의 생각을 인간이 이해할 수 없듯이 그들의 생각 또한 거의 그랬다. 그들은 마치 인간과 껍데기만 같을 뿐 외계에서 온 몹쓸 고등 생물 같은 말과 행동을 수시로 일삼았다. 무슨 생각으로 그러는지 알 수 없으니 점점 더 견딜 수가 없었다.

그 바람에 그가 가지고 있던 허세나 열등의식이 얼마나 부질없는 것인가를 깨달았다. 타자가 나를 바라보는 시선을 의식하던 단계에서 내가 나를 바라보는 시선으로 관점이 바뀌었다. 그러다 보니 다른 누구도 아닌 자기 자신을 스스로 인정할 수 있는 신뢰가 얼마나 중요한 삶의 원동력이 되는지도 알게 되었다. 자신이 자신을 믿지 않고서는 그 어떤 세상, 호화로운 환경에 둘러싸여도 행복하지 않다는 것을 절절히 깨우치게 된 것이다.

그것은 남들로부터 인정받지 못해 형성된, 삐뚤어진 자기애와는 종류가 달랐다. 내가 이만큼이나 괜찮은 사람인데 인정받지 못하는 게 억울해서 부리는 허세라든가, 지금까지 그가 그래왔듯 어차피 무얼 해도 가질 수 없는 세상이니 차라리 막 살아버리겠다고 생각하는 열등감처럼 왜곡된 감정이 아닌, 오롯한 본인만의 진실한 내면이었다. 자신의 인성이 어쩌면 광장시장 빈대떡 가게의 바닥보다는 조금 더 나을지도 모르겠다는 생각이 그는 들기 시작했다.

그리하여 비로소 진정한 내면의 단층이 한층 더 강고해짐에 따라, 그가 태어날 계획조차 없었던 시대로부터 수천 년을 이어져온 외부 세계와의 거대한 불균형을 극복하기 위한 개인의 노력이 시작되었다.

점차 잊고 지냈던 심중의 양지바른 곳이 눈 녹은 대지의 황토처럼 드문드문 그의 일상 속에서 모습을 드러냈다. 그는 생각했다. 기자로서의 진짜 사명감이 돋보이는 좋은 기사를 한 번쯤은 자신의 손으로 이 세상에 공개하고 싶다고. 심각하게 기울어진 이 세계의 균형을 바로잡는 데 조금이나마 진짜로 이바지하고 싶다고. 그런 다짐은 수년의 시간을 흘러 차츰 견고하게 다져졌고, 마침내 그 기회가 될 수 있었던 섬진강 하구에서의 사건을 취재하러 내려가던 길에, 그는 천안 휴게소 화장실에서 호두과자를 입속에 넣은 채 살해당했다.

그는 한 고등학생의 비관 자살로 이미 수사가 종결된 사건의 진실을 파헤치기 위해 내려가던 길이었다. 이 사회의 무책임한 방기가 양산한 약자의 비극은 항상 우연한 일로 가장되어 묻히고, 또 그런 정도의 사고는 마치 밥을 먹거나 양치질을 하는 것만큼이나 흔한 사건이라는 듯이 치부되어 사라지는 것을 더는 좌시할 수 없었던 그는 그러나 죽었고,

그의 이마 위에도 두 방의 탄흔이 남아 있었다.

목격자는 없었다. 덤프트럭이 오가는 고속도로 변의 폭음 속에서, 총소리를 들은 사람은 아무도 없었다. 물론 이 게시물에도 저스티스맨이 세운 가설을 뒷받침할 만한 다양한 자료들이 첨부되어 있었다. 이쯤 되니 이제 맹목적으로 정보를 받아들이기만 했던

몇몇 누리꾼들도 직접 자신들이 추리할 수 있는 몇 가지의 가설들을 내놓기 시작했는데, 그중 가장 많은 부분을 차지했던 내용이 바로 연쇄살인마의 정체가 다름 아닌 오물충이라는 추측이었다.

세 명의 피살자가 모두 오물충과 관련되어 있었고 오물충의 종적이 묘연했으며 그들 모두가 오물충과 원한 관계라고 볼 수 있는 상황이었으므로 가장 유력한 용의자는 바로 오물충이라는 의견이었으나 반면, 지나가는 개도 알 수 있는 그따위 얄팍한 추측으로 저스티스맨의 게시물에 숟가락을 얹지 말라는 의견도 적지 않았다.

그들은 갑론을박 주장을 양보하지 않았고 격해지는 감정을 주체하지 못하다가 끝내 현피(인터넷상에서 벌이는 싸움을 현실에서 만나 하자는 은어)를 뜨자는 누리꾼들까지 등장하기에 이르렀다. 그러나 그들이 실제로 만나 피를 봤는지는 알 수 없었다.

이때까지만 해도 저스티스맨의 카페는 아직 누리꾼 중에서도 마니아들 사이에서만 알려지던 중이었고 그 가치의 희소성 때문에 다들 쉬쉬하던 분위기가 있었는데, 네 번째 피살자에 관한 기록이 게재되면서 갑론을박의 양상이 판이해지기 시작했다. 오물충의 복수극이라는 개인적 관점에서 허술한 법망의 대리 집행자가 탄생되었다는 사회적 관점으로 옮아가기 시작한 것이었다.

아른아른 빛나는 물질

Shimmering Substance

섬진강 하구에서 발견된 시신은 물에 팅팅 불어 있어 형체조차 알아볼 수 없었다. 신분을 확인할 수 있는 소지품조차 전혀 지니고 있지 않았던 탓에 경찰은 잠시 공황 상태에 빠져 한숨을 내쉬었지만, 이내 국과수의 부검 결과 자살인 것으로 판명되어 다시 한숨을 돌렸다. 그는 고등학생이었다.

지문을 통해 신분을 알아내고 치아를 통해 그의 과거 치과 치료 자료와 일치한다는 사실을 확인한 경찰은 그의 자살 동기를 성적 비관이라고 발표했다. 그의 최근 성적이 상식적으로 이해가 되지 않을 만큼 커다란 폭으로 떨어졌기 때문이었다.

서울에 사는 고등학생이 무엇 때문에 섬진강까지 가서 자살했는지에 관한 내용은 발표되지 않았고 실제로도 경찰은 이유를 몰랐다. 자살이라고 판명 난 마당에 알고 싶은 마음도 딱히 없었다.

경찰 공무원의 인력은 항상 부족했으므로 청소년 비관 자살로 종결된 사건의 이면까지 두루 살필 여력이 없었다.

그런 일은 언론이나 사회단체 아니면 여성가족부에서 알아서 할 일이지 경찰 행정에서 나설 일이 아니었다. 경찰은 그저 사건을 수사하고 범행을 밝히기 위해 동기를 파헤치고 타살일 경우 범인을 잡아들이면 그뿐, 신세 한탄이나 성적 비관으로 스스로 목숨을 끊는 사람들의 사연까지 구구절절 조사하고 다닐 수는 없었다.

그러므로 최초의 낙하지점이 아파트 옥상이든 한남대교 난간이든 섬진강 줄기 어느 바위 둔덕이든 장소는 하등 중요하지 않았다. 경찰에게 가장 중요한 것은 타살이냐 자살이냐 하는 사안뿐이었고 이 사건은 자살로 판명되었으므로 미션 클리어였다.

그런 생각은 여타의 기관에서도 크게 다르지 않았던지 그의 죽음은 다만 현 고등학교의 치열한 입시 경쟁 세태를 반영하는 자화상이라는 주제로만 다루어졌다. 언론에는 발표되지 않았지만 이 과정에서 밝혀진 기묘한 사실 하나가 있었다. 그는 자살하기 이전에 이미 한 달에 가까운 기간을 가출해 있었는데 그의 집에서는 실종 신고를 하지 않았다는 점이었다.

전에도 가출한 일이 있었느냐는 수사관의 질문에 그의 부모는 묵묵부답 눈물만 글썽일 따름이었다. 그런 형편으로 보아 대답을 굳이 듣지 않아도 상황을 이해할 수 있었던 수사관은 그것으로 조사를 끝마쳤다. 번듯해 보이는 가정에서 애가 집을 나가 한 달이 지나도록 들어오지 않았는데 실종 신고를 하지 않는다니 이해가 되지 않는다고 중얼거리는 후배 수사관에게 선임은 말했다.

"세상에는 인마, 수많은 가정이 존재하는데 그게 다 겉으로는 멀쩡해 보여도 속은 그렇지가 않은 거야. 알겠어? 까뒤집어보면 다 하나같이 나름의 문제들을 안고 살아가는 거라고."

그는 후배 수사관과 식당에 앉아 설렁탕의 당면을 건져내면서, 그러니까 세상에 문제가 없는 가정이란 없는 거고, 누가 더 그 문제를 잘 감추거나 견디고 지내는가에 따라 행복의 지표가 표면으로 드러나는 거라며, 또 그러니까 너만 시도 때도 없이 잠복근무에 외박이 잦아 가정이 위태로운 것이 아니라 모든 가정이 다 그런 각자의 사연으로 위태로운 상황을 극복해나가고 있는 것이니, 요컨대 문제는 문제에 있는 것이 아니라 그 문제를 얼마나 잘 단속하느냐에 달려 있는 거라고 설파했다. 그는 당면을 모두 건져낸 설렁탕에 김칫국물을 부었다.

그런 와중에도 설렁탕 국물에 섞인 김칫국물만큼이나 자연스러워 보이는 그의 자살과 그 가정의 감추어진 사연을 주의 깊게 눈여겨보았던 사람이 딱 두 명 있었는데, 그 가운데 한 명이 천안 휴게소 화장실에서 호두과자를 입에 물고 소변을 보다가 살해당하는 바람에 이제 한 사람만이 남아 그 사실을 살폈고, 그는 자살한 고등학생이 얼마 전 아마추어 포르노 동영상으로 인터넷을 떠들썩하게 달구었던 '첫 경험'의 주인공이란 사실을 알아냈다. 그는 성적 때문에 비관하여 자살한 것이 아니라 이 사회가 방치한 성에 관한 무책임이 만들어낸 희생자였다.

　그는 자신이 원해서 그 동영상을 찍은 것이 아니었으므로 찍힌 것이었다. 동영상에 찍히기 얼마 전까지만 해도 그는 지극히 평범한 고등학생 그 이상도 이하도 아니었다. 성적도 제법 우수한 편에 속했고 교우 관계도 그리 나쁘지 않았으므로, 저간의 사정을 알지 못하는 사람들이 생각하기에 그의 자살 이유로 성적 비관 이외의 원인은 좀처럼 생각해내기 어려운 것도 사실이었다.
　그러나 때로 그 일상의 평범함 혹은 지루함이 순간의 호기심 또는 일탈에의 설렘을 부추긴다는 사실까지 인지하고 있는 사람은 드물었다. 누구나 다 새로운 호기심을 가질 수는 있지만, 그에 따른 일탈 충동을 그 어떤 완충 작용 없이 고스란히 받아들이는 시기가 전 생애에 걸쳐 광범위하게 분포되어 있는 것은 아니다.
　유독 내구력 약한 시기가 있는 법이고 그때가 바로 학창 시절, 다름 아닌 그 시기이며 그렇게 시작된 무작위하고 불규칙한 충동들을 그나마 유예하는 것이 학생 본분이라는 망설임인데, 그런 망설임을 가차 없이 무너뜨리는 것 또한 학생 신분이 빚어내는 일상성이라는 아이러니를 주의 깊게 이해하는 사람이 그리 흔치는 않은 것이다.

누구라도 쳇바퀴 같은 일상을 어쩔 수 없이 살다 보면 언제고 한 번은 아주 다른 경험, 그 경험 자체의 위대함보다 오로지 다르다는 이유 하나만으로도 얼마든지 미혹될 수 있는 상황에 노출되기 마련인데, 그런 자극에 유독 약한 시기가 바로 세상의 다양한 색채에 물들기 전인 그때, 라는 시점이니 필요한 건 오로지 계기일 따름이다.

이 고등학생도 그런 상황에서 크게 벗어나지 못했기에 그가 유지했던 평범한 일상성이 깨진 것이 사실 특기할 만한 사정은 아니었다. 그에겐 다만 남과 조금 다른 계기가 있었을 뿐이고 그가 그간 지속해왔던 평범한 일상이 그를 마치 절벽에서 떠밀듯 그곳으로 망설임 없이 밀었다는 확정된 행위만이 존재할 뿐이었다.

순진하고 차분한 표정 속에 감추어진 성적(性的) 호기심의 크기가 그의 생각 전체에서 얼마만큼의 비중을 차지하고 있었는지 아는 사람은 아무도 없었다. 심지어 그 자신도 몰랐다. 비중이 상당히 컸다고 그 스스로는 믿고 있었을 수도 있지만 많은 고등학생이 생각보다 나도 그렇다, 라고 말할 수 있다는 점도 간과할 순 없었다.

그런 그에게 새 학년이 되어 다가온 친구는 수차례 청소년 성매매를 경험한 적이 있는 아이였다. 그 친구도 특별히 잦은 문제를 일으킨다거나 눈에 띄는 일탈을 일삼는 아이가 아니었다. 하여 그 아이가 청소년 성매매를 한다는 사실을 아는 사람도 당연히 없었다. 그러나 둘이 친해진 것이 계기가 되어 친구는 그에게 자신의 성매매 경험을 고백했다. 그 고백이 결국 평범한 고등학생의 일탈 촉매제로 작용하게 될 줄은, 적어도 그때까지는 둘 다 알지 못했다.

비밀의 공유를 통해 절친함을 표현하려 했던 친구는 막상 던져 놓고 보니 그것이 가벼운 비밀만은 아님을 깨달았다. 하지만 돌이킬 수 없는 고백이었고 지워버릴 수 없는 비밀이었기에 친구는, 적지 않은 고민 끝에 자신의 비밀을 유지하는 가장 좋은 방법으로 역시 같은 처지가 되는 것 이상은 없다고 결론 내렸다. 친구는 그를 공범자로 만들어야겠다고 마음먹었다.

친구는 평소에 그가 무엇을 고민했었는지 알고 있었다. 또 그렇기에 그의 마음을 움직일 수 있는 요소가 무엇인지도 잘 알았다. 그는 순진했고 그렇다는 걸 누구보다 잘 아는 친구는 그래서 그에게 평소보다 더 많이, 그리고 더 자주 원조 교제에 관한 이야기를 늘어놓았다.

놀이터 그네에 나란히 앉아 서로 엇갈리며 발을 구르는 와중에도, 친구는 막상 겪어보면 별거 아니고 별거 아닌 것을 알고 나면 그것에 관한 호기심 따위 아무렇지도 않게 통제할 수 있다고 부추겼고, 그 말에 그는 과연 마음이 혹했다.

남달리 많은 시간 남녀 간의 성행위를 상상한다고 생각했던 그는 그 사실이 무척이나 부끄러웠고 자존 의식을 떨어뜨리는 가장 큰 심리적인 요인이라고 생각했으며 실제로도 그것 때문에 스스로 위축되는 면이 적지 않았다. 아무도 그가 그런 생각을 하는지 알지 못했지만 그 자신만은 잘 알았고 그에겐 그 사실이 가장 중요했기에 내심 창피했다.

과연 나만 그런 것인가. 그렇다고 해서 오랫동안 혼자 고민해왔던 비밀을, 아무리 친한 친구라지만 느닷없이 무작정 털어놓는 게 소심한 그로서는 쉬운 일이 아니었다. 그러나 어느 날 그보다 몇 십 배는 더 강력한 비밀을 듣게 된 그는 생각지 못한 충격과 더불어 스스로 열 수 없었던 비밀 상자의 봉인이 저절로 해제된 것 같은 기분에 사로잡혔다.

미처 그려보지도 않았던 미지의 세계에 관한 경험담은 자신의 고민 따위 일고의 가치도 없음을 깨닫게 해주었으며, 동시에 그는 이전과는 확연하게 달라 보이는 친구의 모습에 무언가 묵직하게 압도되는 기분도 느꼈다.

사안이 옳으냐 그르냐를 떠나 또래에서는 쉽게 경험할 수 없는 일을 겪었다는 사실과, 그 일이 보통의 용기로는 감당할 수 없다는 점에서 그는 친구에게 경외심 비슷한 감정마저 느꼈다. 평소 자질구레한 수다를 나눌 때도 자신과는 조금 다르다고, 이를테면 대범한 면이 있다고 생각했지만 청소년 성매매를 들었을 때처럼 완벽하게 성인의 세계로 진입한 듯한 느낌까지는 받지 못했었다.

친구가 어른처럼 느껴졌고 말 하나하나에 이전과는 다른 무게

감이 실렸다. 그런 친구가 자신의 사소한 고민에 대해 겪어보면 별거 아니고, 별거 아니라는 걸 알게 되는 순간 그것이 더는 고민거리도 되지 않을 거라고 장담하는 말에 이끌리지 않을 수 없었다.

그는 누추한 자신의 본능을 강력하게 통제하고 싶다는 욕망 하나만으로도 친구의 속삭임에 마치 빨려 들어가는 듯한 유혹을 느꼈고, 충동적인 일탈을 향한 도전에의 명분으로도 그만하면 충분하다고 믿기에 이르렀다.

빛이 들지 않는 마음 어느 한편의 깊은 공간에서 실제 성행위에 관한 강렬한 호기심이 있었는지는 그 자신도 알지 못했다. 그러나 친구의 그 놀라운 경험이 꼭 종소리처럼 자신의 뇌를 두들기고 연이어 반복되는 여음의 여파가 이제껏 그가 알지 못했던 요소요소를 자극한 것만은 분명했다. 그는 결국 결심했고 친구로부터 중년 남자 한 명을 소개받았다.

그 남자는 이미 친구와도 동침한 경험이 있는 사람이었다.

"믿을 만한 아저씨야." 하고 친구는 말했다.

그런 일에 있어서 무엇이 믿을 만하다는 건지 알 수 없었던 그는 돈을 잘 준다는 말인지 비밀을 잘 지킨다는 말인지 자세히 묻지 않았다. 소개를 받은 시점에서부터 그는 이미 정신이 반쯤 나가 있는 상태였기 때문이다. 괜한 일을 시작했다는 생각이 당연히 들었고 혼자였다면 아마도 돌아섰겠지만, 친구가 그를 기다리고 있었다.

괜히 하겠다고 말했다가 이대로 돌아서면 또 모두에게 폐만 끼치고 말겠지.

따지고 보면 아무런 맥락도 될 수 없는 망설임이 그를 다시 막아섰다. 그러는 사이 중년 남자와 그는 모텔에 도착했고 이제 그는 당장 모텔에 어떻게 들어가야 할지부터 알 수 없어 걱정되기 시작했다. 물론 그것이 익히 들어 알고 있는 것이었다고 해도 직접 경험하는 것과는 차원이 다를 거라고 그는 생각했고 그래서 두려웠는데 그러나 그것도 잠시, 막상 겪어보니 결국 들었던 것처럼 별일 아닌 게 사실이었다.

아무런 문제도 되지 않았다. 모텔 계산대의 작은 창을 통해 이루어지는 거래에는 오로지 금전과 그 대가에 따른 방 열쇠와 각종 일회용품이 담긴 비닐봉지만 있었을 뿐, 그의 얼굴을 확인한다거나 신분증을 보자는 말 따위를 건네는 일은 없었다.

계산대의 작은 창 안에 들어 있는 사람은 신분증 요구는 고사하고 밖을 제대로 내다보지도 않았다. 손만 불쑥 튀어나와 남자가 준 현금을 받아서는 계산을 치르고, 곧바로 방 열쇠와 일회용품을 내놓고는 다시 창을 닫았다.

필요한 건 오로지 돈뿐이라는 듯 밖에 선 사람들에 관해서는 관심조차 없었다. 혹시라도 자신이 미성년자인 것을 들킬까 봐 잠시나마 우려했던 조바심이 무안할 정도였다. 그는 모텔 계산대에서 건넨 일회용품 비닐봉지를 한 손에 들고 남자를 따라 승강기에 올랐다.

막힌 사각의 틀 속에 갇히니 그는 이제 돌이킬 수 없다는 생각이 들었고 한편으론 야릇한 안정감이 들기도 했다. 거리에서 모텔로 들어서기까지 그를 내심 압박했던 심리적인 부담감으로부터—이를테면 사람들이 모두 자신만 바라보고 있을지도 모른다는 망상 같은 종류로부터—홀연히 자연스러워지는 느낌을 받았다.

남자가 누른 칠 층 버튼의 불빛을 무심히 바라보던 그는 이제 잠시 후면 그 칠 층의 어느 방인가로 들어설 테고 마침내 세상으로부터 차단된 공간에 오롯이 둘만 남겨질 터였다. 그런 생각을 하다 보니 그는 문득, 모텔 방 안에 성인 남자와 단둘이 있게 된다는 사실의 다른 측면이 떠올랐다. 또다시 등줄기가 조여들고 뒷덜미가 달아올랐다. 혹시 생각지도 못했던 일이 벌어지면 어쩌지?

돌연 공포가, 이를테면 형체가 분명치 않은 어떤 물체들이 검은 천을 뒤집어쓰고 불쑥불쑥 튀어 오르는 것 같은 돌연한 공포가 마음속에서 돋아났다. 호흡이 가빠지는가 싶었으나 이내 불현듯 믿을 만한 아저씨야, 라고 했던 친구의 말이 떠올랐다.

그제야 그는 그 말의 의미가 이해되었다. 갑자기 치솟았던 공포심이 얼마간 가라앉긴 했지만 그래도 여전히 그의 왼손에 들린 휴대폰은 굉장한 압력을 받으며 엄지와 나머지 네 손가락 사이에

짓눌려 있었다.

열쇠를 받자마자 방 번호부터 문자로 남기라고 친구는 그에게 말했었는데 계산대에서 미처 번호를 확인하지 못했다. 줄곧 남자의 뒤를 따르며 열쇠에 적힌 번호를 보려 했지만 보이지 않았다. 갑자기 방이 몇 호냐고 묻는 것도 그렇고 열쇠를 좀 보여달라고 말하는 것도 우스워 그는 그냥 기다리기로 했다. 어차피 잠시 후면 몇 호인지 힘들이지 않고도 알 수 있을 터였다. 문자는 그때 보내도 되지 싶었다.

하지만 통화 목록 최상단에 친구의 이름이 있는지는 확인해보았다. 왠지 그래야 할 것 같았다. 무작정 통화 버튼을 누르면 바로 친구에게 연결된다는 사실을 눈으로 확인해야 안심이 될 것 같았다. 그가 액정에 표시된 친구의 이름을 마치 오랫동안 만나지 못한 옛 연인의 이름이라도 되는 듯 물끄러미 내려다보는 사이 땡, 하는 소리와 함께 승강기가 도착했다. 문이 열리자 액정의 불빛이 꺼졌다.

많이 줄어들긴 했지만 그래도 여전히 두려움과 떨림과 알 수 없는 다양한 감정들이 오색 빛깔의 눈부신 물감처럼 그의 마음을, 마음속의 심장을 이리저리 들썩이며 끊임없이 뒤섞였다.

다행히도―그런 와중에도 다행이라는 표현을 쓸 수 있다면―그런 그의 마음을 남자는 잘 헤아렸고 아는 만큼 편안히 리드했고 그를 안심시켰다. 그는 난생처음 집이 아닌 곳에서 몸을 씻었다. 양치하는데 칫솔모가 이 사이에 끼어 빠졌고 세면대 한편에 놓인 비누에는 주인을 알 수 없는 꼬불꼬불한 털 몇 가닥이 스텐실처럼 붙어 있었다.

남자는 그의 친구로부터 그가 첫 경험이라는 얘기를 들었다. 그래서 평소 친구에게 주었던 돈의 두 배를 주마고 약속했다. 그리고 남자는 고등학생 처녀와의 첫 경험을 기록하고 싶은 마음에 그와의 관계 일체를 휴대폰으로 촬영했다. 동영상이었다.

그는 그런 상황에 관해 친구한테 들은 바가 전혀 없었던 터라 당연히 당황했지만 남자가 휴대폰으로 자신의 알몸을 찍기 시작한 때가 바로 그의 몸속으로 남자의 성기가 진입하는 순간이었으므로 그는 곧, 그 고통을 참아내는 것만으로도 정신을 잃을 지경이었으므로 휴대폰 따위에는 신경 쓸 여력이 없었다. 일을 마친 그는 녹초가 되었다.

이후 그는 친구에게 그때의 끔찍한 고통을 말하며, 이런 거라면 두 번 다시 하고 싶지 않다는 단호한 결의를 수천 번이고 다짐하는 사이 모든 일은 끝나 있었다고 첫 경험에 관한 소감을 밝혔다.

남자가 동영상을 찍더라는 얘기는 부러 하지 않았다. 웬일인지, 말하지 않는 것이 좋을 것 같았다. 그리고 단 한 번 겪은 그 경험은 그간 그가 상상해왔던 애정 행위의 아름다운 그림을 산산조각 내버렸던 탓에 과연, 더는 상상하지 않게 된 효력을 발휘하기는 했다.

생살이 찢어지는 아픔을 난생처음 겪은 그는 그 기억조차 떠올리기 싫어했다. 그 한 번의 일탈로 모든 것이 충분했기에 그는 이후 친구를 통해 전해오는 남자의 제안에 더는 응하지 않았고 친구도 그 이상 권하지 않았다. 어차피 그런 비밀을 공유하는 데 있어 횟수는 중요하지 않았기 때문이다.

시간은 흘렀고 기억은 수많은 페이지 속에 묻혀 뒤로 물러나고 있었으며 바뀐 계절 속으로 조금씩 사라지고 있었다. 그렇게 기억 속의 한 페이지로만 작게 남겨졌다가 이내 깨끗하게 잊힐 줄 알았던 그때의 일이 예상치 못한 문제로 부활한 것은 그해 가을의 끝 무렵이었다. 인터넷에 그의 동영상이 뜬 것이었다.

'첫 경험'이란 제목이 붙은 그 동영상에는 그의 얼굴이 적나라하게 드러나 있었다. 물론 얼굴만 적나라한 것은 아니었다. 최초로 그에게 그 사실을 알려왔던 사람은 그의 친구였다. 친구는 그에게 동영상을 보여주며 "너 맞지? 너 맞아?"라는 질문을 수천 번도 더 했다.

그는 너무 놀라 대답조차 할 수 없었다. 머릿속이 하얗게, 마치 누군가 지우개로 박박 문질러 모든 생각을 지워버린 것처럼 텅비어 한참을 멍하니 앉아 있었다. 댐이 열려 물길이 터지듯 되돌아온 생각들이 다시 그의 머릿속에 찰랑이며 쌓이자, 끝나지 않을 것 같았던 친구의 질문이 연쇄적으로 부딪혀 들어왔다. "그 남자가 동영상을 찍었어?" "그걸 왜 그냥 찍게 두었어!" "이 개새끼를 당장 만나러 가야겠다." 등등.

그와 친구는 그날 이후 동영상이 뜬 공유 사이트를 모두 찾아 사이버 수사대에 사건을 의뢰했다. 누군가 자신의 친구를 닮은 사람이 나오는 포르노를 악의적으로 퍼뜨리고 있다고 친구가 직접 경찰을 찾아 하소연했다.

그러나 경찰은 그것을 막을 방법은 없다고 말했다. 그런 동영상을 게재하는 불법 유해 사이트를 찾아 일일이 차단하고 있다고는 해도 그런 일에는 한계가 있으며, 하물며 특정 동영상을 찾아 차단한다거나 유포자를 색출하는 것은 거의 불가능한 일이라고 설명했다.

사이트를 차단하는 일에 한계가 있고 파일 공유 프로그램을 통해 한번 유포된 동영상을 막을 방법이 없다는 건 사실, 고등학생인 그들이 더 잘 알았다. 단지 유행이 지나면 신제품에 의해 이전 제품이 뒤로 물러나듯 조용히 앉아 때를 기다리는 수밖에 없었다. 마치 대지 속에서 화석이 되어 희석되기만을 기다리듯이.

분통이 터지고 억울하다고 해서 남자를 경찰에 신고할 수도 없었다. 청소년 성매매 및 불법 동영상 유포에 관한 법률이 남자에게 적용되겠지만 그건 그에게도 마찬가지였다. 가해자에 비해 상대적으로 처벌이 가볍다고 해도 그것은 객관적 관점에서의 기준일 뿐, 개인이 느끼는 두려움의 크기를 줄여주는 것은 아니었다.

　그는 마치 고속도로 가에 홀로 핀 코스모스처럼 위태롭게 휘청휘청 하루하루를 연명했다. 성적이 떨어지는 것은 두말할 나위 없었고 체중도 급격하게 줄어 볼살이 홀쭉해졌을 정도였다. 물론 동영상에 등장했던 얼굴만을 보고 길 가던 행인이 난데없이 그를 알아본다거나 편의점 아르바이트생이 그 동영상에 나온 사람이 혹시 당신 아니냐며 느닷없이 물어올 일은 없었다.

　하지만 친구가 그랬듯이 그의 얼굴을 정확하게 알고 있는 사람이 동영상을 본다면 그라는 것을 어렵지 않게 눈치챌 수 있었다. 단지 닮은 사람일 뿐이라고 발뺌한다고 문제가 될 일은 아무것도 없었으나, 눈을 바라보고 물어볼 정도의 짐작으로 다가온 사람에게 그렇게 말하기란 생각처럼 쉬운 일이 아니었다.

　그의 가족이 그렇게 물어왔을 때 그는 그렇다는 사실을 알았다.

　미친년에서부터 시작된 오빠의 고성과 욕설이 온 집 안을 쩌렁쩌렁 울렸던 까닭에 그의 부모도 동영상의 존재를 알게 되었다. 가족 모두에게 그 사실은 청천벽력이었다. 평소 그런 기질을 조금이라도 보인 적이 있었다면 그토록 심하게, 그 때문에 아버지가 한쪽 시력을 잃어버렸을 만큼 심각한 충격을 받지는 않았을 터였다. 그는 곧바로 대인기피와 공황장애를 동시에 앓았다.

　얼마 안 있어 겨울방학이 시작되었던 까닭에 그가 맞닥뜨린 믿을 수 없는 현실을 전교생에게 알리게 되는 참사까지는 겪지 않아도 되었지만, 그렇다고 해서 그의 증상이 호전되었다거나 극복할 수 있는 휴식이 되었던 것은 아니었다.

그의 가족도 넉넉한 마음으로 그의 형편을 돌볼 마음의 여유까지는 가질 수가 없었다. 집안의 가장이 그 일 때문에 한쪽 시력을 잃고 직장을 휴직해야 하는 상황에 부닥쳐야 했던 까닭에 그 모든 죄악의 역사를 그가 홀로 걸머지고 어둠 속으로 침잠해 들어가야만 했다.

그러다가 그는 끝내,

그 짐의 무게를 견디지 못하고 전라남도 광양으로 내려갔다. 그곳이 바로 그가 휘말린 소용돌이의 근원이 되는 남자가 사는 곳이었기 때문이다. 항상 서울에 올라올 때만 원조 교제를 취했던 남자는 그의 뜻하지 않은 전화와 마중 요청으로 설레는 마음을 감추지 못한 채 그를 기다렸고, 맞았다. 그러나 그의 입을 통해 그간의 사정을 모두 전해 들은 남자는 아무 행동도 보일 수가 없었다.

단지 그 동영상은 오롯이 혼자 간직할 생각으로 찍은 것이었고 유포한 것은 하늘에 맹세코 자신이 아니라는 변명을 반복하는 것 외에는 달리 할 수 있는 말이나 행동이 없었다. 남자의 맹세는 거짓이 아니었다. 동영상을 유포한 것은 남자가 아니었다.

그는 아무래도 상관없다고 생각했다. 잘잘못을 따지거나 남자를 추궁하기 위해 광양으로 내려온 것이 아니었다. 그는 다만 집이 아닌 곳으로 떠나본 적이 없었고 떠나야만 했는데 떠날 곳이 없었기에 남자를 찾아온 것뿐이었다.

남자는 자신이 사는 도시 조금 위쪽에 자리한 하동 인근의 여인숙 방 한 칸을 장기 숙박으로 빌렸다. 그곳에 그를 머무르게 한 뒤 그가 생활할 수 있는 최소한의 경비를 주고 일주일에 한 번씩 그를 방문했다.

한 번도 와본 적 없는 소도시 변두리의 작은 여인숙 방에 홀로 웅크린 그는, 낯선 공기와 허름한 이불과 알 수 없는 얼룩으로 가득한 벽지를 바라보며 무슨 생각을 했을까. 남자가 두 번째 방문했을 때 그는 사라졌고 그로부터 이 주일이 지난 뒤 섬진강 하구에서 그의 시체가 발견되었다.

그는 언젠가 친구에게 불에 타 죽거나 물에 빠져 죽으면 아무도 자신을 알아보지 못할 거라고 말한 적이 있었다. 그때까지만 해도 친구는 다만 그것이 그의 넋두리일 것으로만 생각했었다. 상상만으로도 무서웠지만 그랬으므로 설마 그것을 실행에 옮기리라고는 짐작조차 하지 못했다.

그가 부서지기 직전에 마지막으로 본 것은 차가운 공기에 깨질 것같이 시리던 푸른 하늘과, 아무도 찾지 않는 겨울 바다 위를 쓸쓸하게 맴돌던 갈매기 한 마리였다, 라는 문장으로 저스티스맨은 게시물을 매듭지었다. 자신이 같은 계절에 찾아간 그곳에서 마지막으로 본 장면도 바로 그것이었다고 덧붙이면서.

저스티스맨은 당연히 그의 동영상 파일은 자료에 첨부하지 않았고 또 될 수 있으면 고인의 영혼을 위해 찾아보지 말기를 권유했다. 그것은 단순히 흥밋거리로 치부하기엔 너무나도 슬픈 사연의 원인이었으므로 진실을 파악하는 매개 이상으로 보는 호기심은 망자에 대한 예의가 아니라는 소견도 덧붙였다.

많은 누리꾼이 그 말에 동의했음에도 아랑곳하지 않고 꾸준히 그의 동영상이 게재된 곳의 사이트 주소를 댓글로 남기는 이들이 있었다. 물론 그들이 링크해놓은 주소에 동영상이 있을 리 만무했다.

그들은 그저 수단과 방법을 가리지 않고 자신의 돈벌이만 생각하는 파렴치한 그 이상도 이하도 아니었다. 그 와중에도 그의 외모가 예쁜지 아닌지를 궁금해하는 균류도 물론 있었다. 어둠 속에서 광합성을 하지 않는 자들은 이 사회 어디에나 존재하기 마련이었다. 그리고 드디어, 연쇄살인마의 네 번째 희생자에 관한 게시물이 게재되었다.

회색빛으로 물드는 바다

Ocean Greyness

누리꾼들은 모두 네 번째 희생자가 그의 동영상을 찍은 남자일 것으로 예상했지만 그 남자가 아니었다. 피살자는 모 전자회사 서비스센터에 근무하는 엔지니어였다.

사건 당시의 기사를 찾아 확인해본 누리꾼들도 물론 있었다. 그러나 피살자에 관한 정보가 상세하게 소개된 매체는 없었다. 알 수 있는 것은 성별과 나이 정도였다. 지나고 나서 살펴보니 이상할 정도로 이 연쇄살인에 관한 기사가 전체적으로 적다는 의견을 제시한 누리꾼도 있었으나 그것은 이미 그들의 관심사를 벗어난 주제였다.

그들은 다만 예상치 못한 네 번째 피살자의 등장으로 그 이유가 궁금할 따름이었다. 동기를 지닌 연쇄살인의 고리가 이로써 끊어지는가 하는 쪽에 의구심을 둔 누리꾼들이 부화뇌동했지만 내용은 바로 이어졌다.

엔지니어는 고객이 맡긴 휴대폰을 수리하는 과정에서 백업해 놓은 자료를 우연히 클릭했다가 두 눈이 휘둥그레질 만큼 자극적인 야동을 발견하고는 흥분을 감추지 못했다. 그 야동은 일본 배우나 서양 배우들이 등장해서 벌이는 작위적인 성행위를 담은 것이 아니었다. 앵글부터 아마추어의 촬영 실력이 분명한 동영상 속에 담긴 화면은, 그야말로 눈을 뗄 수 없는 자극 그 자체였다.

마치 스너프 필름이 아닐까 싶을 만큼 동영상에 등장하는 여주인공의 표정이 생생했고, 호소하는 고통의 현실감이 영상 속에서 팽창하여 피부에 와 닿는 듯했으며, 아직 그래서는 안 될 무언가가 찢어져 파괴되는 듯한 느낌에 소름이 돋을 지경이었다.

알 수 없는 기묘한 쾌감이 골수 깊은 곳에 고였다가 눌러 짜내는 듯이 서서히 빠져나갔다. 어금니를 꽉 깨물고 손에 잡히는 무엇이든 있는 힘껏 쥐어 터뜨리고 싶은 충동이 들었다. 혀뿌리 아래로 소용돌이치듯 고이는 침조차 느끼지 못할 정도로 강렬한 희열이, 머리카락 한 올 한 올에까지 뻗쳐올랐다.

엔지니어는 자신도 모르게 콧잔등의 주름을 날카롭게 사선으로 겹쳐 세우고, 번들거리는 아랫니를 톱니처럼 드러내고는 마치 맹수와 같은 표정으로 화면을 노려보았다. 무언가 열화에 휩싸인 광인의 눈빛 같았다.

자신의 영혼이 마치 영상의 연출자라도 되는 양, 마음속 깊은 곳 어디에선가 더 철저하게 짓밟고 갈기갈기 찢어발겨줄 것을 주문하고 있었다. 팬티 속의 성기가 이제 막 생명을 부여받은 뱀의 동상처럼 꿈틀거리며 몸을 일으켰다.

　엔지니어가 보기에 그것은 분명히 설정이나 연기가 아니라 실제 상황이었다. 그럴 거라는 사실을 하얀 시트와 여주인공의 허벅다리 위로 흘러내리는 선혈을 통해 확인할 수 있었다. 만약 실제가 아니라 연기였다고 해도 세상에 그와 같이 실감 나는 설정과 연기는 이제껏 본 적이 없었다.

　남자의 얼굴은 등장하지 않았지만 임신부만큼이나 불룩한 배로 미루어 보아 중년 남성일 것으로 추측할 수 있었다. 그는 숨을 헐떡이고 코를 훌쩍이며 사정없이 몸을 들썩이고 있었다. 그런 반면 그 밑에 깔린 여자는, 뽀얀 피부와 가느다란 팔다리에 영상으로 보아도 젖살이 덜 빠진 것이 보일 만큼 어린 미성년자가 틀림없었다. 그런 아이의 가는 허벅다리가 마치 강한 충격으로 실신한 사람의 육신처럼 경련하고 있었다.

　엔지니어는 그게 뭘 의미하는지 생각할 겨를도 없이 자신도 모르게 대박, 하고 중얼거리고는 흥분에 겨운 기분 그대로 친구에게 동영상을 전송했다. 문자 역시 대박 왕건이, 라고 찍어 보냈다. 얼마 안 있어 헐, 진짜 대박이라고 친구로부터 답신이 들어왔다. 부지불식간에 이루어진 일들이었다.

엔지니어는 그가 혼자 사는 원룸 오피스텔에서 살해당했다.

그는 책상 컴퓨터 앞에 앉아 바지를 내리고 성기를 꺼내놓은 채 이마가 뚫려 있었다. 경찰이 모니터 속에 정지되어 있던 동영상을 활성화하자 그가 그렇게 소중해 마지않았던 대박 동영상이 재생되었다.

도심 한가운데서 이마에 두 발의 총상을 입은 시체가 나왔음에도 목격자는 역시 단 한 명도 없었다. 그가 사는 오피스텔은 상가로 이루어진 지하 한 개 층과 지상 두 개 층을 제외하고는 대부분이 원룸이었고, 사는 이들의 구 할이 싱글이었는데 그들에겐 제일이 아닌 것에는 완벽하게 무관심하다는 공통점이 있었다.

승강기에서 종종 사람들과 마주쳐도 그들은 서로 이웃인지 몰랐다. 열 번을 같이 타도 그들은 서로 그랬다. 그들에게 이웃이란 오로지 인터넷상에서만 존재하는 것이었다.

세대 수가 워낙 많아 그럴 수도 있다지만 그보다는 먼저, 사람들끼리 서로 눈을 맞추지 않은 지가 어언 백만 년이었다. 길에서건 복도에서건 승강기 안에서건, 열에 아홉은 모두 자신의 스마트폰을 쳐다보느라 정신이 없었다. 아닌 말로 누가 뒤통수를 후려치고 내린다고 해도 그가 누군지 얼굴은 고사하고 옷차림조차 기억할 수 없을 만큼 그들은 타자에게 철저하게 무관심했다. 그들의 관심은 오로지 손바닥만 한 액정 화면 속에 있었다.

문제는 그 화면에 코를 박고 있느라 자신이 어떤 위험에 노출되어 있는지도 판단하지 못한다는 사실이었다. 엔지니어가 살해되기 얼마 전에 그 오피스텔에서 벌어졌던 강도 미수 사건도, 그런 위험의 연장선상에서 벌어진 일이라고 볼 수 있었다.

승강기에서 내린 여자는 스마트폰을 보며 긴 복도를 걷는 동안에도 낯선 남자가 자기를 쫓는다는 사실을 인식하지 못했을뿐더러 옆구리에 칼끝이 들어올 때까지도 그게 뭔지 몰랐다고 했다. 그는 평소에도 친구와 정신없이 문자를 나누느라 자기 집 현관을 그냥 지나친 적이 여러 번 있었지만 그런 사실까지 경찰서에서 진술하지는 않았다.

놀라운 건 혼비백산한 그가 엉겁결에 지르기 시작한 비명이 무려 오 분 동안이나 지속되었음에도 문을 열고 나와보는 사람이 단 한 명도 없었다는 사실이었다. 다행히도, 강도는 칼을 들이대고 조용히 하라고 말하면 이제껏 모두 그래왔듯 당연히 얌전하게 집 안으로 들어갈 것으로 예상했다가, 갑자기 광녀처럼 소리를 질러대는 여자의 돌발 행동에 당황해서 도망치기 바빴다.

여자는 강도가 시야에서 사라진 후에도 한참 동안 소리를 질러댔고 목이 쉬어 소리가 안 나올 즈음에야 제자리에 털썩 주저앉은 뒤, 그 와중에도 경찰이 아닌 친구에게 전화도 아닌 문자를 보냈다. 결국 신고는 친구가 했다. 경찰이 왔을 때까지도 그는 복도에 주저앉은 채 있었고 경찰이 와서 그를 서(署)로 데려가고 나서야 이웃집의 첫 번째 현관문이 열렸다.

그 시각 칠 층 이십삼 개 가구 열여덟 명이 집에 있었음에도 그랬다. 하물며 육 층이나 팔 층은 말할 것도 없었다. 심지어 경비실에 전화해서 그때의 상황을 알렸던 사람조차 없었다. 일일이나 일일구는 떠올리지도 않았을 터였다. 접수된 전화가 단 한 통도 없었다. 당연히 그들의 전화를 받고 출동한 대원도 없었다. 그 오피스텔 거주자들의 휴대폰 통화 목록에 기록된 최근 발신 번호의 대부분은 식당 전화번호였다.

엔지니어가 피살된 뒤 경찰의 탐문이 이루어졌을 때, 거주민 대부분은 총소리 같은 건 들은 기억이 없다고 진술했고 몇몇은 아주 큰 파열음을 들은 것도 같지만 그게 총소리일 거라고는 상상조차 하지 못했다고 말했다.

단 한 명만이 "우리나라에서 총기 소지가 가능한가요?" 하고 진지하게 질문했으나 경찰은 퉁명스러운 어조로 "스마트폰으로 검색해보시든가."라고 대꾸했다고 저스티스맨은 전했다. "그게 가능한지 안 한지."

한 누리꾼이 저스티스맨의 게시물에, 탐문을 나간 경찰이 정말로 그렇게 말했느냐고 질문했고 저스티스맨은 그렇다고 답변했다. 그 내용은 총기 소지의 가능 여부를 물은 사람이 인터뷰 과정에서 한 말이었고, 더구나 다시 떠올려도 형사의 무례함에 화가 난다며 얼굴을 붉히던 사람이었으므로 그의 말이 사실이라면 사실이 맞을 것이며 그 상황에서 자신한테 그런 의미 없는 거짓말을 할 이유는 전혀 없어 보인다는 개인적인 소견도 덧붙였다.

질문한 누리꾼이 경찰의 태도에 관해 몇 글자 부정적인 댓글을 달자 그 밑으로 몇몇 누리꾼이 혀를 차는 댓글을 다시 달았다.

사람이 죽은 건 중요하지 않고 경찰의 태도가 무례한 건 무척 중요했나 보구먼.

카페 한편에서 그런 의견을 대변하듯 경찰의 태도를 비난하는 무리와 사소한 문제를 비약해서 사건의 본질을 흐리는 관심병 환자들은 제발 좀 꺼지라는 무리의 설전이 한바탕 벌어졌다.

아무리 큰일이 벌어졌다고 해도 그 틈을 메우고 있는 작은 잘못들까지 모두 중요하지 않다고 여기는 건 위험한 발상이라고 생각합니다만.

틀린 얘기는 아니지만 지금 할 얘기는 아닌 듯.

내가 볼 땐 저 양반 말이 지금 할 얘기가 맞는데?

그건 살인 사건과 별개의 문제죠.

어떻게 별개의 문제입니까. 사건을 조사하는 과정에서 벌어진 일인데.

윗분 말씀에 동감합니다. 사건은 사건이고 형사가 잘못한 건 잘못한 거죠. 짚고 넘어갈 건 짚고 넘어가야 한다고 생각합니다.

그게 아니고 살인 사건은 남의 문제고 기분 나쁜 건 네 문제이기 때문에 그게 그렇게 중요한 거겠지.

언제 봤다고 반말이세요?

언제 봤으면 말로 안 하지.

초딩은 제발 좀 꺼져라.

점잖은 척은 혼자 다 하더니 성질나니까 이제 본성이 나오는 거냐?

너한테 어울리는 대접을 해주는 거다.

눈물 나게 고맙네. 하여튼 요즘엔 똑똑한 새끼들이 너무 많아서 탈이야.

뭣도 모르고 날뛰는 어린 새끼들보단 낫다. 가서 숙제나 마저 해라 이 핏덩이 새끼야.

그렇게 막 지껄이다 내가 니 아버지면 어쩌려고 그러냐?

부모 갖고 개드립 치지 말고 꺼져라 병신아.

그러나 이런 소모적인 논쟁과는 별개로, 이즈음부터 누리꾼들의 시각이 변화한 건 사실이었다. 그러니까 이것은 단순히 개인의 원한에 의한 복수극 따위가 아니라는 의견이 생성되기 시작한 것이다.

그렇다면 뭐냐, 한쪽이 질문했고 다른 쪽이 그렇다면 대체 뭘 거 같으냐고 반문했다. 제발 떠주는 밥만 처먹지 말고 스스로 좀 생각해보라고 윽박질렀다. 머리는 폼이 아니질 않느냐고. 네 대가리가 머릴 말릴 때만 쓰는 거라면 북어 대가리와 다를 게 뭐냐는 시비로부터 시작해서 다시 격한 감정 대립이 일어났고, 또 현피가 운운되다가 오피스텔은 정말이지 사람 살 곳이 못 된다는 기묘한 결론에 도달하기도 했다.

그러다가 또다시 다른 의견, 그러니까 이 피살자들의 동일한 피살 동기는 저스티스맨이 정리한 공통점을 제외하고도, 모두 그늘에 가려진 미필적 고의의 혐의를 지닌 범죄자들이라는 의견이 제시되었다.

그러자 그런 댓글을 기다렸다는 듯이 네가 뭔데 미필적 고의 같은 단어를 함부로 운운하며 잘난 척하느냐는 의견이 그에 반하여 각을 세웠고, 나는 무슨 대학 법학과 몇 학번이라는 댓글이 그 각에 다시 대립각을 세웠으며, 곧이어 그 대학 법학과에 다니는 내 후배한테 물어봤더니 너 같은 새끼는 없다고 하더라는 댓글이 마치 활자마다 송곳니를 박아놓은 것처럼 서슬이 퍼렇게 달렸다.

애초에 정상적인 대화의 시작이라고도 할 수 없었지만 이 시점에서부터는 본격적으로, 거추장스러운 예의 따위 모두 집어치우고 핵심적인 감정만을 전달하겠다는 듯 거친 욕설이 난무하기 시작했다. 인터넷상에서의 댓글만 보자면 정말이지 다양한 생각들의 보고라고 봐야 할지 아니면 현실에서 표출하지 못하는 정신병적 스트레스 해소를 위한 극단적인 창구라고 해야 할지 도무지 판단이 서지 않는 경우가 많았다.

애초부터 자음과 모음을 풀어헤쳐 초점이 맞지 않는 정신 나간 댓글들은 모두 제외하고 본다 하더라도 난해하긴 마찬가지였다. 그나마 정상적이고 옳아 보이는 의견을 내세우던 사람조차도 까닭 없이 물어뜯기는 상황에 봉착하면 한순간에 돌변했고, 마치 좀비처럼 똑같이 이를 드러내며 으르렁거리는 바람에 맨 처음 올곧게 달았던 댓글이 오히려 연기가 아니었을까 싶을 정도로 그들의 본질을 가늠하기가 어려웠다.

그러나 그 와중에도 카페 운영자인 저스티스맨의 댓글은 압도적인 힘을 지니고 있었다. 혼란스러운 난장판을 단 한 줄의 문장으로 정리해버리는 상황이 점점 더 빈번해지다 보니 어느 때부터인가 운영자의 문장 하나하나가 그 자체로 권력이 되어가고 있었다.

그는 그늘에 가려진 미필적 고의의 혐의자들이라는 부분을 재차 언급하며 그 의견에 지지를 보냈고 그의 지지는 곧 법, 엄지 모양 추천 마크 옆의 숫자가 폭발적으로 치솟았다. 법망에 걸리지는 않으나 도의적인 책임에서는 절대 벗어날 수 없는 자들. 숨은 악의 향연. 범죄의 근원. 저스티스맨의 댓글은 어느덧 교주의 포고령이라도 되는 듯한 위력을 지니게 된 것이다.

그리고 얼마 후 당연히 동영상을 찍은 남자가 그다음 피살자가 되어야 한다는, 이를테면 이제 살인은 당연한 행위이고 마땅히 죽어야 할 놈들이 죽고 있다는 중론이 이루어지고 있는 가운데 다섯 번째 피살자에 관한 게시물이 게재되었다.

심연
The Deep

그러나 다섯 번째 피살자도 누리꾼들의 바람에서는 약간 빗나간 사람이었다. 그는 얼핏 생각해보면 다소 의아할 수도 있는 네 번째 피살자의 친구였다.

그의 피살 동기가 아직 밝혀지지 않은 처음 몇 문단까지는 대개의 누리꾼이 고개를 갸우뚱하며 읽어나가는 형편이었지만, 이윽고 성인 사이트에 '첫 경험' 동영상을 최초로 올린 사람이 바로 그라는 사실이 밝혀지면서 그러면 그렇지 개새끼, 라는 등 아니나 다를까 그럴 만한 이유가 있었다는 등 이제는 거의 연쇄살인이라는 사실 자체는 중요한 문제로 여겨지지 않았고 마땅히 죽을 놈이 죽었으니 통쾌하다는 반응만이 횡행할 따름이었다.

그러고는 마치 그래 그렇다, 잊고 있었던 진실이라도 확인한 양 킬러가 네 번째 피살자를 살해하면서 그가 누군가에게 동영상을 전송했다는 사실을 놓쳤을 리 없고 그렇다면 당연히 그 누군가를 확인하지 않았을 리도 없다는 게 누리꾼들의 뒤늦은 깨달음이었다.

그런데 여기서 주목해야 할 점은 바로 연쇄살인마가 어느 순간부터 킬러라는 이름으로 둔갑하여 불리고 있다는 사실이었다. 저스티스맨은 그러한 명칭 변화를 묵인했다. 정정하거나 의문을 제기하지 않았고 얼마 후부터는 그도 살인마를 킬러라고 지칭하기 시작했다. 킬러는 은연중에 두려움의 대상에서 동경의 대상으로 변모하고 있었다.

엔지니어의 친구는 공교롭게도 성인 사이트의 운영자였다. 놀랄 만한 우연이었지만 이 넓은 세상엔 그런 우연이 널리고 널렸다는 게 몇몇 누리꾼들의 의견이었다. 우연이 필연이 되고 필연이 다시 악연이 되는 게 인생사 아니겠느냐며 그들은 마치 시조를 읊조리듯 자신들의 의견을 댓글로 밝혔는데, 바로 그 밑에 종말의 시대가 도래하고 있다며 사이트 주소를 링크해놓은 이들도 있었다. 들어가보면 죄다 이단 종교 아니면 성인용품 광고 사이트였다.

뭐야, 종말이 다가오니까 섹스나 하자 이거야? 하고 어떤 누리꾼이 그 밑에 댓글을 달았고 다시 그 밑으로 엄지손가락을 추켜세운 모양의 이모티콘이 댓글 대신 달렸다.

엔지니어의 친구는 십만에 가까운 회원을 보유한 사이트를 운영하며 주로 아내나 여자 친구, 미소녀와 같은 갤러리를 만들어 회원들의 음란물 공유를 주선하고 그 대가로 금전적인 이익을 취하는 것으로 생계를 이어나갔다. 사실 생계를 이어나간다고 표현하기가 무색할 만큼 높은 수익을 그는 올렸다.

그는 회원들이 직접 촬영한 동영상을 쉽게 올릴 수 있는 플랫폼을 제공하고, 회원들은 자신이 촬영한 아내나 여자 친구의 사진 또는 성행위를 담은 동영상을 올리거나 혹은 길거리에서 몰래 촬영한 여자들의 속옷 동영상을 올리면서 다른 회원들과 정보를 공유했다.

그 가운데는 누가 봐도 중년이 분명한 몸에 맞지도 않는 교복을 입혀놓고 자기 제자와 한 섹스라며 동영상을 올린 사람도 있었고, 자기 형수와 찍은 거라며 올린 사람도 있었으며, 처제와 처제의 친구, 동생과 동생의 친구, 사촌 누나와 동생 심지어 엄마의 친구까지 자기가 따먹었다며 올린 동영상도 있었다.

어디까지가 사실인지 알 수 없는 것들 천지였지만 기실 그런 영상물의 진실 여부는 그리 중요하지 않았고 제목이 얼마나 자극적이고 호기심을 불러일으키는가 하는 점만이 중요했다. 그것은 이를테면, 인터넷 언론 같은 것이었다. 조금이라도 더 자극적이고 선정적인 제목을 달아야만 클릭 수와 내려받는 수가 증가하고 올린 사람의 수익이 창출되는 것이었다.

그 수가 하루에도 실로 어마어마할 정도여서 올린 사람과 내려받는 사람 사이에 이루어지는 상거래의 수수료만 받아 챙겨도 엄청난 수익을 창출할 수 있었다. 저스티스맨은 온통 정신병자들만 우글거리는 것 같은 이 사이트의 회원들이 실은 당신들의 아주 멀쩡한 직장 동료 혹은 친구 또는 가족 중의 한 사람일 수도 있다고 주의를 환기했다.

그들이 정신병자이므로 그렇게 미친 제목의 광적인 연출을 일삼는 것이 아니라 그것이 다만 금지된 일들이므로 열광하는 것뿐이라는 생각이 저스티스맨의 소견이었다.

사고를 당한 불쌍한 고등학생처럼—저스티스맨은 그 고등학생의 죽음을 타살이라 여긴다고 자기 의견을 이미 밝힌바—누구나 다, 제도권에 억눌린 삶을 사는 사람이라면 단 한 명의 예외도 없이 일탈의 순간을 꿈꾸는 때가 있으며, 더더구나 자기 정체가 드러나지 않는 기회가 주어진 상황에서 아무런 제재 또한 받지 않는다면 누구라도 한 번쯤은 그렇게 완전히 미쳐버릴 수 있다는 것이었다. 그러므로 그 비밀의 시간이 오랫동안 유지되면 될수록 중독에 빠져들 수 있으나 그렇다고 해서 그것이 실생활로 연결되지는 않는다고.

이 게시물들이 증명하듯이 종종 그 때문에 범죄가 일어나기도 하지 않느냐는 한 누리꾼의 주장에 저스티스맨은 동의를 표하면서도, 실제로 음지에서 일탈을 욕망하는 수에 비하면 그것은 미미하다 할 만한 수도 되지 못하는 게 사실이고, 기실 현실에서 이룰 수 없는 일이란 걸 더 잘 아는 사람일수록 혹은 현실에선 용기라는 걸 가져본 적이 없는 사람일수록 익명의 광기에 더욱 강렬하게 중독되는 법이라고 말했다.

누구나 알다시피 인간과 동물의 가장 큰 차이점이 바로, 할 수 있으나 하지 않을 의지를 지녔다는 점이며 당신이 기사를 통해 목격하는 범죄자들은 그러므로 인간보다는 동물에 가까운 자들이라고 보는 게 오히려 옳을 거라는 말도 덧붙였다. 그에 따라 그렇다면 범죄자들의 인격을 존중하는 것은 잘못된 처우라고 생각하십니까? 라는 질문도 올라왔다. 저스티스맨은 답변했다.

범죄도 범죄 나름 아니겠습니까.

나름이라는 기준은 각자의 생각 차이로 달라질 수 있지 않나요?

세상에는 각자의 생각 차이로 달라질 수 있는 일이 있고 그럴 수 없는 일이 있는데 그 차이를 구별하는 것이 바로 성숙한 의식 수준이며 지혜라고 저는 생각합니다. 사고의 다양성이 필요한 부분과 그렇지 않은 부분이 구별되어야 한다는 얘기입니다.

사고의 다양성이 필요한 부분과 그렇지 않은 부분이요?

세상에는 각자의 생각과는 아무 상관 없이, 일종의 진리 같은 것이 살아 있고 알고 보면 그런 게 꽤 많이 존재합니다. 그러니 그것은 한 사람의 신념이 누군가에게는 허세나 고집으로 보일 수도 있지 않은가 하는 식의 문제와는 전혀 다른 성질의 것이지요. 그렇듯 명백한 진리에 대한 분별이 하나의 중심으로 분명하게 서 있다면 실제로 논쟁의 여지가 많은 미세한 차이의 이견들 가운데 서도 현명하고 이로운 판단을 내릴 수 있게 될 겁니다. 그것이 바로 앞서 말씀드렸던 성숙한 의식 수준이자 지혜라는 게 저의 생각이고요.

하지만 명백한 진리가 하나의 중심으로 서 있다는 말씀 자체에서 다소 파시즘적인 뉘앙스가 우러납니다. 명백한 진리라는 것을 누가 규정할 수 있는 건가요?

이 질문에 대해 한동안 저스티스맨의 답글이 달리지 않자, 눈치 빠른 다른 누리꾼이 대신 나서 비난했다. 도대체 네가 파시즘이 뭔지나 알고 지껄이는 거냐는 식의 비난으로 시작된 그의 댓글을 필두로, 감히 저스티스맨의 의견에 의문을 제기한다는 사실로까지 비난 댓글이 폭주했다.

그 기세에 어떤 질문도 더는 달리지 못한 채 기존 댓글에 관한 입에 담을 수 없는 욕설들만 난무했는데, 정작 저스티스맨은 자신에 대한 그런 과도한 옹호가 마치 황제를 위한 의례적인 제식 행사라도 된다는 양 아랑곳하지 않고 한마디를 더 덧붙였다.

물론 제가 그 성인 사이트를 대변해서 세상에는 반드시 필요악인 부분이 있다고 옹호하는 것도 아니고 그 회원들이 이해를 받아야 하는 면이 있다고 주장하는 것도 아닙니다. 다만 그런 집단이 생성되는 과정을 말씀드리고 싶었을 따름입니다. 당신들이 경악하는 그 모든 일이 실은, 외계인들의 돌발적인 침공으로 비롯되는 것이 아니라 우리의 삶 속에 공존하는 아주 보통의 일상으로부터 시작된다는 점을 알려드리고 싶었습니다.

그런 가운데, 일반 회원이나 월정액을 내는 회원은 볼 수 없는 영역이 이 사이트에는 존재했다. 연회원만이 들어갈 수 있는 브이브이아이피만을 위한 공간이었는데 이곳은 극도의 정신적인 파탄을 욕망하는 자들이 모여드는 곳으로, 주로 강렬한 내용의 스너프 필름들이 다루어지고 있었다.

살인이나 사고 장면은 물론 동물과 성행위를 하는 수간, 실제로 이루어지는 강간, 절대적인 금기를 깨뜨리는 영상물 같은 것들이었다. 이를테면 실제 현직 목사가 신도를 현혹해 성행위를 하는 음란물 같은 것이 여기에 해당했는데, 일반 회원 공간에서 취급되는 영상물들과는 달리 이 공간에서 다루어지는 필름의 진실 여부는 매우 중요했다.

해서 운영자가 여러 각도의 검증을 거치거나 오랜 운영 경험을 토대로 쌓은 특유의 감각으로 엄선해서 영상물을 추려 올렸는데, '첫 경험' 동영상도 처음에는 이곳에 올라갔었다. 그만큼 그 동영상이 희귀하고 자극적이었던 것이다.

엔지니어의 친구는 당산동에 있는 그의 사무실에서 살해당했다.

그는 이전 피살자들과는 다르게 알몸으로 죽었는데 이마를 관통한 두 방의 탄흔은 당연히 있어야 할 자리에 있다는 듯 같은 곳에 뚫려 있었고, 매우 특이하게도 그는 생식 기관에도 탄흔이 남아 있었다. 생식기를 비스듬하게 뚫고 들어간 탄환은 골반을 관통하지 못한 채 박혀 있었다.

그가 운영했던 사이트의 비밀 자료들을 대거 입수할 수 있었던 경찰은 특별 회원만을 위해 만들어진 공간에 실렸던 자료들을 통해 실재 인물들을 다수 검거할 수 있었다. 그중에는 우리나라 사람이라면 누구라도 알 만한 직장의 간부이자 번듯한 한 가정의 가장도 있었고 의사와 변호사도 있었으며 심지어 전직 시의원도 있었다. 동영상에 등장하는 어른들의 부지기수가 이 사회의 엘리트 군이라고 자부하는 사람들이었다.

경찰이 입수한 동영상들에 찍힌 신상 변조 또는 은닉 용도의 모자이크나 복면은 큰 의미가 없었다. 엮고 엮으니 그들은 굴비처럼 달려 나왔고 자신의 형량을 줄이기 위해 남을 고발하는 사례는 빈번하다 못해 전부라고 해도 과언이 아니었다.

엘리트만이 대접받는 사회 구조에서 남을 짓밟지 않으면 접근할 수 없는 위치, 그 적은 수의 자리를 차지하기 위해 그들이 길러야 했던 가장 큰 소양은 배척이었다. 그와는 대척 지점에 놓인 의리나 공조 따위의 소양은 익힐 수 없었다. 익힐 의지도 없었고, 있었어도 시간이 없었다.

시간은 누구에게나 공정하게 배분되므로 극과 극에 있는 두 가지 소양을 모두 기를 수는 없는 것이었다. 둘 중 하나를 포기하거나 둘 다 포기해야 하는 경우가 대부분인데 그나마도 후자를 선택했다면, 아마도 그들은 엘리트 집단에서 밀려났거나 아니면 애초부터 그 집단에 진입조차 할 수 없었을 거라는 게 저스티스맨의 의견이었다.

인간의 선한 본성에 반하는 억압과 은밀한 강요와 무차별 경쟁으로 말미암은 스트레스가 결국 가학성으로 표출되고 마는 대표적인 표본 사례라고 저스티스맨은 이 과정을 논평했는데, 인간으로서는 가능하지 않을 것 같은 잔인함에 잇몸을 드러내던 살인자가 평소 전혀 다른 사람 같은 얼굴로 순박하게 웃음 짓는 행위가 기실 놀랄 일은 아니라는 얘기였다. 어쩌면 그렇게 잔인한 얼굴과 티 없이 순박한 얼굴 모두, 동전의 양면처럼 한 몸에 붙은 우리의 자화상일지도 모른다고 저스티스맨은 덧붙였다.

그렇다면 어른들은 그렇다고 치고, 이 아이들은 대체 무엇 때문에 그렇게 되었는가.

강간과 폭행이 난무하는 자료들 속에서 경찰이 가장 놀랐던 사실은, 그 동영상을 찍고 출연한 이들의 상당수가 중·고등학생이라는 점이었다. 집단 폭행과 협박과 강간과 담배로 팔뚝을 지지는 등의 영상 대부분을 중·고등학생들이 직접 찍어 판 것이었다.

학교 폭력이란 게 칠팔십 년대에 유행했던 것처럼 돈 가진 거 좀 있냐? 라든가 뒤져서 나오면 십 원에 백 대라고 말하는 수준이 아니었다. 가슴팍을 두어 대 주먹으로 후려갈기고 가방을 들게 하는 정도의 수준이 절대 아니었던 것이다.

돈도 주지 않고 빵을 사 오게 하는 소위 빵 셔틀은 차라리 귀여운 행위에 속했다. 담배를 끊이지 않게 계속 대줘야 하는 것은 물론이요 데이터의 무제한 공급, 휴대폰이나 엠피스리나 태블릿피시를 무한정 빌려주다가 잃어버렸다는 구실로 빼앗기는 경우도 다반사였다. 아무 이유 없이 같은 반 친구와 싸워야 한다거나 전혀 친분이 없는 다른 학급의 아이와 싸워야 할 때도 있었다. 소위 일진이라 불리는 아이들이 시키는 거라면, 그게 뭐가 됐든 해야 하는 것이다.

돈을 빼앗는 방법도 아주 다양해서 단순히 그냥 꿔 가서 갚지 않은 것은 두말할 나위 없는 행동이고, 유료 사이트의 결제를 대신 해주어야 한다거나 충천해야 할 인터넷 캐시가 있다면 충전해주어야 했다. 그나마도 이런 종류는 사실 학교를 벗어나면 동시에 빠져나올 수 있는 셔틀이었지만 그렇지 않은 형태의 것도 많았다. 숙제를 대신 해 와야 하는 것은 물론이고 게임 캐릭터의 레벨을 올려주어야 하는 경우도 적지 않았다.

특히 게임 같은 경우는 일회성 셔틀이 아니라 끊임없이 계속 유지 상승해야 하는 것이었으므로 끝이 있는 형태가 아니었다.

그러니 이런 셔틀을 겪는 아이들로서는 집에 왔다고 해서 자기만의 시간을 가질 수 있다거나 일진의 그늘에서 벗어날 수 있는 상태가 아니었으므로, 이른바 앞이 보이지 않는 암흑 같은 노예 생활을 기약 없이 하고 있는 셈이었다. 때론 휴일까지도 고스란히 일진을 위해 써야 했다.

그러니까 그들에게 일 년 혹은 삼 년이란 세월은, 영원히 손에 잡히지 않을 저 먼 우주의 끝보다도 더 먼, 상상 속에서나 가능한 세계였고 과연 올지도 알 수 없는 미지의 세상이었다.

그러다가 만약 우연한 계기로 이런 일들이 어른들에게 발각된다고 해도 가해자, 일진들이 빠져나갈 구멍은 많았다. 가령 빌려준 것은 말 그대로 빌려준 것이었으므로 돌려주면 그만이었고 유료 사이트 결제나 캐시 충전은 아이디를 공유할 뿐이라고 둘러대면 그만이었다. 성인의 시각으로 현실적인 상황을 적확하게 파악할 수 있다손 치더라도 그것은 대개 심증에 불과할 뿐이었으므로 그 이상을 추궁하기가 사실 어려웠다. 결국, 할 수 있는 조처란 경고가 전부였다.

그에 반해 돌아올 보복의 형태는 어떠한가. 선생이나 어른 들이 어떤 경로를 통해 셔틀의 과정을 알았는지는 하등 중요하지 않았다. 보복은 어차피 피해 당사자에게만 돌아가기 마련이었고 그러므로 누구도, 그 아이를 위한답시고 고자질을 한다거나 그 어떤 다른 행위를 대신해줄 수 없었다.

그들의 보복이란 통상 보통의 성인이 상상할 수 있는 범위가 아니었다. 연회원 전용 공간에 올라오는 아이들의 동영상들이 모두 이러한 보복의 과정에서 탄생하는 결과물이었다.

집단 폭행은 아주 단순한 도입부 영상 정도에 불과했고 남자아이의 성기에 스테이플러를 줄줄이 박는 동영상이나 항문 주변을 담뱃불로 지지는 식의 가해 장면도 숱하게 많았다. 일진과 피해자의 세계에는 당연히 여학생들도 있었는데 여학생이라고 해서 상황이 순화되거나 정도가 약해지는 경우는 없었다. 오히려 더 심했다.

일반적으로 여학생의 경우엔 남자 일진이 보복을 대신해주는 경우가 많았는데 그 과정에서 동영상 촬영은 더없이 좋은 협박 자료였다. 겁에 질린 여자아이가 울거나 말거나 그들은 이루 말로 다 설명할 수 없는 악행을 눈 하나 깜짝하지 않고 저질렀다.

그런 잔인한 행동들이 이들에겐 일종의 유희 같은 것이었는데, 그렇다는 것을 그들의 사악한 웃음소리로 알 수 있었다. 그런 끔찍한 악행들을 행하면서도 아이들은 시종 웃고 있었다. 낄낄거리고 잡담을 나누면서 아무렇지도 않게 때리고 벗기고 지지고 패고 쑤셔댔다.

검거된 후 그들이 한 말의 공통점을 살펴보면, 그렇게까지 할 생각은 아니었는데 어쩌다 보니 그냥 그렇게 되었다는 얘기였다. 어려서부터 쉽게 접할 수 있었던 불법 동영상들을 통해—그러니까 사회가 낳은 엘리트 정신이상자들이 어둠 속에서 양산한—그런 장면들을 수도 없이 봐왔으므로 실행하는 데 큰 거부감이 없었을뿐더러, 막상 하다 보니 재미있었고 양심적으로 크게 꺼려지는 부분도 딱히 없었으므로 어렵지 않더라는 얘기였다.

게다가 그렇게 찍은 동영상은 비싼 값에 팔 수 있었고, 그 돈은 길거리에서 삥을 뜯는 것과는 차원이 다른 금액이었고, 그러므로 그러지 않기란 더 어려웠는데, 거기엔 딱히 그러지 말아야 할 이유도 없었으므로 그렇게 했다고 그들은 말했다. 몇몇 아이들은 그것이 심각한 범죄라는 인식 자체도 아예 없었다. 그러니 그것은 이를테면, 이 시대의 어른들로부터 물려받은 유산을 좀 더 강렬하고 극악한 형태로 진화시킨 결과의 한 음성적인 예라고 할 수 있었다.

물론 저스티스맨은, 게시물에 관련된 사진에 대해서만큼은 킬러가 죽인 피살자에 한해서 가능한 범위 내로 자료를 첨부하거나 볼 수 있는 주소를 첨부하거나 혹은 볼 수 있어도 그냥 설명으로 만족하는 게 좋을 거라는 의견으로 대신했다. 당연히 성인 사이트에 실렸던 동영상에 관한 내용은 전부 설명으로 갈음했다.

그러나 누리꾼들은 참으로 기가 막히게 그와 관련한 영상물들이 게재된 위치를 추적해서 찾아냈으며 주소의 좌표를 댓글로 남겼다. 이미 누군가 찾아 삭제한 자료라고 해도 얼마 지나지 않아 새로운 좌표가 찍혔으니 그것은 아마도 바이러스처럼 영원히 사라지지 않을지도 몰랐다.

그리고 또 몇몇 누리꾼들은 킬러는 왜,

비밀 자료에 등장한다는 그들을 몽땅 죽여버리지 않고 경찰에 넘겼느냐며 광분했다. 그러자 어떤 누리꾼이 그런 필요 이상의 광분도 폭력의 또 다른 형태이니 당신들도 그런 소지가 다분한 사람들이라는 식의 댓글을 남겼고, 그 댓글을 본 누리꾼들은 더 광분해서 저놈을 잡아 다구리를 쳐야 한다는 등 아이피를 추적하라는 등 한바탕 난리를 부렸는데, 이에 그런 댓글을 달았던 누리꾼도 조금의 물러섬 없이 그것 보라며 당신들의 수준도 결국 저들과 다르지 않다며 불난 집에 아예 화덕을 던져버렸다.

다행히 일 대 다수였던 까닭에 그들이 그렇게 소중해 마지않는 현피까지 수면 위로 부상하지는 않았지만, 너를 추적해서 잡아 죽이겠다는 공갈 협박은 여전히 난무했고 그에 대응하는 누리꾼도 알곡을 토해내는 탈곡기처럼 꼬박꼬박 그럴 수 있으면 그래보라고 대꾸했으므로, 한동안 그곳에선 소모적인 난타전만 한여름 낮 운동장을 뒤덮은 흙먼지처럼 펄펄 날릴 따름이었다.

그런 와중에 또 다른 쪽에선 사건의 본질로 돌아와, 도대체 왜 원조 교제를 일삼고 고등학생의 동영상을 찍은 그 원흉은 죽이지 않는 거냐며 분통을 터뜨렸는데, 그들의 분통과는 달리 그는 이미 죽었고 당연히 킬러가 죽였으며 단지 이곳에서만 아직 다루어지지 않았을 뿐이라는 댓글이 달렸다.

누리꾼들의 의견이 분분해졌다. 기실 그때까지 살해된 피살자들의 신분에 관해 그들은 크게 관심이 없었고, 저스티스맨이 운영하는 카페의 회원이 되기 전까지만 해도 같은 연쇄살인마에 의해 살해된 피살자의 수조차도 정확히 파악하지 못하고 있었다.

물론 이 부분은 언론에서 해당 사건을 다루었던 방식에도 문제가 없진 않았다. 최초 피살자와 그다음까지는 대서특필했던 언론이었다. 우리나라에서는 좀처럼 일어나기 쉽지 않은 권총 살해 사건이었고 그 수법이 매우 대담하다는 점에서 충분한 이슈거리가 될 수 있었다.

그러나 그것이 세 번째에 이르러 같은 범인에 의한 연쇄살인이라는 사실이 점차 분명해지고 살해 동기는 전혀 알 수 없는 마당에 네 번째, 다섯 번째 피살자까지 삽시간에 발생하자 언론도 당황했다. 일단 대통령의 지시로 그 사건만을 전담하기 위한 검경 합동 수사본부가 대검에 꾸려졌음에도 수사는 진척을 보이지 않았고 실마리조차 풀지 못하고 있었으므로 대형 언론사 데스크에서도 이 사건을 과연 어떻게 보도해야 할지 난감했던 것이다.

그들은 물론 이 극악한 연쇄살인마가 종잡을 수 없는 경로로 움직이며 무차별 살인을 감행하고 있다는 점에서 불안을 감추지 못했다. 그러므로 있는 그대로의 사실을 알리는 것은 국민 불안만 키우는 꼴이라고 우려를 표명했지만, 기실 현직 대통령과 거의 유사한 시각으로 사회를 바라봐야 하는 대형 언론사들의 입장으로선 방안 없는 문제점을 그대로 노출하기가 쉬운 일만은 아니었다. 또 다른 측면에서 사회 불안을 조장할 수 있다고 그들은 생각했다.

있는 사실을 그대로 보도한다는 개념은 일선 새내기 기자들에게나 하는 교육 내용에 불과했고, 대형 언론사의 데스크란 사회 지도자들과의 암묵적인 약속, 국가의 안녕과 질서를 유지하기 위한 일정 선의 재단이 선행되어야 한다는 의견에 동의하는 처지였으므로 보도 내용의 수위를 조절할 수밖에 없었다.

그래서 그들은 실제로 네 번째 피살자부터는 사건을 대폭 축소 보도하기 시작했다. 보도는 하되 쉽게 묻힐 수 있게 오랜 기간 갈고 닦아온 그들만의 고유한 기술을 사용했다. 덕분에 이전보다는 많은 사람이 사건에 관한 경각심 혹은 공포심을 느끼지 못했고, 그랬던 탓에 다섯 번째 피살자가 발표되었던 당일도 실시간 검색어를 차지했던 내용은 특정 브랜드의 화장품 할인 소식과 연예인들의 가십거리 정도가 전부였다. 연쇄살인에 관한 소식은 잠깐 올라오는가 싶더니 어느샌가 사라지고 없었다. 순위에 오르는 검색어를 마치 누군가 발로 차서 떨어뜨려버린 것 같았다. 수사는 여전히 오리무중이었다.

당연히 그들과 생각을 달리하는 언론사들도 있었다. 대체로 중

소형인 그 언론사들은 대형 언론사들과는 달리 이 사건을 집요하게 파헤치고 조사했는데, 문제는 그들의 목적도 객관적 저널리즘에 따른 사명감으로 진실을 밝히기 위한 것이 아니라는 데 있었다.

그들은 테세우스의 미궁 속으로 빠진 것 같은 이 희대의 연쇄 살인 사건에 초점을 맞추기보다는, 검경 합동 수사반을 가동하면서도 범인의 그림자조차 확인하지 못하는 정부와 대통령의 무능력을 지적하는 데 더 많은 페이지를 할애했다. 그들은 총기 소지가 엄연한 불법임에도 아무렇지 않게 개인의 손에 의해 총기 살인 사건이 일어나는 나라이니 정부는 대체 무슨 단속을 한 것이며, 이러다간 머지않아 전 국민이 총기를 하나씩 허리춤에 차고 다니게 되지 않겠냐며 조롱했다.

그들은 그 때문에 전 국민이 불안에 떨고 있다고 보도했지만 불행히도 국민 대다수는 모 의류회사에서 벌이는 오십 퍼센트 빅세일에 열광하고 있었다. 적어도 그때까지만 해도 그랬다.

수많은 언론 가운데 개중에는 다행히도 진실만을 위한 보도에 초점을 맞춘 곳도 물론 있었다. 그러나 그들 대부분은 종이 신문을 발행할 경제력도 지니지 못한 탓에 인터넷 보도에 치중할 수밖에 없었는데, 정작 인터넷을 장악하고 있는 기사들은 충격! 끔찍! 발끈! 헉! 긴급, 단독, 속보 같은 머리말로 장식된 스팸 수준의 글들이었던 까닭에 누리꾼들에게 읽힐 기회조차 잡지 못하는 실정이었다.

그런 유기적이고 총체적인 문제점들 때문에 사람들은 피살자들의 정보를 상세하게 알 수 없었고, 그랬던 탓에 정작 여섯 번째 피살자가 발견된 곳이 전라남도 광양이 아니라 충청남도 태안이었다는 사실에 다시 의견이 분분해질 수밖에 없었다. 당연히 여섯 번째 피살자의 신분 또한 그들은 알지 못했다.

실제로 시체가 발견된 당시만 해도 피살자가 여섯 명이나 나온 상황에서 여섯 번째 피살자의 직업까지 밝혀지면 사회적으로 대단히 곤란한 지경에 처할 수도 있을 거라는 위기의식이 수사본부에 팽배했던 까닭에, 피살자의 신분이 철저하게 기밀처리되었다.

그리하여 모든 회원의 관심이 킬러의 다음 청소 대상으로 과연 그놈이 잡힐 것인가에 쏠려 있을 때 드디어 여섯 번째 피살자에 관한 게시물이 올라왔고, 그는 모두의 예상과 바람대로 고등학생과 청소년 성매매를 일삼고 휴대폰으로 동영상을 촬영했던 중년 남자였다.

자화상
Self-portrait

그러나 그의 직업이 공직자였다는 사실에 관해서만큼은 누구도 예상치 못했던 까닭에 모두가 경악을 감추지 못했다. 그는 임용 고시를 패스한 교육 공무원이었고 광양시에 소재한 공립 고등학교의 국어 교사이자 학생주임이었다.

그가 근무하는 고등학교는 남학생 다섯 반, 여학생 다섯 반으로 이루어진 남녀공학이었고, 평소에도 그는 남녀 가릴 것 없이 학생들을 상대로 은근한 성희롱을 즐기던 인물이었다고 학생들은 증언했다.

가령, 그는 주걱처럼 끝이 둥근 몽둥이를 항상 손에 들고 다니며 학생들을 체벌했는데 그것으로 여학생은 엉덩이를, 남학생은 사타구니 주위를 툭툭 건드렸다고 했다. 그런데 그것이 단순한 체벌로만 느껴지지 않았던 이유가 여학생의 엉덩이를 때리고는 바로 떼지 않고 야릇하게 문지르는 느낌을 유지했다는 것이었다. 맞아본 여학생은 누구나 다 어느 정도의 수치심을 느꼈을 거라고 그들은 입을 모았다. 그리고 그 몽둥이를 들고 다시 남학생을 체벌하면서 그가 말하기를,

"이놈들아. 이 몽둥이가 칠 반 희정이 엉덩이를 문질렀던 물건이니 내가 너희 사타구니를 이걸로 건드려주는 걸 영광으로 생각해야 해."

남학생들은 몇몇 킥킥거리면서도 자못 야릇한 기분이 들었던 것은 사실이라고 말했다.

그날도 그는 숙제 검사를 마치고 해 오지 않은 여학생들의 엉덩이를 문지를 목적으로 교실 앞 창틀 위에 올려두었던 몽둥이를 집어 들다가 그만, 그 옆에 함께 놓인 휴대폰을 건드려서 떨어뜨렸는데, 공교롭게도 대걸레를 담가 둔 양동이 속으로 떨어지고 말았다.

물에 푹 잠긴 휴대폰을 그는 다급하게 꺼내서 전원을 켜고 호들갑을 떨었지만 이미 휴대폰은 먹통 상태가 되어 있었다. 체벌 시간이라 분위기가 다소 험했으므로 학생 중 누구도 물에 빠진 휴대폰의 전원을 켜서는 안 된다는 말 따위, 하지 못했다. 어쩌면 할 수 있었어도 하지 않았을는지도 몰랐다.

유선상으로 서비스센터에 문의한 결과 가까운 곳에서는 수리가 어렵고 순천이나 여수로 나가야 한다는 답변을 그는 들었다.

일부러 그곳까지 찾아가기란 매우 귀찮은 일이었고 그 자리에서 수리되지 않는다는 걸로 보아 다시 찾아와야 할 판이었으므로 그는, 마침 서울에 올라갈 기회에 수리를 맡겨야겠다고 생각했다. 맡기고 찾는 것은 그 아이를 시켜서 택배로 보내게 하면 될 일이었다. 그는 혼자 기특한 마음에 고개를 주억거리며 그 일을 실행에 옮겼다.

남자는 태안반도에 있는 한 펜션에서 살해당했다.

그는 봄방학을 이용해 떠난 가족 여행에서 살해되었다. 그해로 열여섯이 된 중학생 딸이 간절히 원했던 여행이기도 했지만 한 해만 지나면 고등학생이 되는 딸의 마지막 휴식일지도 모른다는 딸 바보 아빠의 배려이기도 했다.

그가 예약한 펜션은 바다가 굽어보이는 전망 좋은 곳에 있었고 정원이 잘 조성된 너른 앞마당도 마련되어 있었다. 하늘과 바다가 맞닿은 경계 사이로 해가 숨어들어가는 절경이 눈앞으로 펼쳐질 무렵의 하늘은, 붉은 깃털과 황금빛 색채의 향연이었다. 바다 위로는 부서진 빛의 조각들이 흩뿌려진 듯 번쩍였고 찰랑거리는 그 사이로 태양의 수로가 이제 막 열리고 있는 것 같았다.

거대하고 웅장한 세계의 변화였지만 그들은 두렵지 않았다. 외롭거나 슬픈 감정도 느낄 수 없었다. 이 너른 공간의 아름다운 변화를 함께하고 있는 이들이 세상에서 가장 사랑하는 가족이고 그런 가족의 일원이 될 수 있었다는 사실에 관해 대상 없는 감사만을 끊임없이 되뇔 따름이었다.

그 순간에 차오른 행복의 기운만으로도 넉넉히, 도시 생활의 불온한 겹겹을 무던하게 견디며 또 한 해를 보낼 수 있을 것 같았다. 언제까지고 내 편이 되어줄 게 분명한 가족과의 여행이란 결국 생활에 지쳐 닳아 해져버린 서로 간의 신뢰를 다시금 돈독히 하는 과정인지도 모른다고, 그들은 각자 생각했다.

그리하여 그런 곳에 가면 흔히들 하는 바비큐 파티를 준비하며 저희 가족도 남과 다르지 않은 삶, 그러니까 일상의 행복을 충분히 만끽할 수 있는 자격을 갖춘 구성원이라는 점을 몸소 체험하기 위해, 아버지는 펜션 측에서 준비해준 바비큐 그릴 속에 불을 피우고 어머니는 준비해 온 고기와 채소와 먹음직스러운 소시지들을 굽기 좋게 배치했으며 딸은 무작정 들뜬 마음을 가누지 못해 이리저리 부산스럽게 자리를 옮겨가며 마치 첫눈 위를 방방 뛰는 강아지처럼 족적을 남겼다.

고기가 익고 상이 차려질 무렵 아버지는 가방에서 미처 꺼내오지 못한 위스키를 떠올렸고, 사랑하는 딸과 아내의 얼굴을 물끄러미 바라보다가 오늘만은 모든 일을 자신이 다 해주리라는 가장으로서의 넉넉한 마음을 품 안에서 잠시 부풀린 뒤, 직접 위스키를 가지러 펜션으로 들어갔다. 그리고 낯선 자의 소리 없는 방문을 맞았다.

그도 대학원 조교 사무실에서 살해당한 첫 번째 피살자처럼, 이 행복의 입자가 가득한 공간 안에서 죽음을 맞이해야 한다는 사실을 도저히 믿을 수 없다는 표정으로 생을 마감했다. 그의 오른손엔 작년 명절에 학부모로부터 받은 이십일 년산 몰트위스키가 들려 있었다. 그는 그것을 죽는 순간까지도 손에서 내려놓지 않았다. 마치 그 술을 반드시 마셔야만 하는 이유가 있는 사람처럼 꼭 쥐고 있었다.

　펜션 거실의 올리브색 소파에 기대어 주저앉은 그의 시체를 발견한 사람은 딸이었다. 신고는 엄마가 했지만 가장 먼저 발견한 사람은 딸이었다. 딸은 다만 아버지의 죽음을 목격했다는 사실만으로도 정신을 잃을 지경이어서 그때의 상황을 전혀 기억하지 못했다. 눈을 뜨고는 있었으나 사실, 정신을 잃은 것이나 다름없었다.

　경찰은 피살자가 총격을 당했을 당시 딸이 그 자리에 있었는지를 몹시 궁금해했고 범인의 뒷모습이라도 혹시 보지 못했는지 알고 싶어 했으나 딸은 기억하지 못했다. 기억했다 하더라도 대답을 들을 수 없었을 터였다. 딸은 그날 이후로 실어증에 걸려버렸기 때문이다. 그는 충격으로 실어증에 걸렸고 왼쪽 상·하반신을 사용하지 못했다. 저스티스맨이 이 게시물을 작성하기 바로 직전까지도 딸의 병세에는 조금의 차도도 없었다는 게 그의 추신이었다.

　이 남자 또한 다섯 번째 피살자와 마찬가지로 세 방의 탄흔이 몸에 남아 있었는데, 그중 마지막 발은 그의 성기와 고환을 완전히 날려버렸다. 성인 사이트 운영자와의 차이점은 단지 옷을 입고 죽었다는 사실뿐이었다. 탄흔으로 보아 소음기를 장착했을 가능성이 컸으므로 역시 그 시각 같은 펜션에 머물렀던 사람들은 물론이고 인근 펜션에 머문 사람들 중에서도 총성을 들은 이는 아무도 없었다.

이 게시물은 여느 때와 달리 많은 누리꾼의 마음을 심산하게 했다. 어떤 누리꾼은 자신한테도 중학생 딸이 있으면서 비슷한 또래의 여학생과 청소년 성매매를 일삼는 파렴치한의 죽음을 막무가내로 통쾌해했지만, 한 가정의 가장이라는 신분과 하루아침에 남편을 잃은 아내의 심경과 반신불수가 되어버린 딸의 형편 때문에 못내 안타까운 마음을 감추지 못하는 이들도 많았다. 실로 여러 가지 감정이 엇갈렸다.

이렇게 남자의 죽음과 그의 딸에 관한 시각이 교차하면서 누리꾼들의 반응도 차츰 크고 뚜렷하게 갈리기 시작했다. 마땅히 죽어야 할 자들이 죽은 것이 아니냐는 의견과 그 어떤 이유로도 폭력을 정당화할 수는 없다는 의견이었다.

지랄하고 있네.

두 번째 의견에 달린 댓글이었다.

잘난 척하지 마라, 네가 그렇게 말한다고 해서 평화주의자나 비폭력주의자가 되는 게 아니다. 이성적인 척하지 마라. 네 엄마나 아버지가 저 동영상들의 피해자이거나 너의 여동생이 강간을 당했어도 그렇게 말할 수 있을 것 같으냐?

당신 같은 사람들 때문에 이 사회의 폭력성이 공공연하게 인정받는 것입니다. 분하고 원통하다고 해서 모든 일을 감정적으로 처리하려는 당신 같은 사람들이 이 땅에 존재하는 한, 인류 역사에서 폭력의 흔적은 사라지지 않을 것입니다. 우리가 규칙을 지키고 살아야 할 이유가 무엇이고 국가에 법이 필요한 이유가 무엇이겠습니까? 피의 복수는 피의 복수를 낳을 뿐입니다.

놀고 있다, 씨발. 법이 잘했으면 킬러가 나섰겠으며 내가 여기서 너 같은 새끼랑 노닥거릴 일이 있었겠냐? 뭐? 피의 복수는 피의 복수를 낳아? 영화는 너 혼자서나 처보고 대사도 너네 동네 개새끼들하고나 읊조려라.

욕설과 반말은 좀 삼가주시겠습니까?

아, 네 죄송합니다. 영혼이 거룩하신 분께 함부로 반말해서. 나 참 씨발 별.

더 댓글을 남겨봐야 이성적인 대화를 나누기는 어렵겠네요.

내가 지금 너랑 대화를 나눴다고 생각하는 거냐? 그럼 씨발 우리 만나서 제대로 함 대화를 나눠볼까?

…….

이봐, 이봐, 씨발놈. 이런 새끼들이 꼭 만나자면 꿀 먹은 벙어리가 돼요.

저기, 두 분 댓글 잘 읽어보았는데요. 두 분 의견 모두 일리가 있는데 그래도 모르는 분한테 그렇게 욕을 하고 그러시면 안 되죠. 운영자한테 강퇴를 당하실 수도 있습니다.

아, 네 그렇습니까? 그럼 씨발 욕은 아는 사람한테만 해야겠군요. 죄송합니다, 몰랐습니다. 앞으로 주의하도록 하겠습니다. 제발 강퇴만은 시키지 말아주세요. 이럴 줄 알았냐? 에이, 역겨운 새끼들. 지들만 점잖은 척 올바른 척 더러운 새끼들. 학교에서 선도부 좀 하셨쎄요? 어서 운영자한테 쪽지 보내. 어떤 미친 새끼가 욕설로 게시판을 도배하고 있다고. 하지만 저 더러운 원조 교제 성범죄자도 꼭 니들처럼 바른 말을 가르치는 국어 선생이자 올바른 척하는 학생주임이었다는 사실을 잊지는 마라.

말씀이 좀 심하신 거 아닙니까?

아, 그랬나요? 무척 죄송합니다.

정말 많이 꼬인 분이시군요.

존나 꼬였지. 너 같은 새끼들만 보면 안 꼬였다가도 막 꼬여.

끼고 싶지 않지만 나도 한마디 하자면 그래, 욕을 하는 건 잘못이야. 하지만 저 위에 잘난 체하는 새끼 말하는 게 욕을 안 할 수가 없다니까. 국가에 법이 필요한 이유가 뭐냐고? 그래, 그 얘기를 나도 좀 들어보고 싶어. 국가에 법이 필요한 이유가 대체 뭐냐? 있는 새끼들 비호해주려고? 법복 입고 행세하면서 국민 세금을 갉아먹는 것도 모자라 온갖 엘리트 은둔 범죄자 새끼들한테 돈 받아 처먹고 유전무죄 무전유죄라고 판결해줘야 하니까? 법 운운하는 새끼 중에 정신 제대로 박힌 놈을 내 본 적이 없어요. 꼭 뒤가 구린 새끼들이 먼저 법대로 하자고 까댄다니까. 있는 새끼들이 법을 찾는 건 당연해. 돈만 주면 편을 들어주니까. 하지만 없는 새끼들이 법대로 하자고 까대는 이유는 대체 뭐야? 어디서 무슨 개소리를 들었기에 법이 너 따위님의 편을 들어줄 거라고 생각해?

표현은 거칠지만 일리 있는 말이라고 생각하는 일 人.

아무리 옳은 말이라도 자기주장을 윗님들처럼 그렇게 거칠게 표현하시면 없고 못 배운 놈들이라서 더 그악스럽다는 말을 듣게 됩니다. 없는 것들이 욕도 더 잘하고 더 거칠고 더 막무가내라며, 저것 보라고 손가락질을 하게끔 빌미를 제공하는 게 좋으십니까?

똑똑하고 사리분별 잘 해서 좋으시겠어요.

그래서 법보다 주먹이 가깝다고 하는 명언이 있지.

그렇습니다. 윗분이 말씀하신 것처럼 법을 너무 부정적으로만 보지 않는다고 해도 우리나라 법에 문제가 많은 건 사실입니다. 지하철에서 폭행을 당하는 여자를 도와줘도 결국 도와준 사람만 피해를 보고 정상참작이 되질 않아요. 심정적으로는 알겠는데 법적으로는 어쩔 수 없다나. 정상을 참작한 게 벌금이랍니다. 그러니까 그런 일이 있어도 아예 나서지 않는 게 최고라는 건데 참나, 아무도 나서지 않으면 그걸로 또 뭐라고들 하잖아요. 진짜 골 때리는 법이고 짜증 나는 사람들의 이기심입니다.

도와준답시고 오히려 폭력을 사용하셨으니까 그랬겠죠.

폭력 사용한 적 없습니다. 보셨습니까?

그럼 점잖게 말로만 말리셨는데 입건되었다는 말씀이세요?

아니, 두들겨 맞는 여자를 도와주는데 어떻게 말로만 말립니까? 엎치락뒤치락 완력이 어느 정도는 동원되지요.

그러니까요. 어쨌든 폭력이 수반된 거잖아요.

뭐야, 이 사람. 지금 약 올리는 거야? 그래서 뭐 도와준 사람도 벌금을 처맞는 게 당연하다는 거야, 뭐야?

쯧쯧. 늘 이렇다니까. 조금만 자기랑 다른 생각을 말해도 바로 본성을 드러낸다니까.

다른 생각을 말하는 거랑 무례한 것도 구별하지 못하는 주제에 뭘 수반해? 존댓말 또박또박 해가면서 경우 무시하는 게 대놓고 욕하는 거보다 더 나빠. 하여튼 요즘 것들은 지식보다 예의범절을 먼저 가르쳐야 한다니까. 입만 까져가지고.

그러는 님도 무척이나 예의 바르시네요.

어후.

맞아. 길거리에서 담배 피우는 중학생 놈들한테 한마디 했더니만 쌍욕을 하면서 대들어. 요즘 애새끼들은 대체 뭘 먹어서 그렇게 겁이 없는 건지. 그래서 한 대 쥐어박았다가 경찰서까지 끌려갔습니다. 거기서 담배 피우는 거 훈계했다고 여섯 시간 동안 조사받았고요. 애새끼가 어려서부터 뭘 보고 자랐는지 머리 한 대 쥐어박은 걸로 전치 이 주 진단서를 끊어 왔습디다. 나 참 어이가 없어서. 그걸 끊어주는 병원도 놀라워. 돈만 주면 코딱지를 파다가 피가 나도 전치 이 주를 끊어준다고 합디다. 그래서 결국 합의 보고 벌금도 냈다니까. 우리 마누라는 길길이 날뛰고. 그러니 길거리에서 누가 맞아 뒈져도 못 본 척하고 상관하지 않는 게 최고야.

때리니까 그렇죠. 말로 하지 왜 때리세요?

허이구, 그 애 부모랑 똑같은 말씀을 하시네. 그럼 좋게 말로 공공장소에서 담배 피우지 말라고 하는데 꺼져 씨발 새끼야 그러는 걸, 그냥 꺼지는 게 옳다는 말씀이십니까? 그리고 때리긴 뭘 때립니까. 머리 한 대 쥐어박은 걸 가지고.

겁이 없는 건 애들이 아니라 님이십니다. 요즘 애들이 얼마나 무서운데 함부로 나섰다가 칼침 안 맞은 게 다행인 줄 아세요.

왜 미성년자한테 담배를 파는 건 불법이고 미성년자가 그걸 피우는 건 아무 죄가 없는 거야?

그러니까 우리나라 법은 골 때린다니까. 그런 건 부모가 책임져야 해.

법만 골 때리는 게 아니라 경찰도 골 때립니다. 얼마 전에 어떤 깡패 새끼가 노상 대로에서 여자를 두들겨 패는데 그걸 보고 사람들이 엄청 신고를 해댔지. 나부터도 그랬으니까. 일일이가 아마 폭발했을걸? 그런데 정작 출동한 경찰들은 그 장면을 그냥 보고만 있더라니까. 어이 상실. 보다 못해 전경이 끼어드니까 그 깡패 새끼가 전경한테 쌍욕하고 가슴도 밀치고 그러는데 상급자 경찰 놈들은 경찰차를 등지고 서서 구경만 하더라니. 대체 뭐 하는 새끼들인지.

모든 경찰이 다 그런 것처럼 싸잡아서 얘기하지 마세요. 성급한 일반화의 오류입니다.

아이, 씨발. 뭐래는 거야, 얘는 또.

여하튼 결론은 제일 먼저 법대로 하자는 놈이 가장 구린 놈이고 어떤 경우에도 폭력을 정당화해서는 안 된다고 주장하는 애들이 다급해지면 가장 먼저 폭력을 쓰더라는 걸로 땅땅땅.

님이 뭔데 결론을?

어차피 폭력이란 게 권력자들이 양성한 필요악 가운데 하나입니다. 여기서 아무리 갑론을박 따져봐야 세상은 바뀌지 않습니다.

세상을 바꾸자는 게 아닌데요?

말장난 치지 마시고요. 어차피 우리나라에는 군대라는 게 존재하고 남자라면 누구나 그 과정을 거쳐야 하는 국방의 의무를 지니고 있습니다. 군대라는 게 기본적으로 폭력의 수단을 가르치고 그 수행능력의 증강을 목적으로 하는 단체입니다. 그런 나라에서

비폭력주의를 운운하는 것 자체가 모순이에요.

왜 제 말은 말장난이고 님의 말은 정당한 논리인 것처럼 말씀하시죠? 군대에 의존하는 나라의 국민은 그럼, 폭력의 부당함에 관해 말도 꺼내면 안 된다는 얘기입니까?

말도 꺼내면 안 된다는 말이 아니라 이런 자리에서 그런 논쟁을 벌여봐야 무의미하다는 얘기입니다.

아까부터 자꾸 이런 자리 이런 자리 그러시는데, 대체 이 자리가 무슨 자리이기에 이런 자리라고 말씀하시는 거죠?

저는 자꾸 얘기한 적 없는데요?

님이야말로 말장난하지 마시죠.

결국 킬러의 정당성으로부터 비롯된 다양한 의견 혹은 주장 들이 분분한 가운데, 저스티스맨은 그 어떤 의견 또는 주장에도 지지 의사를 표명하지 않은 채 일곱 번째 피살자의 살해 동기가 된 사연이라며 다음 게시물을 작성해 올렸다. 그러는 사이 댓글의 개수는 천 단위를 넘어섰고 숫자 옆에 표기된 주홍 글자 알파벳 엔 마크가, 낙인처럼 찍혀서 사라질 줄 몰랐다.

연보랏빛 안개
Lavender Mist

태안반도에서 조그만 펜션을 운영하던 미모의 젊은 여성에게 일어난 일이었다. 그는 광장시장에서 빈대떡을 부쳐 생활비를 버는 홀어머니 밑에서 자랐다. 오랫동안 시장에서 일하기는 했지만 가게의 주인은 아니었던 터라 엄마의 수입 자체에는 큰 변동이 없었고, 모든 물가는 꾸준히 올랐으므로 비록 모녀 둘뿐이라고는 해도 넉넉한 생활을 할 정도까지는 못 되었다. 그래도 그는 단 한 번도 엄마를 원망한다거나 자신이 처한 환경을 탓하지 않고 열심히 살았다, 고 저스티스맨은 기록했다.

열심히 산 증거로 그는 고등학교를 졸업하는 것과 동시에 꽤 규모가 있는 부동산 개발 리츠 회사에 취직할 수 있었다고 했다. 물론 그의 미모도 한몫했을 거라는 게 저스티스맨의 사견이었다.

땅과 건물을 매입해 대형 상가 혹은 주상복합 빌딩을 신축한 뒤 분양하는 일까지 폭넓은 영역에 걸쳐 부동산 개발 사업을 벌이던 대형 회사의 상무 비서로 일했던 그는, 근무 팔 년 차 만에 입지 조건이나 건물의 상태로 보아 이해하기 어려울 만큼 싸게 나온 부동산을 하나 발견했다. 태안반도에 소재한 작은 펜션이었다.

서당 개 삼 년이면 풍월을 읊는다고 했으나 그 자신이 부동산을 감정할 만한 실력은 아직 갖추지 못했다. 그래도 능력 있는 지인을 많이 둔 것은 사실이었다. 그가 점찍은 펜션을 보곤 그들 모두가 좋은 물건이라고 입을 모았다. "오, 이제 직접 현장에서 뛰어도 되겠는데?" 하고 그들은 말했다. 다만 지인 몇몇이 암암리에 조사를 해본 결과 최근에 살인 사건이 일어났던 펜션이어서 그런 가격대로 매물이 나왔다는 것이었다.

"살인 사건? 무슨 살인 사건이요?"

"몰라. 그냥 그런 사건이 있었다는 정도가 알아낼 수 있는 정보 전부야. 웬일인지 다들 좀 쉬쉬하는 분위기가 있어. 아무튼, 펜션 주인이 여유가 있는 사람인지 그런 일이 터지자마자 바로 헐값에 내놨다는 거야. 혹여 나쁜 소문이라도 나서 자기들한테까지 피해가 오지나 않을까 몸을 좀 사리는 눈치라더군. 어차피 그동안의 펜션 운영도 대리인한테 맡겨놓았던 모양이야."

"서울 사람인가 봐요?"

"응. 잘은 모르겠는데 소문에, 가뭄에 콩 나듯이 한 번씩 내려오던 주인 여자 바깥양반이 뭐 어디 정치권에 몸담은 사람이라고 하는 거 같더라고."

"아하, 그렇다면 어느 정도 앞뒤가 맞는 부분이 있는 얘기네요."

"그렇지. 나라도 정계에 몸이 묶인 사람이면 손해를 보더라도 냉큼 팔아버리고 말지. 말 한마디 잘못해도 단칼에 목이 날아가는 동네인데 아무리 자기네와는 관련 없는 사고였다고 해도 그게 또 뭐가 어떻게 달라져서 상황이 바뀌게 될지 아무도 모르는 일이니까. 충분히 이해가 가는 행동이야. 그래서인지 괜찮아, 거기. 앞으로도 그 가격에 그만한 펜션을 구하는 건 쉽지 않을걸? 입지도 좋고 건물도 별로 낡지 않아서 따로 크게 손볼 곳도 없는 것 같던데."

그건 사실이었다. 살인 사건이라니 다소 께름칙한 기분은 들었지만 그래도 그런 일이 없었다면 도저히 그 가격에는 매매가 이루어질 수 없는 펜션이었다. 무엇보다 구매한 뒤에 특별히 손볼 곳이 없다는 점이 아주 큰 메리트였다.

회사가 태안반도 리조트 개발 사업에 참여 중인 프로젝트가 있었던 관계로 상무를 따라 인근에 가볼 기회가 있었던 그는 겸사겸사 직접 현장에 가보았는데, 생각했던 것보다 훨씬 좋은 환경과 깨끗한 건물에 그만 그 자리에서 반하고 말았다.

흉흉한 소문 따위 그와 엄마가 잘만 꾸미고 보살피면 얼마든지 극복할 수 있을 것 같았고 앞으로도 그 가격에 이런 장소에 이런 정도의 펜션이 매물로 나올 일은 절대로 없을 거라는 확신이 들었다. 해서 그는 마침내, 그간 직장 생활을 하며 모은 돈과 대출로 그 펜션을 매입하기로 마음먹었다. 그의 오랜 소망이었다.

늘 북적거리는 시장 바닥 작은 가판대에 둘러싸여, 온종일 빈대떡을 부치느라 온몸이 기름 냄새에 절어 집에 돌아온 엄마가 가끔 했던 말이 그것이었다. 너 시집가고 형편 되면 어디 시골에 내려가서 조용히 텃밭이나 가꾸며 살고 싶다고. 그는 엄마의 생각과 달리 최대한 빨리 돈을 모아 엄마와 함께 어디 바다가 보이는 한적한 시골 마을로 떠날 생각을 늘 했다. 시집 같은 건 염두에 두지도 않았다. 엄마 또한 자신 때문에 다시 결혼하지 않았다고 그는 생각했다.

건설 노동자로 일하다가 중국으로 떠난 뒤 감감무소식이라는 그의 아버지에 관한 기억이 그다지 좋지 않았던 엄마로서는, 속을 알 수 없는 남자와 다시 결혼해서 살아야 하는 두려움보다 그에 대한 걱정이 더 앞섰다.

그는 물론 아버지에 관한 기억이 전혀 없었지만 아주 갓난아기였을 때 아버지가 그를 방바닥에 집어 던진 적이 있노라고, 그놈이 그래서 네가 죽을 뻔했다고 언젠가 술에 취한 엄마가 넋두리한 적이 있었다. 사라지지 않았어도 아마 자기가 죽였을 거라고 엄마는 알아들을 수 없는 발음으로 중얼거렸었지만 그는 알아들었다.

해서 그는 독신주의까지는 아니었어도 결혼은 그와 엄마 모두의 소망이 이루어진 뒤, 그다음에 생각해볼 작정이었다. 엄마는 그에게 엄마이자 유일한 혈육 그 이상의 의미를 지니고 있었다. 어떤 면에선 거의 전부라고 해도 과언이 아니었다.

그런 그가 부동산 개발 회사에 다니며 생각하기에 가장 적합한 건물은 펜션이었다. 그와 엄마 모두 현재 하는 일을 그만두고 어디든 떠나 함께 생활하며 텃밭도 가꾸고 돈도 벌 수 있는 상황, 펜션만 한 게 없었다. 그는 그런 생각을 굳힌 이후 펜션에 관련한 경매나 개발 쪽에 지속적인 관심을 두었고, 그러면서 모은 펜션 파일만 해도 바닥에서 천장까지 닿을 정도였으며 거기에는 물론 운영에 관한 자료들도 포함되어 있었다.

그는 타고난 성실성으로 할 수 있는 한도 내에서 만반의 준비를 끝마쳤고 그러던 찰나 나온 건물이 바로 그 태안반도에 있는 펜션이었으므로 아무리 나쁜 소문이 나돌아도 매입할 수밖에 없는 전후좌우의 여건이 모두 들어맞아버린 셈이었다.

그런 펜션의 사연을 전혀 몰랐던 엄마는 네게 대체 무슨 돈이 있어 이런 건물을 살 수 있었느냐며 몹시 기특해하고 대견해하면서도 갑자기 달라진 환경에 불안함을 감추지 못했지만, 그런 엄마와 달리 그는 날아갈 것만 같았다. 꿈에 그리던 소망이 마침내 이루어진 당연한 기쁨은 차치하고라도, 펜션 여기저기를 아무리 돌아보아도 살인 사건이 일어났던 장소라는 기미를 전혀 느낄 수 없었기 때문이다.

난생처음 자신들 소유의 집이자 일터가 생긴 모녀는 아침에 눈을 뜨고부터 밤에 잠이 들 때까지 쉴 새 없이, 그곳이 흡사 자신들의 신체 일부라도 되는 양 구석구석을 쓸고 닦고 광을 내어 조그만 면적 그 어느 곳이라도 그들의 손길이 닿지 않은 곳이 없을 만큼 지극한 정성을 다했다. 펜션은 마치 이른 아침의 나팔꽃처럼 피어났다. 생명을 지닌 건물처럼 변했고 이슬을 머금은 듯 영혼과 생기를 얻어 반짝반짝 빛이 나는 듯했다.

그런데 문제는 장사가 그리 잘되는 편은 아니라는 점에 있었다. 예상 외로 그곳에서 살인 사건이 일어났었다는 소문 같은 것은 없었으므로 그 때문은 아니었다. 입지가 좋다는 장점이 숙박업을 단 한 번도 해본 적이 없는 모녀에게는 극악한 단점으로 작용했던 것이다.

입지가 좋은 만큼 많은 펜션이 있었다. 그 많은 펜션 가운데 무언가 차별화된 특징이 있어야 했는데 그런 경험이 전혀 없는 모녀로서는 그저 막막할 따름이었다. 게다가 두 사람으로는 관리가 어려웠으므로 손님이 있든 없든 사람을 고용해야 했으며 그러려면 돈이 필요했고 돈은 벌어서 충당해야 했으므로 머지않아 빈곤의 악순환이 벌어질 태세였다. 알음알음 지인들을 통해 도움을 받는 것도 한계가 있었다.

그래도 한번 방문한 손님에게는 지극정성으로 대했으므로 단한 번이라도 다녀간 사람은 거의 만족했지만 문제는 그 한 번의 방문을 유도할 기회가 주어지지 않는다는 데 있었다. 글로 읽어 깨우친 펜션 운용의 묘는 실제 운영과 간극이 상당했고, 해서 그는 새로이 자신만의 방법을 고안해야 했는데 그러던 차에 발견한 것이 바로 대형 포털 사이트의 여행자 카페였다.

회원 수가 백만에 육박하는 대형 카페였던 그곳에 그는 가입했고 온라인 활동만으로 사람들과 친분을 쌓는 데는 아무래도 한계가 있다고 여겨, 오프라인 모임에도 참석하기 시작했다. 카페 운영진과 친분을 좀 쌓으면 어떤 방식으로든 간접적으로나마 펜션을 홍보할 기회가 주어질 거라고 그는 짐작했고 실제로 그런 식으로 소개되는 펜션 혹은 여행 관련 사업 들이 적지 않았다.

물론 나중에야 그런 식의 홍보는 돈이 필요하다는 사실을 그도 알게 되었지만 효과만 있다면 그 정도 투자는 당연히 해야 한다고 생각했고, 기실 돈만 내고 신경 쓰지 않는 쪽보다는 그래도 운영진과의 친분을 돈독히 해놓아서 나쁠 것은 없다는 게 그가 직장 생활을 하며 깨우친 도리이자 처세였다.

다행히 오프라인에서 만난 회원들의 반응은 좋았고 운영진도 호의적이었다. 그런데 문제는 그들의 반응이 호의적이어도 너무

호의적이라는 데 있었고 그것은 모임에 참석하는 횟수가 늘어남에 따라 더욱 극명해졌다. 그의 엄마가 그것이 문제가 될 수도 있다는 얘기를 먼저 꺼냈다.

"사람들 입에 자주 오르내려서 좋을 거 하나 없어. 잘해준다고 넙죽넙죽 다 받아먹다가 결국 탈이 나는 법이다."

"엄마는 내가 무슨 제비 새끼도 아니고 뭘 주는 대로 넙죽넙죽 다 받아먹는다고 그래?"

그때만큼은 그도 엄마의 조언을 귀담아듣지 않았다. 실제로 그가 카페 활동을 시작한 이후 펜션의 매출이 크게 달라졌기 때문이다. 사람을 더 고용해야 할 판이었다. 엄마는 그때도 사람을 더 고용해서 돈을 벌어야 할 만큼 우리에게 많은 돈이 필요한 거냐고 물었다.

"너 시집갈 돈은 이 펜션으로도 충분하지 않니. 나중에라도 이 펜션을 팔면 네 혼수 준비할 돈과 나 시골집 정도는 충분히 마련할 수 있을 텐데."

그때 그는 처음으로 엄마에게 발끈 성을 냈다.

"이게 평생 우리가 살 시골집이라고 내가 대체 몇 번을 말해. 그리고 엄마는 왜 늘 엄마 생각만 해? 돈이 언제, 어디에, 어떻게 들어갈 줄 누가 안다고? 꼬박꼬박 나가는 대출 이자랑 원금은 엄마가 땅 파서 갚을 거야?"

그의 엄마는 고개를 끄덕이며 그렇지, 그거야 물론 그렇지, 하

고 혼잣말인지 그에게 하는 말인지 알 수 없는 말을 중얼거리고
는 물걸레를 들고 자리에서 일어났다. 그러고는 터벅터벅 발걸음
을 옮겨 이 층으로 올라갔다. 그의 눈에 비친 엄마의 등은 한없이
작고 초라해 보였다. 순간 그는 느닷없이 끓어오르는 부아를 주
체하지 못하고 그만 소리를 버럭 질렀다.

"무르팍이 아프다며! 맨날 그렇게 손님 나간 방에 쪼그리고 앉
아 걸레질을 해대니까 그런 거 아냐! 대체 하지 말라는 걸 왜 그
렇게 기를 쓰고 하는 건데, 왜! 그러다가 완전히 고장 나면 지금
사람 쓸 돈의 열 배를 들여도 못 고치는 수가 있다고! 나만 좋자
고 지금 내가 이러는 거야? 내가? 왜 맨날 나만 나쁜 년을 만드는
건데 왜!"

그리고 그는 자리에 털썩 주저앉은 채로 펑펑 울었다.

저 작고 구부정한 등을 내가 꼭 펴고 싶었는데, 아무리 노력해
도 달라지지 않는 엄마의 뒷모습에 가슴이 무너지는 것 같았다.
카페에 나가 온갖 비위를 다 맞춰가며 샐샐거렸던 자신이 한없이
비참하게 느껴졌고 무엇 때문에 이제까지 그래왔는지 길을 잃어
버린 것 같았다. 그렇게 원하고 바라던 세상을 얻었는데 왜, 달라
진 것이 하나도 없는 느낌인 건지 그는 도저히 알 수 없었다.

온 힘을 다해 움켜쥐고 있는 이 세계가 그의 품속으로 다붓이
들어오질 않았다. 마치 남의 옷을 빌려 입은 것처럼 어색하고 어
딘가가 껄끄러웠다. 이 모든 걸 언제고 다시 돌려줘야 할 것만 같

은 불안감이 그의 의식 어느 부분인가를 지배하고, 마치 수면에 핀 물안개처럼 그의 마음 언저리를 항상 덮고 있었다. 아무리 고함을 지르며 울부짖어도,

속이 시원해지지 않았다.

그러던 차에 그에게 은밀하게 다가온 사람이 있었으니 그는 바로 그 카페의 운영자였다. 그의 남다른 외모와 소탈한 성격에 상당한 호감을 느끼고 있었던 운영자는 처음엔 그저 간단한 친절 정도에서 그를 상대했었다. 운영자라는 직위상 많은 사람 앞에서 개인적인 호감을 드러내놓아 보일 수는 없었다.

온라인에서의 소문이 얼마나 무서운지 운영자는 누구보다 잘 알고 있었다.

하지만 시간이 지날수록 점점 더 끌리는 호감을 억누르기 어려웠고 무엇보다 날이 갈수록 치솟는 그의 인기가 운영자를 불안하게 했다. 많은 남성 회원이 공공연히 그에게 호감을 표시했고 모르긴 몰라도 은연중에 대시를 한 회원도 꽤 많았을 거라는 사실을 운영자도 모르지 않았다. 그는 엄연한 싱글이었고 끊임없이 이어지는 구애에 그대로 노출되어 있다가는 언제고 반드시 짝이 생기기 마련이었다.

자신이 아닌 다른 남자가 그를 뒤에서 끌어안아 목덜미에 코를 박고 있는 모습은 상상조차 하고 싶지 않았다. 찰랑이는 그의 머

릿결 밑으로 아른거리는 봄풀 같은 향기를, 다른 남자가 오롯이 독차지하는 상황을 상상하는 것만으로도 운영자는 가슴 한편과 목덜미가 달아오르는 분노의 열기를 느낄 수 있었다. 그런 일이 실제로 벌어지도록 내버려둘 수는 없었다.

그는 백만 회원을 거느린 카페의 운영자였다. 백만 회원쯤 되는 카페의 운영 임원이 되면 실로 어떤 감투와도 같은 권력을 맛보는 게 그리 어려운 일이 아니었고, 회원들 또한 그들 앞에서 몸을 굽히는 것을 부끄러워하지 않았다. 그들과의 친분 관계가 곧 새로운 권력 형성을 의미하기 때문이었다.

카페에서의 권력이란 어떤 금전적인 이해관계에서 우위를 점하기 위해 움직이는 세력만은 아니었다. 단지 자신의 목소리에 좀 더 힘을 싣기 위한, 소위 더 많은 관심을 받기 위해 벌이는 알력 다툼인 경우가 더 많았다. 돈 한 푼 생기지 않는 은밀한 암투에 그들이 왜 그리 많은 시간을 소비하는가 하면 그것은 바로 실생활에서는 충족할 수 없는 개인의 존재 가치를 그곳에서 새로이 인정받을 수 있기 때문이었다.

자신의 가치를 인정받는다는 것. 그것은 먹고사는 것만큼이나 중요한 인간의 최대 욕망이었으므로, 인터넷상에서 시작된 인간관계라고는 해도 그 세계가 실생활에서 완전히 괴리된 공간은 아니었다. 오히려 세습되는 권력구조에서 완전히 벗어난 세상이었으므로, 실생활에서 힘을 갖고 싶으나 그럴 수 없었던 배경 혹은 환경에 치인 사람일수록 더 크게 매료될 수밖에 없는 공간이었다.

그러므로 그것이 다만 무용한 가상의 세계일 따름이라고 치부하는 것은 다소 시대에 뒤떨어진 발상이지 않을 수 없었다. 그곳은 새로운 권력의 재편성을 위해 만들어진 또 하나의 분명한 세상이었다. 그 가운데 카페는 그들만의 어떤 목적을 위해 모인 공동체임이 분명했고 최초로 카페를 만든 운영자의 존재란 그곳에선 거의 절대 권력자나 다름없었다.

운영자. 표면상으로는 수많은 임원과 함께 합리적이고 민주적으로 카페를 이끌어가는 것처럼 보였지만 기실 핵심적인 결정 권한은 오롯이 그의 손에 쥐여져 있었다. 간혹 그와 대립각을 세우는 임원 혹은 회원 들이 존재하는 경우도 얼마든지 있을 수 있었지만 결국 떠나는 건 개인이지 집단일 수 없었다. 운영자는 실상 옳고 그름을 떠나 그에게 완전히 붙어 움직이는 사람들이 존재했으므로 개인이라고 보기 어려웠다. 형태는 개인이었지만 집단의 힘을 지니고 있었다.

자유롭게 가입하고 탈퇴할 수 있는 인터넷 카페이건만 누리꾼들은 그 은밀한 강요와 집단행동에 무의식적으로 동참할 수밖에 없었다. 놀이공원에서 주인을 잃은 풍선처럼 이곳저곳을 떠돌면서도 그들은 어서 자신을 환대해주는 카페에 정착할 수 있기를 바랐고, 자신의 존재 가치를 인정받는 카페에 정착하여 비중 있는 세력의 구성원이 되기를 갈망했으며, 그렇게 차지한 자리를 더욱 공고히 하려고 노력하면서 다시는 떠돌지 않게 되기를 희망했다.

그러므로 카페에 오랫동안 몸담은 회원일수록 대개, 운영자가 가리키는 방향으로 함께 고개를 돌리는 경우가 훨씬 더 많았다. 백만 회원을 거느린 카페의 운영자가 그런 자신의 힘을 모를 리 없었고 해서 운영자는 아주 서서히, 은밀한 방법으로 그에게 접근했고 은연중에 그 횟수도 늘려갔다. 운영자는 오프라인 모임을 통해 파악한 그의 고민이 무엇인지 누구보다 잘 알았다.

운영자는 실제로 그가 펜션을 홍보하는 데 여러모로 도움을 주었으므로 그의 입장에서도 처음에는 운영자의 접근을 거부할 이유가 딱히 없었다. 절대 권력의 지원을 암암리에 받은 그는 큰 비용을 들이지 않고도 효율적인 홍보가 가능했는데, 깔끔한 형태의 도움은 아닌지라 내심 껄끄럽다는 생각이 있긴 했지만 단지 그렇다는 기분만으로 거절하기엔 운영자의 도움이 매우 컸다.

그러다가 언젠가부터 운영자가 연락해오는 사정의 성격이 달라졌다. 모임 때문이 아니라 개인적인 이유로 연락해오기 시작한 것이었다. 막상 나가보면 별다른 이유랄 게 없었다. 처음에는 그냥 펜션 운영에 도움이 될 만한 아이디어들이 떠올라서 얘길 좀 나누고 싶으니 밥이나 같이 먹자는 식으로 둘러댔지만, 점차 그 횟수가 늘어남에 따라 문득, 날이 좋아 그냥 보고 싶어 연락했다는 둥 사뭇 느물느물한 태도로 바뀌기 시작했다.

그는 그런, 운영자의 달라진 태도를 도무지 좋게 받아들일 수 없었는데 운영자가 특별히 이상한 사람이어서가 아니라 유부남이기 때문이었다. 그는 상식적으로 운영자가 자신에게 취하는 일련의 행동들을 이해할 수 없었고 또 용납할 수 있는 사항도 아니었다.

처자식이 있는 남자가 다른 여자에게 그런 태도를 보이는 건 길거리의 똥개들이나 하는 짓이라고 그는 생각했다. 그런 면에 있어서 그는 상당히 보수적인 사람이었다. 그럼에도 막상 생각과는 달리 운영자의 행동 혹은 요청을 냉정하게 딱 잘라 거절하지 못했던 건, 아무래도 펜션이 개입되어 있기 때문이었다.

실제로 그런 만남을 몇 번 가진 후에 카페에서 그의 펜션이 노출되는 빈도수가 눈에 띄게 달라졌고 매출 또한 이전에 올랐던 폭과는 차원이 다르게 올라갔다. 그에 따라 펜션 후기도 상당히 많아졌는데 항상 좋은 평만 올라오는 것은 아니었음에도 나중에 보면 좋은 평만 댓글로 남아 있었다.

그도 모르는 사이에 누군가 나쁜 평가는 적당한 선에서 차단해 버린 것이다. 그 누군가가 아마도 운영자일 거라고 그는 생각했다. 그의 펜션은 이제 호황을 넘어 비수기 때조차도 만실이 된 적이 있었을 만큼 유명한 장소가 되었다. 펜션의 부대시설도 대폭 많아지고 종업원의 수도 크게 늘었다.

그것은 마치 도저히 끊을 수 없는 마약과도 같은 것이었다. 그 모든 게 운영자의 도움으로 이루어지고 있다고 생각하니 그는 운영자의 의도를 내심 짐작하면서도 차마 떨쳐낼 수가 없었다. 어딘가 잘못되어 있다는 것을 분명히 알면서도 차갑게 끊어내기가 결코 쉽지 않았다. 그것이 훗날 그에게 치명적인 독으로 되돌아오게 될 줄을, 그때까지만 해도 그는 짐작조차 하지 못했다.

펜션이 번창하는 만큼 운영자의 연락도 날로 늘어나고 집요해지고 서서히 응할 수 없는 선까지 침범해오기 시작했다. 가령 혼자 펜션을 예약해놓고 와서 묵으면서 늦은 밤 자기 방에 와서 맥주나 한잔 하자는 둥 속내가 뻔히 보이는 추파를 은밀하게 던지고는 했는데, 그가 가장 참기 어려웠던 것이 바로 그 은밀함이었다.

차라리 그냥 대놓고 원하는 걸 요구했더라면 그도 그 혐오스러운 느물거림을 대놓고 발로 차버릴 수 있었을는지 몰랐다. 그러나 운영자는 처음부터 끝까지 점잖은 척 아닌 척 은근하게 사람의 간을 보듯 다가와 슬쩍 건드려보고는 지나가고, 자기가 도와준 것을 딱히 생색내는 것 같지는 않으면서도 은밀하게 압박해오는 식이었다.

언제라도 무언가 잘못되었을 경우 자신이 빠져나갈 구멍은 먼저 만들어놓고, 원하는 대상을 적당히 구석으로 몰아 곤란에 처하게 한 뒤 별다른 문제가 없으면 재빠르게 취할 것을 취하고 등을 돌리는 유형의 인간을, 그는 직장 생활을 하는 동안 수도 없이 봐왔다.

분명히 자신이 원한 것임에도 제가 원한 것이 아니라 상대가 원했으므로 어쩔 수 없이 응하게 되었다는 식의 상황과 분위기를 조성하기 좋아하는 자들은 대개 사기꾼이거나 모사꾼이었다. 그런 모리배들과 함께 어울려서 좋은 결과가 나오는 경우를 그는 단 한 번도 보지 못했다. 무엇보다 그는 그런 비열한 성품을 혐오했다.

전체 오프라인 모임에서 많은 회원 앞에 나가 운영자가 하는 행동을 지켜보고 있으면 때로 역겨움이 느껴지기도 했다. 음험한 표정과 느물거리는 말투는 온데간데없이 감추고, 마치 딴사람인 양 정중하고 매너 좋은 지도자의 얼굴로 모임을 이끌어가는 꼴을 보고 있노라면 저절로 눈가에 경련이 일었다. 운영자의 그런 이중적인 모습을 그는 도저히 더는 참아줄 수가 없었다.

특히 운영자가 사용하는 스킨 냄새는 정말이지 견딜 수 없었다.

결국 그는 운영자에게 속내를 밝혔다. 설렁설렁 말하면 하나마나 한 얘기가 될 것 같아서 아주 단호하게 말했다.

운영자는 스파게티를 말던 포크를 내려놓고 가만히 그를 바라보았다. 운영자의 동공은 마치 한 꺼풀의 막을 덧씌운 듯 탁한 빛을 띠고 있었다. 무심하게 그를 향하고 있는 두 개의 동공 속에는 그 어떤 생명이나 영혼의 기미도 찾아볼 수 없이 그저 검기만 한, 속내를 전혀 들여다볼 수 없이 깊고 검고 탁한 느낌의 어둠만이 담겨 있을 뿐이었다.

무심한 운영자의 시선에서 그는 섬뜩한 기운을 받았고 등골을 따라 소름이 돋는 것을 느꼈다. 잠시 그렇게 그를 바라보던 운영자는, 아무 말도 하지 않고 조용히 내려놓았던 포크를 들어 감긴 스파게티의 면발을 입속으로 집어넣고는 우물거리며 묵묵히 접시를 내려다보았다.

그는 애초에 말하고자 했던 용건을 끝마치고 나면 곧바로 자리에서 일어나 나갈 생각이었는데, 어쩐 일인지 몸이 굳어 꼼짝도 할 수 없었다. 깊고 어두운 동굴 속에 갇혀 동공이 빈 악마와 함께 만찬을 즐기는 것 같은 공포가 그의 등줄기를 휘감고 솟아올랐다. 테이블 아래, 두 무릎 위에 놓인 주먹을 그는 꼭 쥐고 어서 빨리 이 시간이 지나가주기만을 간절히 바랐다.

이후 그는 카페에서 강제퇴장이라도 당할 줄 알았는데 뜻밖에 아무런 변화가 없어 사뭇 의아했지만, 가만히 생각해보니 과연 운영자다운 행동이었다. 소리 소문도 없이 처리하고 싶었겠지. 그렇지 않아도 이른 시일 안에 카페를 탈퇴할 생각이었던 그는, 알아서 조용히 사라지라는 의사로 받아들이고 하루빨리 카페에서의 흔적을 정리하고자 마음먹었다. 운영자와의 관계만이 그가 카페에서 보낸 인간관계 전부는 아니었던 까닭에 이러저러한 사정을 정리할 다소간의 시간이 필요했다.

그러다가 어느 날 그는 카페에서 자신에 관한 소문을 듣게 되었다. 카페의 유부남을 상대로 몸을 팔아 펜션을 홍보한다는 내용이었다. 말도 안 되는 얘기였지만 소문이란 게 늘 그렇듯, 말이 되고 안 되고를 떠나서 얼마나 흥미로운 내용인가가 더 중요하게 취급되었으므로 그의 소문은 삽시간에 퍼져나갔다.

매춘을 미끼로 손님을 유인하고 가족 단위로 펜션을 찾아도 은밀하게 따로 몸을 판다는 추악한 말들까지 나돌았다. 입에 담기조차 버거울 정도로 악의적인 소문은 꼬리에 꼬리를 물고 확대재생산되었는데, 도대체 누가 그런 끔찍하고 잔혹한 소문들을 만들어 퍼트리는지 그는 알지 못했다. 하지만 그간 알게 모르게 그를 시기해온 무리가 적지 않았다. 그들이 마침내 벌어질 일이 벌어졌다는 듯이 그 일에 대거 참여함으로써, 소문은 이제 어떤 식으로도 잠재울 수 없는 지경에 이르렀다.

운영자와 운영 임원들로부터 특별한 총애를 받고 있는 관계로 그가 그들에게 인식되고 있었을 때는 짐작조차 할 수 없었던, 보이지도 않았고 볼 수도 없었던 무리가 카페의 표면 위로 드러나는 모습은 흡사 한지 위로 먹물이 번지는 것 같았으므로 걷잡을 수 없었다.

어느 지점에서부터인가 시작된 그에 관한 근거 없는 비난이 마치 하나의 점 같은 얼룩으로 카페에 처음 드러났을 때, 운영자는 정확히 객관적인 운영자의 입장을 철저히 고수하는 것 같았지만 실은, 아무런 근거도 없는 비난은 삼가달라는 요지로 사안을 공론화하는 바람에 오히려 더 많은 회원이 그 소문에 관심을 두게 되었다.

그간 그에 대한 운영자의 마음을 모르는 척하고는 있었지만 절대 모를 리 없었던 운영 임원들은, 짐작했던 바와 다르게 미묘한 뉘앙스로 운신하는 운영자의 행보에 고개를 갸웃거리기는 했어도, 대강의 상황을 이해하기까지 그리 오랜 시간이 걸리지는 않았다.

그리하여 서서히 이 일련의 사건들을 어떻게 마무리해야 할지 대충 감을 잡고, 그 운영자의 운영 임원들답게 먼 길을 돌아 포괄적인 형태로 작금의 문제를 지적하면 되겠다 싶어 손가락 몇 개를 가볍게 꺾은 뒤, 각자의 키보드 위로 두 손을 얹었다.

여러 명의 운영 임원에 의해 일부 내용이 중복되며 공지된 사항들을 보자면, 가령 카페에서 벌이는 각종 사업체 홍보 형태에 관한 최근의 문제점이라든가 사업주가 지녀야 할 소양 따위를 언급하면서, 근거 없는 비난을 일삼는 것도 문제지만 그런 빌미를 제공하는 것도 일말의 책임이 될 수는 있는바 조금 더 사려 깊은 처신을 당부한다는 식의 내용이었다.

틀린 말도 아니고 필요하지 않은 말도 아니었으나 그 포괄적인 공지는, 교묘한 타이밍과 미묘한 뉘앙스로 그의 펜션 풍문 하나만을 딱 가리키고 있었다. 무언가 비틀어진 타자의 일상에 유독 관심이 많은 회원들의 시선에 그러한 보이지 않는 선들이 보이지 않았을 리 없었으므로, 그들은 마치 십자낱말풀이라든가 숨은그림찾기 혹은 비슷한 말 이어 대기를 하듯 소문에 더한 소문을 끌어올렸다.

물론 그 가운데는 자신의 희미한 존재감이 그의 존재로 말미암아 만들어진 결과물이라는 듯 그를 물고 뜯고 비틀고 오직 그 순간만을 기다려온 사람처럼 잔혹하고 집요하게 대놓고 그를 비난하는 사람도 있었다.

그런 회원의 기묘한 공통점으로 보자면 하나같이 약간 난해한 어휘를 선택하여 서술한다는 점이었다. 아주 논리 정연한 비난의 전개로 그것이 흡사 비난의 내용이 아닌 정부의 부당함을 호소하는 대자보라도 되는 듯한 착각에 빠지게 하는 장문의 댓글 혹은 게시물 들이었다.

글 전체에서, 나는 엄청나게 똑똑하고 지적인 사람인데 그런 내가 이런 부적절하고 부당한 사태를 이렇게 논리적으로 일일이 지적하는 것 자체로 그것은 이미 큰 문제의 대상이자 간과할 수 없는 불의의 요체라는 분위기를 강력하게 풍겼다. 가만히 있으려고 했지만 부정함의 정도를 보아하니 도저히 묵과할 수 없다는 듯이 그들은 침착함을 가장하여 기술하고 있었는데, 그러나 그런 글들의 내용은 항상 지나친 면이 있었고 필요 이상 공격적이었기 때문에 보는 이로 하여금 눈살을 찌푸리게 하기는 마찬가지였다.

어쨌든 그런 사정들이 겹치고 더해져 급기야 이제 그가 카페를 탈퇴하고 안 하고는 중요한 문제가 아닌 상황에까지 이르렀다. 이미 그가 운영하는 펜션 사이트 게시판은 매춘 펜션이라는 등, 그곳에 오는 남자는 다 후리는 여우 소굴이라는 등, 불륜의 온상이라는 등, 말로는 이루 다 표현할 수 없는 온갖 모함과 협잡으로 엉망진창이 되어 있었다.

그런 소문은 같은 지역의 펜션으로도 퍼져나가서, 관할 관청에서 그에게 불법 매춘의 사실 여부를 물어오는 말도 안 되는 상황까지 벌어지기도 했다. 그는 기가 막혔지만 무엇을 어떻게 해야 할지 감조차 잡지 못했다. 너무 순식간에 쏟아져 피할 수 없는 폭우와 심장 곳곳이 뻥뻥 뚫리는 듯한 극렬한 뇌우에 그는 어떤 대책을 세우고 움직이고 할 만한 정신적인 여력을 가질 수 없었다. 그저 멍하니, 넋을 놓고 있을 따름이었다.

눈물도 흐르지 않았다.

그나마 사태 초기에는 그와 순수한 의미로서 친분 관계가 있었던 카페 동료 몇몇이 그를 이해해주었고 그가 그간 겪어왔던 내용 일체를 하소연할 때도 묵묵히 듣고 믿어주었으나, 돌풍 속에 부러져나가는 나뭇가지처럼 힘없이 꺾이는 그를 끝까지 지켜주지는 못했다.

가족 단위로 오는 관광지에서 그에 관한 소문은 치명적일 수밖에 없었는데 그 와중에 그 펜션이 과거 연쇄살인마가 살인을 저질렀던 장소라는 이야기까지 나돌게 되었다. 무엇보다 가장 결정적이었던 것은 펜션의 소문이 인터넷에 기사화까지 된 사실이었다. 기사는 그의 매춘 행위를 거의 기정사실로 호도했고 얼마 지나지 않아 그 기사를 다시 송고하는 인터넷 기사가 점점 늘어나면서 급기야, 태안반도 관광지에 관한 검색을 하다 보면 매춘하는 펜션이라는 기사를 어렵지 않게 읽을 수 있었다. 그리고 마침내 그가 가장 우려했던 사태,

그 수많은 이야기가 결국 엄마의 귀에까지 들어가게 되었다.

모든 소문을 접한 그의 엄마는 그의 어깨를 툭툭 두드리며 괜찮다고, 다 근거 없는 말들이니 시간이 지나면 모두 해결될 거라고 말했다. 제아무리 예고 없이 쏟아지는 소나기라도 언젠가는 그치는 법이라고. 그러면서 방에 들어가 잠시 쉬고 나오마고 했던 엄마는 두 번 다시 일어나지 못했다. 그는,

믿을 수 없었다.

그는 정신이 반쯤 나가버렸는데 그럼에도 비난은 멈추지 않았다. 하루속히 그 더러운 펜션을 치워 없애버려야 한다는 민원이 지역 관공서에 빗발쳤고 인근의 펜션 주인과 상인 들의 항의도 수그러들 줄 몰랐다. 어쩐 일인지 오히려 더 극심해졌다.

그는 결국 어디론가 사라져버렸다. 펜션은 폐허가 되었고 연쇄살인마에게 피살된 사람과 그의 귀신이 번갈아 나온다는 소문이 나돌았다. 연쇄살인마에게 살해된 사람까지는 몰라도 실성한 그

의 모습을 본 적이 있다고 하는 사람은 실제로도 종종 있었다. 흉흉한 소문은 지역 경제 전체를 마비시키는 지경에 이르렀고 펜션은 결국, 철거되었다. 흔적도 없이 사라져버렸다.

그의 꿈도 그렇게 함께 사라졌다.

정말 한순간의 꿈처럼.

그는 정말 꿈을 꾸었던 것일까?

열쇠
The Key

일곱 번째 피살자는 누구나 예상할 수 있었던 그 여행자 카페의 운영자였다. 두 발의 탄두가 그의 이마를 뚫고 지나가는 순간에도 그는 그 카페의 운영자였다. 그는 카페 정모가 끝나고 집으로 귀가하던 차 안에서 살해당했다.

당시 그는 만취 상태였고 그럼에도 오랜 습관으로 대리 운전따위는 맡기지 않았다. 운전은 오히려 술에 취했을 때 더 잘됐다. 그는 자신이 있었다. 사고를 내지 않을 자신이 있었고 무엇보다 검문에 걸려도 경찰 따위 혀 안에서 사탕을 굴리듯이 잘 다룰 자신이 있었다. 만에 하나 음주로 사고가 난다면 무고한 타인에게 피해가 갈 것이고 그러한 사고 끝에 때론 한 가정의 행복이 송두리째 파괴되고 마는 경우도 있다는 사실을 그는 염두에 두지 않았다. 그의 전두엽 맨 말미 어느 구석 자리에도 그러한 사고방식은 존재하지 않았다.

오래전에 그가 친구와 함께 조그만 민속주점을 운영할 때의 일이었다. 그는 그날도 여느 때와 다르지 않게 만취 상태로 운전대를 잡았고 성수대교를 건너고 있었다. 하지만 평소와는 취기가 조금 남달랐는지 대교를 심하게 갈지자로 가로지르며 운전했고, 어지간하면 서(署)로 돌아가는 근무 외 시간까지 단속 업무를 하고 싶지는 않았던 그 구역 교통 센터장의 눈에까지 띄게 되었다.

센터장은 조수석에 앉아, 휘청거리는 앞차를 주시하며 한참을 갈등하다가 피곤하고 귀찮고 짜증도 나지만 어쩔 수 없다는 듯 욕지거리를 내뱉으며 운전석에 앉은 후임 경관에게 차를 세우라고 지시했고, 후임은 바로 그 지시에 따랐다.

대교를 지나자마자 갓길에 강제 정차된 그는 취한 와중에도 자신을 세운 경찰들의 계급을 한눈에 훑었다. 그는 차에서 내리자마자 구십 도로 허리를 꺾어 인사했고 "죄송합니다, 형님들 제가 오늘 술을 좀 많이 마셨습니다." 하고 자백했다. 센터장은 그 순간 딱 감을 잡았다.

술 취한 자들이 검문에 걸렸을 때 일반적으로 취하는 첫 번째 행동은 술을 마시지 않았다고 빡빡 우겨대거나 적반하장으로 고래고래 고함을 지르는 것이었다.

"내가 누군지 알아?"

그가 누군지는 몰라도 상대하기 가장 피곤한 스타일의 취객인 것만은 자명한지라 사정 봐주지 않고 이내 측정기라도 들이밀라 치면, 태도가 돌변하여 딱 한 잔, 맥주 딱 한 잔 마신 게 전부라고 몸을 비비 꼬아가며 능치려는 행동을 취하는 게 그다음 수순이었다. 일정 부분 아량을 베풀 재량이 있다손 치더라도 봐주고 싶은 마음이 싹 사라지는 행동이었으므로 경찰은 그런 치졸한 수작을 부리는 취객의 농간에 전혀 반응하지 않았다.

한 치의 흔들림 없이 정해진 공무를 규정에 따라 수행할 따름이므로, 경찰은 무덤덤한 얼굴로 눈꼬리를 살짝 치켜 올리고 준엄한 표정을 짓는 것으로 취객의 잡스러움을 단호하게 차단했는데, 그나마 그쯤이라도 상황 판단이 가능한 사람이라면 마지막으로 내놓는 카드가 다름 아닌 현금이었다.

하지만 그런 경우는 대개 경찰 공무원의 부아만 돋울 뿐이었다. "이 양반이 지금 장난하나."라는 말을 거리낌 없이 내뱉으며 "뇌물공여죄로 콩밥까지 먹어보고 싶소?"라고 을러대는 저변에는 물론 평소 분출하지 못했던 경관의 양심도 충분히 작용했겠지만, 그보다는 아무래도 그 세계만의 오랜 불문율이 자리하고 있는 경우가 더 많았다.

그런 자들의 돈을 받아서는 안 된다. 자신의 태도를 손바닥 뒤집듯이 하는 놈들의 돈을 받았다가는 뒤탈이 날 확률이 매우 높다. 그것은 그 직무를 오랜 세월 수행해온 수많은 선배의 다양한 경험으로부터 비롯된 불문율이었다. 설혹 적은 확률이었다손 치더라도 자신의 목을 내놓고서까지 푼돈을 호주머니 속에 집어넣는 멍청한 경찰은 없었다.

그러나 카페의 운영자가 취한 행동처럼 곧바로 자신의 만취 상태를 자백하는 부류들은 일반적으로, 대화가 되는 사람일 경우가 많았다. 진급시험에서 매번 낙방하는 만년 경장쯤 되면 대화가 되는 사람과 그렇지 않은 사람을 단박에 구별할 수 있었다. 매의 눈을 갖게 되며 업무 파트가 교통계일수록 그런 감각은 더욱더 날카롭게 벼려지기 마련이었다.

취했음을 자백하며 입가에 미소까지 걸고 있다는 것은 이미 그런 경험이 많고 후속 조치를 어떻게 해야 하는지까지도 잘 안다고 보면 옳았다. 소위 그들은 이 세계를 운용하는 실제적인 메커니즘을 잘 이해하고 있는 사람들인 것이다.

아니나 다를까 운영자는 그것을 이 세상을 살아가는 처세 가운데 하나로 이해했다. 위기에 봉착하고 그 위기를 해제할 주도권을 지닌 수장을 순식간에 파악해내며, 그와 동시에 자신도 같은 세계를 깊이 이해하고 있는 동업자임을 빠르게 피력하여 상대를 설득하는 능력. 남들은 좀처럼 해내지 못하는 그 능력을 그는 어쩌면 내심 즐겼는지도 몰랐다.

성수대교 북단 갓길에 차를 세우도록 강제한 센터장은 그가 내리면서 취한 배꼽 인사와 예의 입가에 걸린 미소를 보고 뭔가 애기가 될 상대임을 단박에 알아보았고, 운영자 또한 센터장의 그런 안목이 무색하지 않게 노련함을 발휘했다. 술에 취했음에도 능란한—어쩌면 술에 취했으므로 더 능란했을 수도 있는—그의 언변을 가만히 들으면서 그가 내민 명함을 물끄러미 내려다보던 센터장이 말했다.

"너 참 마음에 든다. 남자네, 남자."

그리고 그들은 바로 경찰서로 함께 향했고 그의 차를 주차장에 파킹한 다음, 셋이 나란히 경찰차를 타고 왕십리로 향했다. 그들이 왕십리의 갈빗집으로 행선지를 정한 이유는 첫째 그가 술을 한잔 더 할 수 있는 주량이 되었던 까닭이었고, 둘째 센터장의 오랜 고민인 진급에 관한 어떤 일말의 희망 비슷한 발언을 그가 했기 때문이었다.

센터장은, 젊은 나이에 강남 중심 상권에 번듯한 사업체를 가지고 있고 시경에 근무하는 경찰 가족이 있음을—실은 그냥 아는 형님에 불과할 뿐이었지만—얘기 중에 알게 된 것 하며, 진급 시기를 지나 한참 난항을 겪는 경장에게 가장 필요한 요건이 무엇인지를 적확하게 짚어내는 솔직함 때문에 그의 얘길 더 듣고 싶었다.

딱히 술 취한 놈의 말을 다 믿어서가 아니라 그냥 그때까지 파악된 그 정도만 하더라도 인맥으로 알아두어 나쁠 것은 없다는 게 센터장의 판단이었다. 돈도 없고 빽도 없는 센터장은 그나마 있던 자부심마저도 매번 누락되는 진급 심사 아래 무참하게 짜부라져 하루하루가 공허할 따름이었으므로, 훗날 결과적으로 공수표나 다름없었던 운영자의 허언이 지푸라기였을지언정 잡을 수밖에 없는 심정이었다.

그들은 왕십리 갈빗집에서 거나하게 술을 한잔 걸쳤고 돈은 센터장이 형님으로 모시는 그 갈빗집의 사장이 지불했으며 역시 술에 취한 후임 경관이 차를 몰아 그가 사는 동네인 금호동으로 향했다.

"형님, 술 드셨는데 운전해도 괜찮으시겠어요?" 하고 그가 그때 후임 경관에게 물었었는데 "야 인마 백차잖아!" 하고 센터장이 대신 답변했으며 모든 신호를 무시하고 달려 무사히 그를 데려다 준 뒤 그들은 돌아갔다.

훗날 그들은 비번을 골라 그와 그의 친구가 운영하는 민속주점에 방문했는데 일단 상상했던 것과는 전혀 다른 규모의 가게를 보고 놀랐다. 애써 실망을 감춘 그들은 그래도 혹시 모른다는 심정으로 몇 차례 더 방문했는데, 회가 거듭될수록 실익이 없음을 점점 깨달아가며 쓴웃음을 지을 수밖에 없었다.

이제 와서 기가 막힌다고 이전 일들을 모두 물릴 수 있는 것도 아니었고 또 딱히 그의 말이 확연하게 다 틀린 것도 아니었으므로, 속였다고 볼 수도 없는 애매한 상황이었던지라 센터장은 그저 허탈할 따름이었다. 결국 문제는 자신에게 있었던 거라고 결론이 나며 기실 애매한 선에서 속인 자와 속은 자가 함께 인생을 깨달아가는 통상적인 절차를 밟았다.

그러나 그 깨달음의 결과로 더욱더 기고만장하게 변한 것은 속인 자였다. 그는 만취 상태에서 단속에 걸렸음에도 경찰이 오히려 자신에게 술과 고기를 사 먹이고 집까지 고이 모셔다 준 일화를 두고두고, 십수 년을 우려먹으며 자랑거리로 삼았다. 자신의 교섭력 혹은 협상 능력이 최절정에 달해 있었음을 방증하는 사건이라 여겨 그보다 더 자랑스러운 예는 없었던 것이다.

그는 그렇게 자신의 정치력을 무한히 사랑했다. 실제로 정계에 입문해서 실력을 펼칠 정도의 배짱이나 깜냥을 가지고 있지는 않았지만, 실생활에서 소소하게 재미를 볼 수 있는 잔망스러운 재주를 그는 스스로 특별히 여겼고 그런 능력은 카페를 운영하는 데서도 유감없이 발휘되었다.

그런 그에게 음주운전이란 아주 오랫동안 어떤 알 수 없는 설렘을 가져다준 근원이었지 범죄라고는 전혀 생각지 않았던 탓에 그날도 여지없이 갈지자로 남부순환도로를 휘저어서 왔고, 봉천동 고갯길에 도착했으며, 주차하다가 그 안에서 살해당했다.

창문에 구멍이 뚫리지 않은 것으로 보아 킬러가 차에 탑승했을 것으로 저스티스맨은 예상했고, 그러므로 아마도 킬러 또한 그 카페의 회원이었을 거라는 게 그의 추측이었다. 워낙 카페를 떠들썩하게 했던 사건이었던지라 킬러가 조사해봤을 수도 있다는 게 그의 생각이었다. 아니면 펜션 주인과 순수한 관계로 친분이 있었다던 회원 가운데 자기와 인터뷰한 사람 외에 또 다른 한 명이었거나. 어느 쪽이든 킬러는 운영자와 안면이 있는 사이였을 거라고 저스티스맨은 장담했다.

누리꾼들은 저스티스맨의 추리보다는 운영자의 치졸한 행동을 보고 혀를 내둘렀다. 진짜 정치인 뺨친다는 감탄에서부터 우리나라 국회의원들이 모두 다 덤벼도 그 새끼 하나는 정말 못 당했을 거라고 떠들어대는 말들과, 그 새끼를 죽이지 말고 일본 국회로 보냈어야 한다는 말도 안 되는 헛소리에 이르기까지, 늘 그랬듯 누리꾼들의 반응은 뜨거웠고 어느 때보다 열광적이었던 까닭에 드디어 인터넷을 잘 이용하지 않는 사람들에게까지도 저스티스맨의 카페가 알려지기 시작했다.

시끄럽긴 했어도 그 나물에 그 밥인 정도의 회원이 갑론을박을 펼쳤던 이전 상황에 비하면, 일곱 번째 피살자가 밝혀진 이후에 늘기 시작한 회원의 수는 거의 기하급수적이었고 오십만을 순식간에 넘어섰으며, 그들 대부분이 저스티스맨에게 그리고 킬러에게 열광하는 자들이었다.

그간 팽배했던 마땅히 죽었어야 할 놈들이 죽었다는 의견과 어떤 이유로든 폭력이 인정받아서는 안 된다는 의견은 이제 구 대일 정도로 패가 갈렸고, 그 바람에 후자의 의견을 가진 사람들은 찍소리도 내지 못하는 형국이 되었다. 찍소리라도 냈다가는 순식간에 피살자들처럼 무뢰배로 취급받았다. 얼마 전까지만 해도 수많은 갑론을박 중에 단 하나의 사안, 누리꾼들의 마녀 사냥에 대해서만큼은 철저하게 응징하고 뿌리 뽑아야 한다는 의견에 예외 없이 입을 모았던 그들이었음에도, 흡사 빠가사리라도 되는 양 자기 의견에 반대하는 누리꾼들을 다시 쥐 잡듯이 구석으로 몰아 결국에는 씨를 말려버렸다.

회원 수가 오십만이 넘어가다 보니 이제 별의별 회원들이 다 모여들었는데 그중 한 명이 저스티스맨의 카페에 공식 명칭을 가제로 정하고 배너를 만들어 선물했다. 배너에는 '우리들의 킬러'라는 제목이 새겨져 있었다. 총칼이 양쪽으로 화려하게 장식된 전투 게임 사이트에서나 볼 법한 멋들어진 디자인이었다. 저스티스맨은 아무 말 없이 그 배너를 카페 대문에 걸었다.

회원 몇몇이 모여 킥킥거리며 쓸데없는 말은 전혀 하지 않는 우리 회장님이라고 저스티스맨을 떠받들자 다른 누리꾼들도 그 말에 상당히 호응했고, 해서 그 순간부터 그는 그들의 회장님이 되었다. 말하자면 그 카페가 킬러의 공식 팬 카페가 되는 것이었고 저스티스맨은 팬덤의 회장이 되는 셈이었다. 그런 상황에 관해 저스티스맨 역시 어떤 소감 따위는 밝히지 않았지만 누가 회장님 하고 부르면 네, 하고 대답을 하기는 했다.

그들의 회장이 세운 가설이 이렇듯 수많은 사람으로부터 전폭적인 지지를 얻었던 이유는 사실, 그의 가설이 가진 안정성 때문이었다. 피살자들은 모두 유사한 이유로 살해당했고 그 유사함의 공통분모 속에 자기들의 삶은 포함되지 않는다는 자각이 있었던 것이다.

그것은 다시 말해 안도감으로부터 비롯된 맹목적인 지지라고 할 수 있었다. 그들이 말하는 진실이란 결국 그들만의 드림, 자신들이 믿고 싶은 것만 골라 믿는, 다수 의견이라는 판타지에 불과한 것이었다. 모두가 그렇다고 하니 그렇게 결정된 사실에 관한 믿음.

이제 그들 가운데서는 오로지, 회장이 기록해놓은 여행자 카페의 회원이었고 실제로 펜션 소문을 들은 적이 있으며 설상가상으로 펜션 주인을 비난하는 글까지 남겼던 누리꾼들만이 불안과 공포에 휩싸여 있었다.

특히 펜션 주인을 시기 질투하여 냉정한 척 또박또박 논리적인 게시물이나 댓글을 남겼던 몇몇 회원은 아예 잠을 이루지 못했고 낮 동안에도 제대로 된 사회생활을 하지 못했다. 아마도 다음 피살자가 생긴다면 분명히 그들 중 하나일 거라고 많은 누리꾼이 입을 모았기 때문이었고, 그들의 의견은 누가 생각해봐도 충분한 개연성이 있었다.

그러던 중 한 누리꾼이 혹시 회장이 킬러가 아니냐는 의문을 카페에 남겼다. 직접 찾아 조사했다고는 해도 너무 상세한 부분까지 알고 있는 게 좀 이상하다는 것이었다. 자료들을 꼼꼼히 살펴보면 조사만으로 파악하기엔 아무래도 한계가 있는 항목들이 적지 않고 아무리 각색이라지만 또 그렇게만 보기에도 너무 사실적이지 않느냐는 게 그의 주장이었다.

그러나 그의 주장에는 마치 기침 후에 머리 위로 지나가는 천사의 시간처럼 고요한 반응만이 있을 따름이었다. 모두 입을 다물고 눈알만 데굴데굴 굴리고 있는 것 같았는데, 정작 회장 자신도 나는 아니다, 하고 뚜렷하게 밝히지 않았던 까닭에 그 고요의 순간은 조금 더 길게 이어졌다. 그러자 어떤 누리꾼이 카페 게시물을 이제 다른 곳으로 퍼 나르지 못하게 하는 것이 어떻겠느냐는 의견을 내세웠고, 그것보다는 지금도 회원 수는 충분하니 비공개 카페로 돌리자는 의견도 나왔다.

그들 모두 회장이 킬러라는 가정을 염두에 두고 제시하는 의견이었다. 이제까지는 그냥 연쇄살인을 흥밋거리로 다룬 저급한 카페로 여겨 경찰이 눈여겨보지 않았을 수도 있지만, 지금처럼 실시간 검색어의 상위를 계속 차지하고 그 시간이 길어지면 길어질수록 카페의 신빙성이 점점 더 많이 알려지게 될 터였고, 그러다 보면 종내에는 경찰까지도 이 카페의 게시물들을 신중히 열람할지 모른다는 우려가 섞여 나왔다. 그러면 결국 회장에게도—그가 진짜 킬러이든 아니든—피해가 갈지 모른다는 게 중론이었다.

그렇게 의견이 분분한 가운데, 그들 중에는 물론 이미 대놓고 회장이 킬러라고 믿는 누리꾼들도 있었다. 그들은 대체로 자기가 아는 놈 중에 이런 새끼가 있는데 그를 좀 죽여줄 수 없느냐는 탄원 비슷한 글을 올리는 부류였다. 마치 킬러에게 사건이라도 의뢰하듯. 많은 누리꾼이 그런 글들에 실소를 터뜨리면서도 내심 자기 내면의 욕망, 나도 죽이고 싶은 자들이 너무 많다는 사실에 깜짝 놀랐다.

우리들의 킬러는 어느새 백만에 가까운 회원을 확보하면서 이제 그 존재 자체로 거대한 집단을 이루었고, 여느 취미 카페와 달리 사회적인 이슈를 다루는 사이트라는 점에서 점차 많은 사회 지식인층의 주목도 얻게 되었다. 그러나 그들 역시 우리들의 킬러에서 다루는 사안의 진실 여부보다는 그 무리의 광적인 집단행동에 관한 분석에만 초점을 맞출 뿐이었다.

그러던 차에 또 한 명의 피살자가 발생했는데, 그것은 기실 우리들의 킬러 카페에서 다루어질 만한 내용이 아니었고 살해당한 이도 그들의 킬러와는 아무 관계 없는 사람이었다. 아니나 다를까 이번 사건은 연쇄살인과 전혀 무관하다는 점을 강조라도 하듯 신문지상에서 실시간으로 다루어졌다.

그러므로 카페에 실린 그 살인 사건에 관한 내용은 회장이 작성해 올린 게시물이 아니었다. 피살자의 살해 방식도 그들의 킬러와는 달랐으므로 무슨 연관이 있는 살인 사건이 아니라는 의견이 당연히 주류였지만 그래도, 피살자가 우리 카페를 유난히 언론에서 많이 언급했던 사회 지도층 가운데 한 명이라는 측면을 간과해서는 안 될 것 같아 일단 포스팅하고 본다는 몇몇 회원에 의해, 사건의 진행 상황이 매스컴과 거의 동시에 발맞추어 게재되었다.

8번

The Number 8

피살자는 공식 석상에서 우리들의 킬러 카페에 관해 그간 적지 않은 의견을 도마 위에 올렸던 모 기초단체 단체장이었다. 그의 화두는 우리들의 킬러라고 부르는 그들의 킬러가 과연 이 시대가 원하는 진정한 영웅일 수 있는가 하는 문제였고, 그의 거듭되는 살인을 이렇게 좌시하고만 있어야 하느냐는 질문이었다.

질문의 화두로 미루어 보아 그 또한 우리들의 킬러의 회원임이 분명했고—회원이 아니고서는 알 수 없는 내용이 거론되었으므로—일단 그 모든 살인이 한 사람에 의한 범죄라는 사실을 인정하고 있었으며, 살해 동기에 대해서도 카페 회장이 제시한 가설을 이미 믿고 있다는 전제하에 던져진 질문이었다, 고 보기엔 그의 논조가 너무 단조로웠고 그 속에 분노라든가 흥분 따위는 포함되어 있지 않았으므로, 그것은 그저 그가 주장하고자 하는 쟁점에 효용이 있는 하나의 사례로서 이용 가치가 소용되는 듯했다.

아닌 게 아니라 그의 주장은 곧이어 자신이 던진 화두를 사뿐히 딛고 악의 원천이라는 광범위한 세계로 훌쩍 뛰어넘어갔다. 그는 인터넷의 익명성을 주제로 다뤘다. 댓글 하나조차도 누구에 의한 것인지 투명하게 밝혀져야 한다는 것이 그의 주장이었다. 익명성 때문에 인터넷에서 무분별한 평등이 자행(恣行)된다고 했다. 그것이 점차 현실의 벽을 무너뜨리고 있는데 이대로 방관했다가는 결국 현실에서도 인터넷과 다르지 않은 일들이 벌어지고 말 거라는 얘기였다. 특히 요즘 아이 중 일부는 이미 현실과 인터넷상에서 벌어지는 일들을 구별하지 못한다고 그는 강조했다.

인터넷에서 서로 욕지거리를 하고 싸웠는데 알고 보니 아버지와 아들이었고 선생님과 제자였다. 현실에서는 불가능한 일이었다. 도덕성 파괴라는 감춰진 본능이 익명이라는 그늘 속에서 쑥쑥 자라고 그것이 방약무인한 인터넷 세계로 유혹하며 결국, 현실도피 성향으로 이어진다는 게 그의 논리였다. 이런 현상은 현실을 조급하게 보고, 잘못 보고, 급하게 판단하는 인간성과 공격성을 양산한다고 했다. 일견 일리가 있는 주장들이었다.

그러나 그의 의견에 반대하는 사람들도 적지 않았다. 그가 든 예는 논리적으로 옳은 부분도 있지만, 대체로 지나친 비약이거나 있어도 아주 극소수에 불과하다는 의견이었다. 그 때문에 인터넷을 실명제로 규제한다면 그것은 마치 불이란 도구가 화재와 재난을 불러일으킬 수 있으므로 없애버려야 한다는 단편적인 주장과 다를 바 없다고 지적했다. 인간은 불 없이는 생활할 수 없는 존재라고 그들은 다시 한 번 강조했다.

그가 주장하는 바대로 댓글 하나까지 누구에 의한 것인지 투명하게 밝히자는 논리는 그 근본 생각 자체가 틀려먹은 파시스트적인 발상이라고 주장하는 누리꾼들도 있었다. 그들은 그의 주장을 강력한 어조로 비난했고 빅 브라더의 시대를 만들고 싶은 거냐며 격분을 감추지 못했다.

그들의 논쟁은 마치, 방향을 잃은 가을 들불처럼 걷잡을 수 없이 번져나갔다.

하지만 그의 의견이 전반적으로는 더 큰 힘을 얻는 것처럼 보였다. 대형 언론사 논설위원들도 자신들의 칼럼을 통해 그를 지지했다. 그 논쟁에서만큼은 그가 소수 의견자였지만 그는 한 단체의 장이었고, 그의 의견에 반대하는 다수는 대개가 익명이었으므로 힘을 얻지 못했다.

몇몇 인터넷 언론사 논설위원들도 대형 언론사 논설위원들처럼 칼럼으로 반대 세력에 지지를 보냈지만, 노출 빈도수의 현격한 차이 때문에 그들만의 옹알이처럼 되고 말았다. 가공된 진실의 법칙이란 결국 다수 의견이라는 밭에서만 나고 자라는 것이 아니었다. 그것은 힘의 균형이 동등할 때나 이루어지는 공식이었고 소수 의견일지라도 힘을 가진 자들의 구성이면 얼마든지 진실의 가공이 가능했다.

그러나 양편의 주장이 그렇게 그 나름의 설득력을 갖추고 있었으므로 이것이 계기가 되어 누리꾼들 사이에서 다양한 의견이 개진된 것도 사실이었다. 뜻을 모아 해법을 찾으려는 노력도 생겼다. 무엇보다 그가 빈번하게 중점적인 예로 선택한 사안들이 주로 우리들의 킬러 카페에 게재된 내용이었으므로 더 많은 사람이 우리들의 킬러라는 카페가 존재한다는 사실을 알게 되었다.

그러면서 더 많은 회원이 유입되었고 기존의 골수 회원들이 주장하는 종교적인 색채의 내용도 접할 수 있었다. 가령 그들의 킬러가 선사하는 두 개의 구멍은 진실의 눈을 상징한다는 초현실적인 주장 같은 것이 그 가운데 하나였다.

카페에서 다루어진 기록들에 아직 감정이입이 이루어지지 않은 신입 회원들은 비교적 관조적인 입장에서 모든 이야기를 열람할 수 있었는데, 그로 말미암아 킬러에 대한 여론도 다시 반대와 옹호로 갈리기 시작했다.

그러던 중 그가 살해되었다.

그는 자기 집 앞 골목 어귀에서 휴대폰을 들여다보다가 살해당했다.

킬러 카페의 회원들이 그의 살해 속보를 처음 접했을 땐, 잠시 긴장했던 것도 사실이었다. 그것이 혹시 자신들의 킬러가 불쾌한 마음에 저지른 일은 아닌가 하는 일말의 의혹이 있었기 때문이다. 그게 만약 사실이라면 그것은 동기에 관한 기존 공식을 뒤집어엎는 피살이었고, 그런 식의 복수는 다소 치졸한 면이 없지 않았다. 그래서 그들의 킬러가 순간 잘못 판단한 게 아니냐는 다소간의 불안감이 들었던 것이다.

그러나 얼마 안 있어 이어진 경찰의 발표에 그들은 다시 안도했다. 경찰이 국과수에 의뢰해 부검을 실시한 결과, 피살자는 후두부에 강한 둔기를 얻어맞고 쓰러졌는데 코를 통해 다량의 출혈이 이루어진 것으로 보아 낙상에 의한 뇌 손상과 그로 인한 뇌출혈로 사망했다는 일차 소견을 통보를 받았으며, 그런 상태로 오랜 시간 방치되었던 탓에 과다출혈에 의한 쇼크사의 가능성도 배제할 수 없다는 내용이었다.

그가 휴대폰 문자를 확인하던 순간에 누군가 뒤로 다가가 둔기를 휘둘렀을 것으로 추정된다는 것이었다. 그것은 그들의 영웅이 취하는 방식이 아니었다. 경찰 또한 당연히 연쇄살인과는 관련 없는 범죄라고 확신했다. 세상에는 수많은 살인 사건이 알게 모르게 벌어지고 있었다. 그때마다 그 모든 사건을 한 사람에 의한 소행이라고 간주해서 수사에 임하는 것은 바보들이나 하는 짓이었다.

다만 이것이 단순히 금품을 노린 퍽치기의 수법이 아니라는 점만이 초도 수사의 난점일 따름이었다. 피살자가 손에 꼭 쥐고 있던 휴대폰은 물론이고 그의 가방과 기타 소지하고 있던 금품 일체가 그대로 있었기 때문이다.

그 때문에 잠시 수사의 방향이 모호하게 가닥이 잡히는가 했으나, 다행스럽게도 얼마 지나지 않아 사건 현장에서 그리 멀지 않는 하천 변에서 범행 도구로 추정되는 벽돌이 발견되었다. 벽돌에는 피살자의 혈흔으로 보이는 얼룩이 묻어 있었다. 경찰은 현재 벽돌에서 채취한 혈흔과 지문을 확인하는 중이라고 밝혔다. 경찰은 하루라도 빨리 이번 사건의 범인을 검거하여 이제까지 벌어진 연쇄살인으로 인해 끝도 없이 추락한 자신들의 위상을 일부라도 회복해볼 심산이었다.

대형 언론사의 심정 또한 크게 다르지 않았다. 특별한 사건 사고 없이 연쇄살인에 관한 관심을 다른 곳으로 돌리는 것에도 한계가 있었다. 그런 그들에게 이번 살인 사건은 가뭄의 단비나 다름없었다. 기다렸다는 듯이 사건을 집중적으로 보도함으로써 이전에 하지 못했던 언론 기능의 초석을 다시금 굳건히 다져볼 심산이었다.

공동 보호구역이 사라진 언론인들은 다시 육식의 세계로 돌아와 그들이 취해야 할 이권에 따라 재빠르게 행동했다. 발 빠른 취재와 자극적인 보도로 특종을 잡으려고 기를 썼다. 한시라도 빨리 이목을 집중시킬 수 있는 속보를 내보내기 위해 그들은 숨도

쉬지 않고 뛰었다. 그러다가 어느 조그만 인터넷 언론사가 그가 살해당했을 당시의 상황이라며, 단독 취재 내용이라는 기사를 인터넷에 게재하면서 세간의 화제로 떠올랐다.

그가 휴대폰을 들여다보고 있었던 이유가 다름 아닌 집권당 소속의 모 국회의원이 그에게 보낸, 인터넷 실명제를 주도하느라 고생이 많고 꼭 좋은 결과를 이루기 바란다는 내용과 함께 필요한 게 있으면 언제든지 비공식적으로 요청하라는 내용이 담긴 격려 메시지를 읽기 위해서였다는 것이었다.

대형 언론사의 논설위원들은 한 인간의 애통한 죽음을 두고 애도를 표하지는 못할망정 비열한 정치공작의 수단으로 사용하는 일이 있어서는 절대로 안 될 것이라며 강력한 논조의 사설을 실었다.

기사의 주인공으로서 실시간 검색어에 등극한 모 국회의원은 자신의 소셜 네트워크 계정을 통해 자신은 그에게 그런 메시지를 보낸 적이 없을뿐더러 개인적으로 잘 알지도 못하는 사이라고 발뺌하는 한편, 해당 언론사를 명예훼손으로 당연히 고소할 거라고 공표했고, 다른 언론사들 또한 더는 그 문제를 다루지 못하도록 은밀하게 압력을 가하는 것도 잊지 않았다.

그러나 그의 바람과는 달리 몇몇 개인 블로그에 그가 피살자와 악수를 나누거나 환한 미소로 담소를 교환하는 사진 몇 장이 게재되어 이리저리로 스크랩되었다.

나는 그를 모르오, 라는 문구와 함께 끌어안고 있거나 더한 포즈를 취하고 있는 영화 포스터에 그 둘의 얼굴이 패러디되어 등장하기도 했는데, 일각에서는 아무리 개념이 없다고 해도 망자에 대한 예의는 제발 좀 지키고 살자는 의견이 대두되었다.

그즈음에 다시 한 번 놀라운 일이 발생했다. 여덟 번째라고 부를 만한 피살자가 등장한 것이다. 당연히 그의 이마에도 두 개의 탄흔이 남아 있었으나, 피살자는 여행자 카페 펜션 주인 사건과는 전연 관련이 없는 사람이었다. 일단, 그때까지의 정황으로 보아서는 그랬다.

그러므로 그 또한 킬러 카페의 회원들이 바라보는 시각에서는 기존의 패턴을 벗어난 징벌이었다. 펜션 주인 사건으로 살해당한 사람이 이제 겨우 한 명에 불과한 상황에서 다른 대상으로 그 처벌이 옮아간 형국이었기 때문이다.

그들은 웬일인지 펜션 사건으로 처벌을 받은 사람이 고작 한 명이라는 사실을 좀처럼 받아들이지 못했다. 그들은 마치 죽음만이 정의의 유일한 보상인 것처럼 이미 익숙한 형태의 징벌로 판결 내리고 있었다. 그들이 생각하기에 죽어야 할 자, 혹은 죽이고 싶은 자는 그 수가 훨씬 더 많았다. 책임만 면할 수 있다면 직접이라도 죽이고 싶은 이들이 그들의 마음속엔, 너무나도 많았던 것이다.

여덟 안에 일곱이 있었다
There Were Seven in Eight

　벽돌에서 채취한 혈흔과 지문을 확인한 결과 혈흔은 기초단체장의 혈액과 일치한다는 사실이 밝혀졌고 지문 감식 또한 경찰에게 유리한 방향으로 결과가 나왔다. 범인은 이미 수차례 폭력 및 성매매 알선으로 전과가 수두룩한 범죄자였던 것이다. 경찰은 재빠르게 범인 검거의 수사망을 좁히면서 기초단체장의 피살 동기를 파악하던 중, 그와 단체장의 접점일 것으로 파악되는 정황증거를 포착했다. 그것은 원한에 의한 우발적 살인이었다.

　국과수의 판단에 따르면 후두부에 최초 가격된 둔기의 흔적이 살해를 목적으로 할 만큼 강력한 타격은 아니었다. 실제 사인이 된 것은 그로 인해 넘어지면서 부딪힌 이차 충격 때문이었는데, 아마도 범인은 타격 후 쓰러진 단체장의 이상 징후를 보자 겁을 먹고 바로 도망갔을 것으로 경찰은 추정했다.

그는 성매매 알선으로 실형을 선고받고 복역 후 출소한 지 채 일 년도 지나지 않은 상태였다. 출옥 후의 행적이 그리 복잡하지 않았으므로 찾아내는 데는 별로 어려움이 없었으나, 문제는 경찰이 그를 발견했을 때 그는 이미 살해당한 뒤였다는 사실이었다. 그는 시흥에 있는 자신의 옥탑방에서 살해되었고, 그의 이마에도 두 방의 탄흔이 정확하게 남아 있었다.

　그 두 방의 탄흔 때문에 그가 연쇄살인마의 여덟 번째 피살자가 되었음을 경찰도, 그리고 언론도 알게 되었으나 그 둘 어느쪽도 도대체 왜 그가 살해당했는가에 관해서는 감조차 잡지 못했다.

　정말로 영웅놀이라도 하려는 건지 도통 알 수 없는 상황이었지만 언론으로서는 괜찮았다. 편의적으로 논평하기에 아주 흥미로운 소재였기 때문이다. 어쩌면 진짜 항간에 인터넷을 떠도는 풍문처럼 살인마의 살해 대상은 그들이 저지른 죄를 추궁받아 마땅한 자들일지도 모른다는 흥미로운 가설을 수면 위로 올릴 수 있었다.

　정론으로 논평하기엔 상당히 위험한 견해였지만 가십으로 돌려 이목을 끌기엔 안성맞춤이었다. 그러니 그 풍문이 전혀 근거 없는 낭설에 불과할지라도 그냥 버리기 아까운 찌라시임에는 분명했고, 이번 사건이 마치 그런 상황을 대변하는 것처럼 보여 시기적으로도 적절했다.

그러나 경찰은 처지가 완전히 달랐다. 살인마가 경찰보다 먼저 그를 찾아 죽였다는 사실 하나만으로도 그들은 궁지에 몰린 상태에서 더 몰릴 데도 없는 구석으로 처박혀 들어가야 하는 상황이었다. 그런데 여기서 재미있는 점 하나는 간발의 차이이기는 하나 여덟 번째 피살자가 기초단체장을 죽인 살해 동기가, 경찰 발표보다 더 빠르게 킬러 카페에 게재되었다는 사실이었다.

경찰에서 정황증거를 포착했다던 살해 동기가, 이미 수사 선상에서는 밝혀졌으나 언론에는 노출되지 않았던 것이 뜻하지 않은 과정에서 유출된 것인지, 아니면 정말 경찰보다 앞서 그 동기를 밝혀낸 것이 킬러였기에 카페에 먼저 게재된 것인지는 알 수 없었다. 중요한 건 어쨌거나 경찰보다 앞섰다는 사실이었다.

그렇다는 사실을 오직 경찰만 모르고 있었다. 경찰은 자신들보다 먼저 살인마가 범인을 찾아 죽였다는 사실만으로도 목구멍에서 숨이 깔딱깔딱 넘어갈 지경이었다. 그런데 희한하게도 그 내용의 작성자가 카페의 회장이 아니었다. 이전 일곱 건의 사건과는 다르게 이 사건은 실시간으로 벌어지고 있는지라 만약 회장이 그 동기를 작성했다면—아무리 그게 각색된 내용이라 할지라도—그가 킬러일 확률이 거의 백 퍼센트라고 봐도 좋을 상황이었는데, 정작 게시물을 올린 사람은 다른 이였다. 처음 보는 닉네임이었고 그전에 작성한 게시물은 고사하고 댓글도 하나 없는 깨끗한 아이디였다.

회원들은 그 점을 무척 의아해하며 그들의 회장에게 또 다른 아이디를 사용한 것이냐고 물었지만 그는 묵묵부답이었다. 회원들은 의혹과 호기심에 빠져들었지만 그것도 잠시일 뿐, 이내 여덟 번째 피살자를 살해한 동기에 관심이 집중되었다.

그는 과거 소위 대딸방이라는 성매매 업소를 운영하던 건달이었다. 젊은 여성들을 고용한 뒤 남자 손님들을 상대로 손이나 입을 사용해서 사정을 돕는 업소였는데, 말이 젊은 여성이지 미성년자가 더 많았다.

그는 고향에서부터 힘깨나 쓴다고 소문난 건달이었지만 서울에 온 뒤부터는 삼류로 전전긍긍하며 살았다. 예전과는 다르게 폭력으로 위력을 과시할 수 없는 시대가 되자 일자리도 끊기고 먹고살기도 막막해졌다. 그렇다고 해서 함께 올라온 놈들처럼 동대문 의류상가 앞에서 주차 봉이나 휘두르며 살 수는 없었다.

"씨발, 가오가 있지."

해서 그는 아는 형님 모르는 동생 고향 친구 옆 동네 상가 주인에 이르기까지 연줄이 닿는 모든 이들로부터 있는 돈, 없는 빚을 다 끌어당겨서 어렵사리 대딸방을 개업했다. 일할 여자를 구하는 것은 일도 아니었다. 구하지 않아도 스스로 찾아왔고 줄을 서서 기다렸으며 때가 되면 알아서 사라졌으므로 자연스러운 로테이션이 이루어졌다. 그들은 대개 가출 청소년들이었다.

뒷바퀴 완충 스프링을 미친 듯이 늘려 충격이라곤 전혀 흡수할 수 없는 위험천만한 오토바이 쇼바 위에 걸터앉아, 한강 둔치라든가 신림동 하천 주변을 배회하며 술 취한 듯 보이는 아저씨들을 상대로 몸을 파는 여자애들은 그나마 그런 오토바이라도 가진 오빠 혹은 친구가 있어서 그 일을 할 수 있었고, 한동안 그런 식으로 돈을 벌어 사는 게 가능했던 아이들도 때가 되면 새로운 여자아이한테 밀려 소위 일자리를 잃기 일쑤였는데, 그러면 이제 찾는 곳이 대딸방이었다.

오토바이 뒤에 실려 다니며 사오만 원씩 받은 돈 일부를 남자애들한테 뜯기나 대딸방에서 수수료로 공제하나 여자애들 입장에서는 별 차이가 없었고, 오히려 대딸방에서의 수입이 훨씬 더 안정적이었으므로 어떨 때는 오토바이 뒷자리에서 밀려나기도 전에 먼저 그런 쪽을 선택하는 아이들도 있었고, 그런 아이들은 점점 더 늘었다.

처음 집을 나온 여자애들은 신림동이라든가 구로 근처의 지역에서 배회했는데, 그 지역에 이십사 시간 문을 여는 패스트푸드점이나 주점 들이 많은 까닭도 있었지만 무엇보다 또래가 많다는 장점 때문에, 말하자면 그 지점에서부터 가출 생활을 시작했다.

대체로 패스트푸드점 같은 곳에서 쪽잠을 자며 며칠을 보내다가 또래 남자아이 혹은 비슷한 처지의 여자아이를 만나 구로나 광명 같은 곳에 있는 쪽방으로 장소를 옮겼는데, 손바닥만 한 쪽방에 대여섯 명의 남녀가 함께 겹쳐 자는 모습이 그리 보기 드문 풍경은 아니었다.

그나마 그중에 인물이 조금 되는 여자애들은 곧, 오토바이를 가진 오빠나 또래 남자아이 들과 어울릴 기회를 얻곤 했는데, 그러면 이내 쪽방보다는 조금 큰 반지하 사글셋방에서 그들과 함께 생활하는 게 가능했으므로 형편이 훨씬 나아지는 것 같았으나, 그러다가 결국에는 길거리 매춘에까지 나서게 되는 것이었다.

남녀가 어울려 살다 보면 누군가는 생활비를 벌어 와야 했는데 십 대 남자아이란 거의 머저리나 다름없었으므로 대개는 여자아이가 돈을 벌어 왔다. 탈선하기로 마음먹은 여자아이가 이 사회에서 돈을 벌 방법이란 의외로 많고 다양하고 간단하고 수월했으므로 예외가 거의 없었다. 구매자가 없으면 일어날 수 없는 매매에 그들은 수시로 팔려나갔다.

으스대는 것 외에 딱히 재주랄 게 없는 남자애들은 말하자면 잘 곳과 교통수단과 경호를 책임지는 것으로 그들의 임무가 분담되었으나 사실, 임무 분담이라 하기에도 민망한 지경이었다. 간혹 술에 만취한 그들의 아버지 같은 어른이라도 걸릴라치면 퍽치기로 수입을 건지기는 했으나, 그들의 수입은 수입이라 볼 수 없었다. 혼자 홀랑 다 써버리고 말았기 때문이다.

그 탓에 여자애들도 돈을 모으지 못했다. 여자애들이 번 돈은 함께 쓰는 생활비로 몽땅 다 지출했기 때문이다. 남자애가 번 돈은 남자애 혼자 쓰고 여자애가 번 돈은 둘이 같이 썼으므로 어느 쪽으로든 남아나지 않았다. 사랑 혹은 애정으로 그런 관계가 형성된 것처럼 보이지만 그건 기실 포주의 노동력 착취와 다름없었고, 위험한 세상을 홀로 견뎌야 하는 여자아이들로서는 선택의 여지가 별로 없었다.

그러다가 이제 남자아이에게 다른 여자아이가 생기거나 혹은 대판 싸움이라도 한판 벌어지고 나면 둘이 갈라서게 되는 건데, 여자아이 쪽에서도 그때까지의 생활을 토대로 대딸방이라든가 키스방 등 그들이 생활하는 데 필요한 곳의 정보들은 이미 충분히 습득한 후일 때가 많았으므로 남자아이에게 크게 미련을 두지 않았다.

그래도 처음부터 안마 시술소라든가 방석집처럼 본격적으로 매춘하는 영업소로 찾아가지는 않았다. 그러기에는 자못 두려움도 없지 않았고 그나마도 손이나 입을 꼼지락거리는 정도에서 자신의 타락을 제어할 수 있다는 일말의 위안 때문에 대딸방이나 키스방의 선호도가 훨씬 높았다.

그중 돈이 더 필요하거나 기둥서방한테 엮여 빚이 생겼거나 있는 빚이 더 늘어난 아이들만 그다음 코스로 진입했을 뿐, 대부분은 대딸방을 통해서도 충분히 자기 혼자 생활할 수 있는 만큼의 수입을 얻었다. 그 가운데 본격적으로 몸을 파는 것을 업으로 선택한 아이들은 대개 그즈음에서 인생을 놓아버렸다고 봐야 했다.

처음엔 멋도 모르고 시작한 반항과 방황이 그들의 삶의 방향을 완전히 바꾸어버렸다. 치기와 함께 가슴속을 부풀리던 자유로의 의지가 그들의 뜻과 다르게 궁지로 몰리고 밀려 급기야 자신을 포기해버린 아이들이었다. 그들은 한순간의 충동 때문에 거리로 나왔지만, 되돌아가는 길을 알지 못했다. 이 사회는 그들을 그렇게 방치했고, 되돌아가는 길도 당연히 알려주지 않았다.

사업가라고 명함을 돌리고는 다녔지만 잘 봐줘야 건달에 불과한 피살자 역시 청소년이었던 한때 고향에서 또래 여자애들을 강제로 성폭행한 경험이 있었던바, 그런 일련의 청소년 사회 문제가 그에게는 전혀 문제라고 느껴지지 않았고 오히려 그의 삶의 일부였다.

그에게 청소년 탈선이 주는 의미는 자신 또한 지나왔던 여러 갈래 인생길 가운데 하나일 뿐, 그는 언젠가 영화에서 본 대사처럼 강한 놈이 오래가는 게 아니라 오래가는 놈이 강하다는 말을 신조로 삼아 수단과 방법을 가리지 않고 살아내는 것만이 해답이라고 믿는 부류였다.

그러므로 미성년 여자아이들의 가출은 그에게 있어 사업을 유지하는 데 꼭 필요한 자연적인 인력 공급원 이외에 아무 의미도 없었다. 그러니까 그들이 그렇게 살거나 말거나 그가 알 바 아니었고, 대딸방은 생각보다 장사가 잘됐고, 그로 인해 삼류 건달 생활을 할 때와는 다르게 형편도 매우 넉넉해졌다는 사실만이 그에게는 중요한 것이었다.

그는 당장에 삼천오백 시시급 대형 세단부터 뽑았는데 그가 가장 중요하게 여긴 승용차의 사양은 모서리의 각이었다. 그리고 한 냥짜리 금목걸이와 반 냥짜리 금팔찌를 목과 손목에 두르고 큼직한 에메랄드가 박힌 금반지를 오른손 새끼손가락에 끼워 넣었다.

윗도리는 화려한 문양의 미소니 스웨터를 걸치고 벨트는 큼직한 에이치 이니셜이 박힌 에르메스를 둘렀으며 구찌 구두를 신고 팔자로 걸어 다녔다. 그의 구두 굽은 바깥쪽만, 마치 대각선으로 깎인 빙산처럼 심하게 닳아 삼 개월에 한 번씩 갈아주어야 했다. "씨발 명품이라더니 뭐가 이렇게 맨날 닳아?" 하고 그는 말했다.

그는 마지막으로 롤렉스만 차면 그가 꿈꿔왔던 완벽한 패션이 완성된다고 생각했는데, 워낙 뭘 잘 잃어버리는 탓에 그 비싼 시계를 진품으로 구매하는 것까지는 좀 망설여졌다. 사실 그에게 중요한 건 남들이 봤을 때 그거구나, 하고 알 수 있기만 하면 되는 것이었기에 그게 꼭 진품일 필요는 없었다.

그는 평소 휠라 운동복을 아래위 세트로 맞춰 입고 다니는 고향 친구를 통해 짝퉁 롤렉스 하나를 구매하기로 마음먹었다. 고향 친구는 동대문에서 주차 요원을 하고 있었으므로 짝퉁을 판매하는 상인과 안면이 좀 있다고 했다. 해서 에이급을 시급 가격으로 빼낼 수 있으니 걱정하지 말라고 장담했는데, 실제로 그가 보기에도 도저히 진품인지 짝퉁인지를 구별할 수 없는 시계를 친구는 들고 나왔다. 아마 롤렉스 회장이 와도 알아볼 수 없을 거라고 휠라를 입은 친구는 말했다.

그는 기쁜 마음에 루이뷔통 세컨드 백에서 페라가모 지갑을 꺼내 시계값 외에 수고비 조로 십만 원짜리 수표를 한 장 더 친구에게 건네주고는, 알파벳 머리글자 엘 자로 시작하는 롤렉스를 손목에 차고 업소로 돌아왔다. 알아서 이미 수고비를 시계값에 포함시켰던 친구는 고향에선 오야붕 급이나 타고 다니는 세단을 타고 사라지는 친구를 바라보며 부러움의 눈길을 거두지 못했다.

그가 그러는 사이 업소는 난리가 나 있었다. 난데없이 경찰이 들이닥쳐 온 가게를 다 헤집어놓았던 것이다. 문제는 대딸방 영업을 하는 뒤편으로 마련된 쪽방들이었다. 손가락과 입으로 깔짝거리느니 실제로 다 하겠다며 돈을 더 달라는 아이들 때문에 마련한 방들이었다. 그 아이들은 사정을 하러 온 손님을 거기까지 끌어들이는 건 자기들이 알아서 할 테니 장소만 만들어달라고 했고, 그도 손해 볼 장사는 아니라고 생각해서 흔쾌히 허락했다.

현장에서 잡힌 아이가 넷이 넘었으며 청소는 대체 언제 했는지 사용한 콘돔의 수도 장난이 아니었다. 그나마 그에게 다행이었던 건, 운 좋게도 그 시기에 그 가운데 미성년자는 없었다는 사실이었다.

그는 성매매 알선 등 행위의 처벌에 관한 법률 제이 조에 따라 실형 삼 년을 선고받고 동법 제이십오 조에 의해 전 재산을 몰수당했다. 감방에 들어가서야 그는 한 기관에서 자신의 업소를 고발했다는 사실을 알게 되었고, 그 기관 기초단체장이 나와 자랑스러운 표정으로 티브이에서 인터뷰하는 모습을, 그는 감방에서 보았다.

그는 성매매 업소에 대한 처벌과 단속이 느슨해서 그들이 모인 장소에서의 퇴폐 영업이 여전히 성행하고, 재개발 재건축 과정에서 불법 행위자들에게 막대한 수익을 안겨주는 행위가 계속되므로, 이를 더는 좌시할 수 없어서 법 집행이 제대로 이루어지기 위한 특단의 조치로 성매매 업소의 지주와 건물주와 업주들을 고발했다고 당당하게 밝혔다.

그러니까 저 새끼가 내 신세를 완전히 조져버린 쌍놈의 새끼였어, 하고 그는 티브이를 보며 생각했다.

형을 꽉 채우고 나온 그는 출소했을 당시만 해도 단체장을 어떻게 할 생각이 전혀 없었다고 했다. 복수 따윈 생각지도 않았고, 평생을 삼류 건달로 살아온 남자에게 삼 년이란 시간은 이를 갈며 복수를 다짐하기엔 무척이나 긴 시간이었다. 기본적으로 그런 끈기를 가진 이들은 건달 아니라 무엇을 해도 삼류로는 살지 않는 법이었다.

그러나 어느 날 또 티브이에 나와서 잘난 척하며 떠들어대는 단체장을 우연히 다시 보게 되니 그는 도저히 참을 수가 없었고, 이전의 잊었던 감정이 주체할 수 없이 되살아나 그냥 넘어갈 수가 없었다. 자기 신세를 조진 새끼이니 그에 따른 책임도 져야 하지 않겠느냐고 마침내 생각한 그는 사실, 그에게서 돈이나 좀 뜯어낼 요량이었다. 직접 만나 그가 자기를 어떻게 망가뜨렸는지를 알리고 협박해서 주기적으로 금전적인 보상이나 받을 생각이었다.

그러려면 말로 해서는 안 되었다. 그런 일을 좋게 말로 처리해선 나중에 화만 부를 뿐이라는 얘기를 선배들로부터 마르고 닳도록 교육받은 그였다. 후환을 없애려면 이러다가 내가 정말 죽을 수도 있겠구나 싶을 만큼 극도의 공포를 느끼게 한 다음 대화를 나누어야 씨알이 먹힌다고 그는 배웠고, 또 직접 체험한 결과 그 말이 정답이었다. 오줌을 지릴 정도로 극심한 공포를 느껴봐야 신고니 나발이니 허튼 생각을 품지 못했다.

그래서 통상 삼류 건달들이 급한 대로 일을 처리하는 방식대로 벽돌로 뒤통수를 한 대 후려갈겨 극도의 공포심을 느끼게 한 후 차근차근 대화를 나누어갈 생각이었는데, 나이를 처먹어서인지 그 꼴로 뒈져버릴 줄은 상상도 못 했다는 얘기였다.

벽돌로 뒤통수를 후린 자체도 실은 쳤다고 말하기도 무색할 만큼 슬쩍 휘두른 게 전부였다고 그는 킬러에게 고백했으나, 킬러는 귓등으로도 듣지 않고 그의 모든 죄상을 이미 알고 내려온 심판자라도 되는 양, 조금의 망설임도 없이 두 개의 구멍을 이마에 뚫어놓았다, 고 게시물을 작성한 생소한 아이디의 누리꾼이 본문을 통해 밝혔다.

게시물을 통해 살해 동기에 대한 호기심이 해소되자 이제 누리꾼들은 작성자의 정체를 덥석 이로 물고 머리를 흔들어대며 댓글을 줄줄이 달아댔다.

혹시 님께서 우리들의 킬러 님이신가요?에서부터 그게 아니라면 킬러와 만난 적이 있느냐, 아는 사이냐, 어떻게 피살자의 고백을 킬러가 귓등으로도 듣지 않았다는 사실을 알 수가 있는 거냐며 의견이 분분했다.

그러자 그 밑으로 귓등으로도 듣지 않았다는 사실을 알게 된 게 사실이 아니라, 어차피 전부 각색에 의한 글이고 회장의 것도 그랬는데 인제 와서 새삼스럽게 그게 사실이냐고 묻는 멍청이들은 대체 어디서 굴러먹던 저능아들이냐는 댓글이 달렸고, 해서 또 마치 영원히 변치 않는 다이아몬드 같은 설전들이 되풀이되었다.

그 와중에도 몇몇 회원들은 눈꼬리를 치켜세우고 그 댓글들 사이에서 어떤 진의를 찾아보려 했지만 성과는 전혀 없었다. 그러나 계속 쏘아보면 진실이 밝혀진다고 믿기라도 하는 사람들처럼 그들은 한동안 계속 그 게시물을 노려보았다.

그런데 이 시점에서, 회원들이 느끼는 기묘한 감정의 변화가 있었다. 이전까지는 이미 지나간 사건들에 관한 기록이라 뭔가 복기하는 거리감 같은 게 있었으나, 아이들을 성 노리개로 취급한 깡패의 피살부터는 그들의 킬러가 여전히 건재하다는 현실감과 더불어 동시대에 같은 하늘 아래에서 살고 있다는 알 수 없는 경외심이 느껴져 묘한 감정에 휩싸이곤 했다.

　게다가 그에 대한 믿음이 잠시 흔들려 불안해했던 마음의 미안함이 동시에 반대급부로 작용해 그를 더 위대한 영웅처럼 보이게 했다. 킬러의 행위를 탐탁지 않게 여기던 반대 세력의 기세가 다시금 급격하게 움츠러들었다.

　여세를 몰아 몇몇 누리꾼은 이로써 펜션 주인 사건에 관한 응징은 정말 운영자 단 한 명으로 마무리되는 거냐며 흡사 킬러에게 탄원이라도 하듯 아쉬움을 감추지 못했는데, 마치 그런 바람에 부응이라도 하듯 아홉 번째 피살자가 생겨났다.

비밀의 수호자들

Guardians of the Secret

아홉 번째 피살자 또한 그러나 누리꾼들로서는 전혀 예상치 못한 인물이었다. 만약 펜션 주인 사건과 관련되어 다음 피살자가 발생한다면 아마도 그악스럽게 그를 비난했던 사람 가운데 하나가 아니면, 전례를 보아 펜션에 관한 기사를 썼던 기자일 수도 있겠다고 단정 지었던 누리꾼들은 아홉 번째 피살자가 여행자 카페의 회원조차 아니었다는 사실에 일단 놀랐고, 그의 신분에 다시 한 번 놀랐다.

그는 놀랍게도 법조인 출신의 여당 초선 국회의원으로 얼마 남지 않은 차기 총선을 준비하던 위인이었을뿐더러 항간에 인터넷을 뜨겁게 달구었던 기초단체장 문자 사건의 주인공이었다.

국회의원이라. 킬러 카페의 회원들은 이전과는 다르게 바짝 긴장했다. 일단 그가 기초단체장에게 문자를 보냈다는 사실이 죽을 만한 이유까지 되는지에 관한 의문은 차치하고라도, 이제까지의 살인과는 급이 좀 다르다고 그들은 느꼈다.

기초단체장 살인 사건의 범인을 경찰보다 먼저 찾아내서 살해했다는 사실 때문에 대형 언론사도 더는 연쇄살인을 축소보도 할수 없었고, 무엇보다 고인이 된 기초단체장이 킬러 카페를 꾸준히 언급했던 까닭에 그들의 위대한 킬러가 이례적으로 전폭적인 관심을 받고 있던 때에 국회의원을 살해한 것은 정말이지, 과감을 넘어선 대담함의 극치였다.

이에 회원들은 그가 신이 아닌 다음에야 앞으로 벌어질 일들을 대체 어떻게 감당하려 하는 것인지 걱정이 앞서지 않을 수 없었다. 게다가 경찰보다 먼저 기초단체장의 살해범을 찾아냈다는 사실에 관해 일부 국민은 공권력 부재라는 시각보다는 킬러와 살인범의 연관성에 관한 의문을 먼저 제기하기도 했다.

이를테면 기초단체장 살해 지시를 내린 것도 애초에 킬러가 아니었겠느냐는 의구심이었다. 그리고 일의 처리가 끝나자마자 더는 소용이 없어진 살인범을 직접 처리한 것이고.

각종 의견과 다양한 시각이 존재한다는 것은 어쨌거나 연쇄살인마에 대한 범국민적인 관심을 나타내는 지표일 텐데도, 정작 당사자는 관심 따위 아랑곳하지 않고 일국의 국회의원 이마 위에 두 개의 탄흔을 남겨놓았고, 그것은 경악의 대상이자 희대의 살인마로 취급되기에 충분한 요건이었다.

킬러의 아홉 번째 희생양이 된 국회의원은 잘 조경된 하천이 흐르고 흐드러지게 수목이 우거진 양재천 영동일교 굴다리 아래에서 살해당했다.

짧은 간격으로 잇달아 터진 천둥 같은 폭음이 울린 시각은 새벽녘이었고, 그 시각 그 길은 비나 눈이 오거나 출장으로 부재한 때를 제외하고는 국회의원이 하루도 거르지 않고 뛰던 조깅 코스였다. 새벽 시간대였지만 조깅하는 사람이 적지 않았을 것이었음에도 목격자는 없었다. 있었어도 두려워서 못 봤다고 했을 수도 있었다. 이제 사람들은 자신의 동네에 연쇄살인마가 출몰했다는 사실만으로도 경기를 일으킬 지경이었다.

천둥 같은 폭음에 화들짝 놀라 도로 위를 달리던 차량의 타이어라도 터진 것은 아닌지 창문을 열어본 인근 주민들도 있었지만, 빌라에서 내려다본 강남대로 위에는 타이어는 고사하고 차량조차 별로 눈에 띄지 않았다. 무엇보다 그 일대를 가득 채우고 있는 건물들은 대개 사무실 빌딩들이었으므로 사람들이 있기엔 아직 이른 시각이었다.

이제 누리꾼들 초미의 관심은 그가 왜 킬러의 제명 리스트에 올랐는가 하는 것이었다. 각종 신문지상에서는 여전히 국회의원이 살해된 동기보다는 그로 말미암은 국민의 불안과 극악한 범죄에 대처하는 정부와 검경 합동 수사본부의 행보에 초점을 맞추었는데, 개중 몇몇 눈치 빠른 기자는 이미 킬러 카페의 회원으로 가입하고 어서 빨리 운영자로부터 게시물이 작성되어 올라오기만을 학수고대했다. 그리고 얼마 안 있어 그들이 그렇게 목 빠지게 기다렸던 아홉 번째 피살자에 관한 게시물이 올라왔다. 작성자는 다시 그들의 회장이었다.

명문대 법대를 졸업함과 동시에 사법 고시에 합격한 피살자는 사법연수원 또한 우수한 성적으로 졸업했고 곧바로 대형 로펌으로 스카우트되어 취업했다. 그곳에서 그는 왕성한 활동을 보이며 좋은 경력을 쌓았지만, 애초에 그의 목적은 법조인이 아니었다. 그는 정치인이 될 생각이었다.

우리나라에서 국회의원이 될 수 있는 제일 빠른 길은 법조인 또는 언론인의 과정을 거치는 것이었는데, 아무래도 법조인이 가장 단기간에 국회의원에 이를 수 있는 무엇보다 확실한 커리어였다. 그는 아내 또한 문벌 좋은 판사 집안의 장녀를 전략적으로 얻었고 그를 통해 전통적으로 집권당 계보를 이어오고 있는 실세 인사들과의 우호적인 관계에도 유리한 고지를 선점했다. 그 일련의 과정 전부에 오랜 공을 들인 그는 아주 사소한 부분 하나까지도 한 치의 소홀함을 보이지 않았다.

그는 변호사로서의 입지를 탄탄히 굳힌 후 대형 로펌을 퇴사하는 것과 동시에 동문 후배 변호사들을 모아 자신의 로펌을 설립했고 대표 변호사 자리에 앉았다. 그리고 얼마 후 장인의 인맥과 자신의 인맥을 총동원하여 상당히 이른 시일에 당내 공천을 받은 그는 일단 당내 유력자들의 지시에 따라 장인의 출신 지역인 충청 지역구로 선거에 출마했고 초선의원으로 당선되었다.

그러나 그것이 그에게 아주 만족스러운 결과는 아니었다. 당초 서울 지역구로 공천을 받고 싶었던 그였지만 그런 소망에 비해 기반이나 명성이 전혀 없었던 까닭에 당내 간부들 사이에서도 그의 처우에 관한 설왕설래가 다소 있었다. 해서 일단 장인의 도움을 확실하게 얻을 수 있는 안정적인 지역구를 선택하여 당선된 후 지역구를 잘 관리하고 있으면 시기를 봐서 다시 서울로 끌어올려 주겠다는 당 수뇌부의 약속을 받고 내려간 자리였다.

그 사이 공식 의정 활동을 통해 국민에게 좀 더 이름을 알릴 만한 다양한 기회를 많이 만들어 좋은 이미지를 쌓아놓으라는 것이 당의 특명이라면 특명이랄 수 있었다.

그는 서울 지역구 의원이 된 후, 이어 서울 시장까지도 하겠다는 목표를 갖고 있는 인물이었다. 그 이후의 행보에 관한 꿈도 물론 있었지만 일단 일차적인 고지는 그곳이었다. 최종의 목표를 달성하기 위해 그는 전통적인 코스를 그대로 밟아나갈 생각이었다.

그러던 그에게도 아킬레스건이 없진 않았는데 그것이 바로 여자였다. 애초부터 아내를 사랑해서 감행한 결혼이 아니었기에 애정 따위 당연히 있을 리 없었고 혹여 애정이 생겼다고 해도 그는 바람을 피울 위인이었다. 그에게 필요한 건 사랑이 아니라 여자였다. 여자는 그에게 있어 권력에 다음가는 인생의 낙이었으므로 포기할 수 없었다.

설마 여자를 그렇게까지 중대하게 생각할까 의문을 가질 수도 있겠지만 그와 함께 동문수학했던 명문대 출신의 의사, 법조인, 기업인, 기타 다양한 인사들 모두가 학창 시절에 고생한 대가로 얻는 미인과의 유희를 가장 첫 번째 인생의 낙으로 꼽았다. 그들의 강렬한 성취 욕구와 아름다운 여성을 향한 성욕은 거의 정비례한다고 봐도 과언이 아니었다.

그나마 그에게 다행이었던 것은 자신의 그러한 약점을 누구보다 잘 안다는 사실이었다. 정치인에게 여자 문제는 언제 어디서 터질지 모르는 시한폭탄과도 같은 것이었다. 그러나 인간이 밥을 먹지 않고는 살 수 없듯이 그 또한 여자를 멀리하고는 인생의 낙이 없었으므로 과감하게 취하는 대신, 철두철미하게 후방을 마크하는 쪽을 선택했다.

정치인으로서 국민에게 명성을 얻을 궁리 다음으로 그가 가장 많은 신경을 쓰는 것이 바로 여자에 관한 뒤처리였다. 그는 그 문제에서만큼은 가히 수단과 방법을 가리지 않고 자신의 목적을 달성하는 타입이었다. 그런 그가 국회의원에 당선된 후 얼마 지나지 않아 지역 미인대회 출신의 아리따운 여성을 한 명 소개받았다. 소개를 위해 직접 자리가 마련된 것은 아니었지만 암암리에 뒤에서 지원해준 이는 있었다.

그가 바로 그 지역 기초단체장이었다. 그들은 그 기초단체장이 주선하는 공식 모임에서 처음 만났다. 물론 처음부터 공식 석상에서 은밀한 눈빛을 주고받으며 서로 의사를 확인하는 절차를 거친 것은 아니었지만 여자의 미모가 그의 눈에 들어왔던 것만은 확실했다. 그를 보고 살포시 미소 지을 때마다 살짝살짝 감기는 오른쪽 눈과, 하얀 이를 드러내며 시원하게 웃을 때마다 가늘게 떨리는 속눈썹의 진동이 그의 마음을 속절없이 뒤흔들었다.

그는 아내와의 잠자리에서도 그 여자를 떠올릴 때가 있었다. 가끔은 조깅을 마치고 샤워를 할 때도 그 여자가 떠올랐다. 그럴 때마다 그는 샤워기의 굵은 물줄기 아래에서 자위했다. 사정의 쾌감은 소유 욕망을 극대화했다.

이후 그는 기초단체장과의 관계를 조금 더 친밀하게 다지는 데 적지 않은 시간을 할애했는데, 오랜 수장 생활로 바람이 바뀌는 방향만 보고도 어느 곳에서 비가 내릴지 알 수 있었던 단체장은, 그가 원하는 바가 다름 아닌 여자라는 사실을 금방 눈치챘거나 ……, 혹은 이미 알고 있었을 수도 있었다.

어쨌거나 그런 그를 바라보던 기초단체장은 정계 언저리에서 잔뼈가 굵은 중년 남성 특유의 주름을 눈가에 가늘게 잡으며 뜻 모를 미소를 흐뭇하게 떠올리곤 했는데, 아마도 그들의 관계에서 단체장이 취할 수 있는 몇 가지 혜택을 생각했거나……, 아니면 그 모든 것이 이미 계획된 일이었을 수도 있었다.

단체장은 자신이 느낀 바를 일절 내색하지 않고 아주 은밀한 방식으로 지원을 아끼지 않았는데, 그것을 감지할 수 있었던 그도 단체장의 마치 물이 흐르듯 조용한 일 처리 방식에 깊은 신뢰를 느꼈다. 그로 말미암아 여자와의 관계가 점차 자신이 원하는 방향으로 가닥이 잡혀가는 정도에 따라 그도 역시, 자신의 인맥과 정치권력을 활용해 기초단체장이 이끄는 각종 사업을 물심양면으로 지원했다. 기초단체장은 마치 늙은 너구리 같은 표정으로 이 젊은 정치인을 항상 흐뭇하게 바라보았다.

지역구 국회의원의 가장 큰 두 가지 업무는 첫째가 국정 활동이었고 둘째가 각종 청탁을 처리하는 일이었다. 전자는 공식적인 업무였고 후자는 비공식적인 업무였으나 둘 중 어느 하나도 비중이 작은 것은 없었다.

후자의 경우 지역 유지들의 청탁이 대부분이었는데 그것은 유권자로서 지원을 약속했을 당시 이미 맺어진 암묵적인 협약 같은 것이었으므로 정치인에게는 일종의 생명과도 같았다. 그런 신뢰 관계를 유지하지 않고서는 정치인으로서 그 어떤 미래도 보장받을 수 없었다. 좀 과장해서 말하자면 후자의 업무가 전자의 업무보다 훨씬 더 중요할 때가 많았다. 장차 중앙 정계로 진출하게 되더라도 그들의 도움이 절대적으로 필요했기 때문이다.

정의감만 가지고서는 정치인이 될 수 없었다. 아니 한 번쯤은 될 수 있을지 몰라도 그 이후는 불가능했다. 다소 위험이 따르더라도 작은 것을 내어주고 큰 것을 취할 수 있는 배포와 균형 감각이 있어야 했다.

힘을 가진 자만이 세상을 손아귀에 쥐고 흔들 수 있는데 그 힘이라는 게 아무것도 내어주지 않고 취하기만 해서 얻을 수 있는 것이 아니었다. 그러므로 어느 선까지 무엇을 내어주고 얼마만큼 필요한 것을 받아낼 것이냐를 결정하는 감각, 그것을 벼리는 것이야말로 더 큰 정치인으로 성장하는 데 필요한 절대적인 요소임과 동시에 기반이자 포석이었다.

그는 태안반도 리조트 개발 사업에 관련해 지역구 출신 기업인에게 작은 편의를 하나 봐준 대가로, 목이 좋은 위치에 조그마한 펜션 한 채를 선물로 받게 되었다. 차명으로 잠시 두었다가 차후 지역 개발이 완료되는 시점에서 가격이 폭등하면 천천히 현금화할 수 있을 거라는 진언에 그는 잠시 받아야 하나 말아야 하나 곰곰이 생각해보다가, 어차피 앞으로 돈이 들어갈 곳은 천지이고 지금부터라도 조금씩 준비를 해놓지 않는다면 결정적인 순간에 목이 마를 수도 있다는 생각에 집에 알리지 않고 몰래, 그러니까 내연녀의 이름으로 묶어둘 요량으로 흔쾌히 수락했다. 더군다나 그 회사는 그런 일에 있어서만큼은 확실히 믿을 수 있는 기업이었다.

내연녀에게 펜션을 선물한다. 더불어 둘만의 밀회 장소로도 이용한다. 안성맞춤이었다. 어차피 운영은 전문 경영인에게 맡기면 그만이었다. 내연녀는 당연히 뛸 듯이 기뻐했고 마치 그의 안사람이라도 되는 양 행세했지만 다행히 그런 행실에 때와 장소를 구분하는 지각은 있어 크게 우려할 만한 짓을 벌이지는 않았다. 예쁜 여자가 멍청하다는 말은 완전한 편견이었다.

그러다가 얼마 되지 않아 그 펜션에서 살인 사건이 일어났다. 알음알음 조사해보니 그냥 살인도 아니고 연쇄살인이었다. 철두철미한 성격의 그는 혹시라도 그 여파가 자신에게까지 미칠까 싶어 곧바로 자신의 내연녀에게 빨리 처분해버리라고 지시했다.

"가격은 중요하지 않으니까 그냥 빨리 치워."

애초부터 자신의 돈이 들어간 물건이 아니었으므로 가격은 정말 중요하지 않았다. 다음에 더 좋은 걸로 다시 마련하자는 말에 내연녀도 흔쾌히 그의 의견에 동의했다. 기실 내연녀 역시 자신의 펜션에서 살인 사건이 일어났다는 사실에 아무렇지도 않을 수는 없었다. 아쉬웠지만 폴리스라인이 해제되는 것과 동시에 헐값에 급매 처리했고, 펜션은 수더분해 보이는 어느 모녀의 손으로 넘어갔다.

그 일이 곧 잊히고 난 후, 차기 총선에서는 서울 지역으로 당내 공천을 받을 것을 기대하며 서서히 재선을 준비하던 그는 어느 날 자신의 사무실에 앉아 인터넷 사이트를 클릭하다가 우연히 놀라운 기사를 하나 발견했다.

태안반도에 위치한 한 펜션 주인과 여행 동호회 모임 사이에서 벌어진 난잡하고 추저분한 일을 다룬 가십 기사였다. 내용 따위야 안 봐도 뻔한 쓰레기일 것임이 분명했지만 그가 그 기사를 보고 놀란 이유는 다름 아닌, 기사 한쪽에 자그맣게 실린 펜션 사진 때문이었다. 그는 그 펜션을 한눈에 알아보았다.

꼼꼼한 성격의 그는 무언가 불길한 기분에 사로잡혀 기사의 전문을 읽지 않을 수 없었다. 아니나 다를까 그가 감지한 대로 기사는 다만 추잡한 가십만을 싣고 있는 게 아니었다. 펜션에서 벌어졌던 연쇄살인은 물론이고 심지어 자신의 존재까지 언급되어 있었다. 물론 그 펜션의 최초 소유자가 정치권 인사라는 식으로 편집되어 정확한 인물을 가리키고 있지는 않았지만, 누군가 그것을 문제 삼아 꼬투리를 잡고자 한다면 얼마든지 충분한 빌미가 될 수 있을 만큼의 정보는 제공하고 있었다.

도대체 어떤 경로를 통해 그런 기사가 작성될 수 있었는지 그는 물론 궁금했으나 현재로서 가장 시급한 문제는 자신의 궁금증을 해결하는 것보다 원인 자체를 찾아 제거하는 일이었다.

본격적인 총선 시즌에 돌입하면 주변 지인은 물론 사돈의 팔촌까지 얼기설기 엮어 오만가지 음모와 풍문과 괴소문이 양산되어 난무하기 마련인데, 중앙 정계에서야 그런 뜬소문이 워낙 비일비재해 그나마 큰 문제가 될 게 없었지만 지방 지역구에서는 상황이 좀 달랐다.

지역 유지들과의 관계, 그리고 작은 입소문 하나가 판도를 완전히 뒤집어버릴 수도 있었다. 단 일 퍼센트의 확률이라고 해도 이 문제가 자칫 잘못 불거지면 그는 서울 지역구 공천은 고사하고 현재 자신의 지역구 공천조차 다시 받을 수 있을지 알 수 없을 만큼 심각한 사안이었다. 적어도 그가 보기엔 그랬다. 가장 수치스럽게 정치 생명이 끝나는 경우가 바로, 조강지처를 배신하고 축첩을 한 사례가 발각되는 것이었다.

이 기사가 아직까진 그대로 꺼져버릴지 살아날지조차 알 수 없는 작은 불씨에 불과했지만, 그는 그런 작은 흠조차 용납하고 넘어가는 성격이 아니었다. 몰랐으면 모를까 안 이상 내버려둘 수 없었다. 펜션의 명의를 분명히 내연녀의 이름으로 했었음에도 그가 언급되었다는 사실은 그 기자가 너무 많은 것을 알고 있다는 얘기였다. 어떻게? 그 기자는 자신에 관해 지나치게 깊은 곳까지 들어와 있었다. 펜션 명의에 관한 문제는 오로지 그와 내연녀밖에 모르는 사실이었다.

그는 가슴이 뛰었다. 혹시라도 집요하게 내 뒤를 밟는 배후가 있을지도 모른다. 차라리 그랬으면 좋을 텐데. 아직까지 내연녀를 품고 싶은 그는 그렇게까지 생각했다. 그러나 그는 아직 누군가를 적으로 만들 만큼 극렬한 정쟁을 벌인 일이 없었다.

이제까지 들어본 적 없는 지방 소재의 인터넷 언론사. 기사 송고 날짜와 시각을 확인해보니 당일 오전발이었다. 본문을 작성한 기자의 이름이 그 옆에 적혀 있었다. 다행히 펜션에 관한 기사는 그것 하나뿐이었다. 목적이 있는 기사였다면 과연 이런 식으로 실리지는 않았을 터였지만 어쨌거나 확인은 해야 할 문제였고 이런 일에는 결국, 전통적인 방법을 이용하는 수밖에 없었다. 그는 휴대폰을 꺼내 잠시 전화번호부를 살펴보다가 이내 통화 버튼을 눌렀다.

그가 국회의원이 된 뒤 그의 회사에서 대표 변호사로 자리를 지키고 있는 후배는 대학 동문은 아니었지만 십 대 시절부터 그를 잘 따랐던 고등학교 후배였다. 타 대학 법대 출신 변호사가 동문 모임이나 다름없는 로펌에 대표 변호사로 지명되자 동문 후배들의 반발이 컸지만 그는 괘념치 않았다.

그에게 필요한 사람은 유능한 변호사가 아니라—물론 고등학교 후배도 무능하지 않았지만—믿을 수 있는 동생이었다. 현재 자신의 로펌에서 한 자리씩 차지하고 눈알을 굴리는 유능한 놈들은 죄다 그의 영향력 하나 때문에 모인 부나방들이나 다름없었다. 그럴 일이야 없겠지만 혹시라도 그의 힘이 약해진다면 미련 없이 엉덩이를 털고 일어나 사라질 인물들이라고 그는 평가했다. 그러나 고등학교 후배는 그들과 달랐다.

고등학교 일 학년 때 시골에서 올라온 후배는 생긴 것과는 다르게 공부를 잘하기도 했지만 싸움도 그에 못지않아 전학 온 지 얼마 되지 않아 학교를 평정해버렸다. 그러나 폭력과는 거리가 먼 명문 고교라고 믿고 있는 학생들이 대부분이었던 터라 다들 무식한 시골 놈이라고 치부해버릴 뿐, 특별한 대우를 한다거나 두려운 눈길로 바라본다거나 하지 않았다. 오히려 무시하는 쪽에 더 가까웠다.

오로지 그만이 그 후배를 눈여겨보았고 마음에 들어 했고 각별히 챙겼다. 후배 또한 아무 연고도 없는 서울에서 자신을 유달리 챙겨주는 선배를 좋아하지 않을 이유가 없었다. 게다가 그 선배는 배경부터가 남달랐다. 그런 선배가 자신을 챙겨준다는 사실만으로도 그는 이미 충성을 맹세한 것이나 다름없었다. 그렇게 맺어진 인연으로 근 이십 년이 넘는 세월이 흘렀고 그동안 그들의 관계에 변화가 있었던 적은 단 한 번도 없었다.

그렇게 더할 수 없이 신뢰하는 후배를, 그러나 정계의 표면으로 드러내놓지는 않았는데 아직 때가 일러서 그랬던 이유도 물론 있었지만, 그보다는 후배가 그를 보좌해온 영역이 다소 음지의 성격을 띠고 있을 때가 간간이 있었기 때문이다. 아직까진 그에게 그런 힘들이 필요할 때가 있었다.

의원님으로부터 대략의 사건 개요를 전해 들은 대표 변호사는 오래간만에 고향 후배에게 전화를 넣었다. 그리고 찾아야 할 사람 하나와 그 일을 처리할 사람 하나를 좀 알아보라는 오더를 고향 후배는 받았다. 공손하게 두 손을 모아 전화를 받던 후배는 통화가 끝나자 쩝 하고 입맛을 다시고는 대표자 명패가 놓인 책상 위로 두 다리를 쭉 뻗어 올렸다.

퍼스트 솔루션이란 간판이 붙은 이 조그마한 사무실은 기업 문제에서부터 민원대행은 물론이고 신변보호와 각종 사기 사건 조사에 이르기까지 다양한 업무 영역을 표방하고 있었지만, 기실 심부름센터에 지나지 않았다. 그러나 일 처리 하나만은 언제나 깔끔했다.

가만있어보자. 그는 생각했다. 자신과는 일단 급이 다르고 그래서 제대로 쳐다보지도 못하는 고향 선배의 라인으로 오더가 내려오는 경우에는 특별히 빠릿빠릿하고 머리가 잘 돌아가는 놈을 골라야 했다. 조용하게 일을 처리할 수 있어야 함은 물론이요, 절대적으로 무거운 입을 가지고 있어야 했다.

누가 있을까. 곰곰이 생각하던 그는 몇 달 전에 출소한 후배 놈 하나를 떠올렸다. 대딸방을 하다가 패가망신한 놈이기는 했어도 그전까지만 해도 또랑또랑하기 이를 데 없었고, 두말할 나위 없이 입도 무거웠으며, 촌스러운 겉멋이 좀 들어서 그렇지 일 처리도 아주 야무지게 하는 놈이었다.

손에 턱을 괴고 이리저리 아무리 따져봐도 이런 일에는 확실히 그만한 놈이 없었다. 게다가 녀석은 그에게 갚을 돈도 있었으므로 어떤 방법으로든 재기를 좀 도와줄까 생각하던 참에, 요모조모로 딱 들어맞는다 싶어 놈을 수소문해 사무실로 불러들였다.

환한 미소를 지으며 사무실로 찾아온 녀석의 오른손에는 선물용 오렌지 주스 한 박스가 들려 있었고, 그 위로는 여전히 촌스러운 짝퉁 롤렉스가 채워져 있었으며, 그 난리를 치르면서도 구두는 안 버렸는지 뒤축이 다 닳은 구찌를 여태껏 신고 있었다.

"애들 서너 명 더 붙여줄 테니까 펜션 쪽도 깔끔하게 처리해."

이 일의 중요성에 대해 귀에 딱지가 앉도록 되풀이해 들은 롤렉스는, 아주 전통적인 방식을 선택했다. 기자를 답삭 들어 봉고에 때려 넣은 뒤 인근 야산 지역으로 데리고 가 땅속에 묻은 다음, 모가지만 내놓은 채 찬찬히 대화를 나누는 방법이었다.

어차피 가족관계 친인척 조사가 모두 끝났으므로 허튼짓하다가는 너만 골로 가는 게 아니라고 확실하게 못 박은 뒤 기자에게 들은 바로는, 그러니까 자신이 자주 가는 술집 주차장에서 눈에 확 띄게 예쁜 여자가 발레파킹하는 남자와 벌이는 승강이를 우연히 들은 것밖에 없다는 얘기였다. 그런데 그 여자가 상당히 낯이 익어 자세히 보니 요즘 태안반도 지역에 풍문이 떠도는 펜션의 이전 주인이더라는 것이었다. 상당한 미인이라 한번 보면 여간해선 잊히지 않는다고 기자는 덧붙였다.

내가 누군지 알아? 하고 그때 여자는 술에 취해 소리를 지르고 있었는데, 모 국회의원이 자기 남편이라고 하는 얘기까지는 들었으나 누구라는 건지는 알 수 없어 여자가 떠난 뒤 발레파킹하는 남자에게 모가 누구냐고 물어보니, 미친년이 개소리한 거라고 툴툴거리기만 할 뿐 그도 이름은 알지 못했다.

기자 정신이 발동한 그는 ― 이 대목에서 남자는 삽으로 머리통을 한 대 얻어맞았다. ― 몹시 궁금했지만 더는 알 방도가 없어 하릴없이 물음표만 이리 떼었다가 저리 붙였다가 했는데, 답은 안 나오고 그렇다고 그냥 버리기도 아까운 소스라서 대략 가십이 될 말한 펜션의 현재 소문과 묶어 기사를 작성해 올렸을 뿐이라고 그는 울먹였다.

땅속에 묻힌 채 모가지만 내놓은 상태에서 일정 시간이 지나면 피가 안 통할뿐더러 호흡도 가빠지고 정신도 멍해지는 탓에 일단의 공포가 엄청난 강도로 덮치기 때문에, 그 와중에 묻는 말에 거짓말할 정신이 있는 인간이 있다는 얘기는 들은 적도 없고 본 적도 없는 롤렉스였다. 발톱을 뽑고 바늘을 박고 온갖 지랄을 떠는 것보다, 그래서 이 방법이 최고라는 것이었다. 조용하고 피도 안 묻고.

롤렉스는 그에게 당장 내일 출근하자마자 아무도 모르게 그 기사를 내리고 대신 현재 떠도는 펜션 주인에 관한 풍문을 대폭 부풀려서 다시 게재하라고 지시했다. 매춘하는 펜션이 들어서는 바람에 관광 사업으로 수익을 올리는 지역 경제 전체가 위태로울 정도라고 극단적인 뻥을 튀기라고 지시한 롤렉스는 그런 기사를 수차례 반복해서 올려 다른 신문의 관심도 끌 수 있도록 유도하라고 덧붙였다.

"반복해서 올리는 건 제 마음대로 할 수 있는 게 아닌데요."

"그럼 너 사는 것도 네 마음대로 안 된다는 것만 알아."

이번엔 산이 아니라 드럼통에 공구리를 쳐서 바다에 던져버리겠다고 롤렉스는 말했다.

"나, 그런 걸로 농담하고 그러는 사람 아니다."

이어 롤렉스는 며칠 뒤 손님을 가장하여 펜션을 찾았는데 소문의 주인은 없고 웬 할머니만이 정원을 손질하고 있었다. 그는 다짜고짜 "여기가 그 유명한 매춘하는 펜션입니까?" 하고 물었는데 할머니는 웬 미친놈이 와서 개소리를 지껄이느냐는 눈빛으로 그를 바라보기만 할 뿐이었다.

"아 참 이 할매 답답하네."

다시 말문을 연 롤렉스는 인근에 파다한 소문에 관해 낱낱이 할머니에게 일러주고, 다 알고 왔다면서 오늘 동생들하고 이 펜션에 묵을 생각이니 실한 애들로 좀 준비해달라고 당부하고, 특별히 그 예쁘다는 여주인은 자기 방에 넣어달라고 덧붙였다.

"돈은 얼마를 불러도 좋아, 할매."

그는 말하며 롤렉스 시계를 툭툭 쳐 보였다. 할머니는 월남치마를 펄럭이며 롤렉스에게 정원 가위를 휘둘렀고 그는 혼비백산, 하는 것처럼 그 자리를 빠져나왔다.

인근 펜션에 투숙한 롤렉스는 또다시 며칠을 두고 동생들과 각각 영역을 나누어 기자가 재생산한 인터넷 기사를 프린트해 들고 다니면서 인근 펜션 주인과 상점 주인 들을 만났다.

"이거 있죠, 빨리 치워 없애버려야 합니다. 이거 이래서는 우리 다 망해요."

"누구……?"

"아 나, 우리 큰형님이 저 위에서 펜션을 하시는데,"라며 그는 프린트를 손가락으로 툭툭 한번 쳐 보이고는 말을 이었다. "이 거지 같은 펜션 때문에 아주 돌아버리겠다니까요. 우리 펜션에 와서도 여자를 찾는다고요, 여자를. 또라이 같은 새끼들이. 민원을 넣어야 해, 민원을. 없어질 때까지 아주 그냥 계속 야무지게."

결국 펜션이 주인을 잃고 철거되기까지 이루어진 이 일련의 잔인한 계략들은 그러니까, 우연하게 맞아떨어진 두 남자의 각자 다른 야심 때문에 빚어진 결과였고, 그로 말미암아 희생된 한 여인의 불행 뒤에 숨은 흑막의 사연이 이토록 졸렬한 것이었다고 회장은 적었다.

게시물을 접한 누리꾼들은 아니나 다를까 혀를 내둘렀고, 그 가운데는 일전에 우리나라 국회의원을 다 합쳐도 여행자 카페 운영자 한 놈 못 당한다고 했던 말을 취소하겠다고 공표하는 사람도 있었다.

완전, 프로와 아마추어의 차이를 극명하게 보여주네요.

힘 있는 놈과 아닌 놈의 세력 차이겠죠. 비열한 잔대가리를 굴리는 건 별반 다를 바 없는데요, 뭘.

둘 다 힘은 있는 놈들이라고 봐야죠. 다만 오프라인에서 실재하는 힘과 온라인에서 허상으로 만들어진 힘의 차이일 따름.

어느 경우든 권력이란 진짜 무섭네요.

그러니까 결국 롤렉스가 죽은 건 대딸방 때문만은 아니었던 거야.

그러니까 결국 롤렉스의 입도 절대 무거운 게 아니었던 거야.

그러니까 결국 롤렉스는 시다바리의 시다바리의 시다바리였던 거야.

복잡하군.

아, 그러니까 여기 킬러가 이 잘나신 국회의원 나리에 관한 정보를 캐다 보니 그 롤렉스 놈까지 얻어 걸렸다 그런 얘기가 되는 거군요.

뭐 꼭 그렇다고 단정 지을 수는 없어도 대략 비슷한 시나리오가 아니겠습니까?

정말 소설에나 등장하는 이야기들 같네요.

아니요. 절대 그렇지 않습니다. 바로 이거예요. 이 사회를 위협하고 국가에 기생하는 암적인 존재의 폭력이 절대 근절될 수 없는 이유가 바로 이겁니다. 이 나라의 폭력을 과연 누가 컨트롤하는지 한번 보세요. 바로 여기 아주 적나라하게 드러나 있지 않습니까?

옛날 얘기인 줄만 알았는데.

폭력의 역사는 예나 지금이나 다르지 않고, 아마 앞으로도 달라지지 않을걸요? 국가가 군대를 필요로 하는 것만큼이나 세력가들도 개인의 군대를 원할 테니까요. 형태와 이름만 다를 뿐 다 똑같은 속성을 지닌 집단들이 아니겠습니까.

이들의 열띤 토론처럼 여전히 누리꾼들의 댓글이 달리기는 했지만 이전과는 다르게 그 수가 확연하게 줄었다. 아마도 아홉 번째 피살자의 신분이 신분인지라 함부로 글을 달기에 아무런 거리낌이 없을 수는 없었을 터였다. 괜히 댓글을 달았다가 자신에게 무슨 피해가 올지 몰라 몸을 사리는 눈치였다.

이처럼 예전 같지 않은 카페와는 다르게 바깥세상에서의 일은 복잡하게 돌아갔다. 일단 경찰청장이 경질되었고 검경 합동 수사본부의 인원도 모두 물갈이되었다. 전체적인 수사 분위기가 바뀌었고 언론에서도 더는 가만있지 않았다. 일국의 국회의원을 살해한다는 것은 국가의 존립을 위협하는 치명적인 범죄라고 논평하면서, 이 희대의 살인마를 더는 방치해서는 안 된다는 데 거의 모든 지상매체가 강력한 논조로 동조했다. 일각에서는 킬러 카페의 존재에 관해서도 정신병자들의 모임이라고 규탄했다. 내막 따윈 중요하지 않았다.

사회 전체의 분위기가 이러한 판도를 띠자 카페 회원들도 서서히 자신들의 판단에 의구심을 갖기 시작했다. 이제까지 당연하다고 여겨왔던 자신들의 정의감이, 과연 정당한 감정인지 의문이 생기기 시작한 것이다. 그런데 바로 그 시점에, 휘몰아치듯이 열 번째 피살자가 발생했다.

수렴
Convergence

열 번째 피살자에 관한 내용은 카페에 게시되지 못했다. 이례적으로 카페 회원들은 모두 카페 게시물이 아닌 신문지상을 통해 그에 관한 실정을 알게 되었다. 열 번째 피살자가 다름 아닌 그들의 회장이었기 때문이다. 회원들은 너나없이 경악을 금치 못했다.

합동 수사본부에서 발표한 사건을 토대로, 각종 뉴스 매체에서 조합한 내용에 따르면 이랬다. 피살자는 시나리오 작가 지망생으로, 모 포털 사이트에 우리들의 킬러라는 카페를 개설하고 저스티스맨이라는 필명으로 평소 자신이 창작한 시나리오들을 그곳에 게재해왔다. 그런데 그의 창작 시나리오가 현 시대 상황과 절묘하게 맞아떨어지면서 많은 누리꾼의 폭발적인 호응을 얻었고, 순식간에 백만이 넘는 회원을 확보하면서 유명 인기 작가보다 더한 유명세를 누리게 되었다.

그는 주로 연쇄살인이라는 자극적인 소재를 채택해서 작품을 창작해왔는데, 이번 사건이 바로 그 부분에서 기인하여 벌어진 일일 공산이 크다는 일각의 여론도 소개했다. 그것이 항간의 국민 불안을 가중하고 있는 살인 사건과 연계되어 다소 위험한 수위를 넘나들며 누리꾼들의 이목을 끌었으므로 결국 이 같은 변을 당하게 된 것이라는 의견이었다. 더불어 중대한 사회 범죄를 너무 가볍게 여겨 벌어진, 또 하나의 안전 불감증이 낳은 참극이라고 논평하는 의견도 있다고 언론은 덧붙였다.

게시물의 내용을 시나리오라고 보도하는 언론의 행태로 보아 누구 하나 제대로 읽어보지도 않고 내보내는 뉴스였지만, 아무려나 어떤 식으로 저스티스맨의 죽음을 보도하든 그의 죽음은 두말할 나위 없이 킬러의 솜씨였다. 저스티스맨의 이마에도 깔끔한 두 개의 탄흔이 새겨져 있었기 때문이다. 국면은 백팔십도로 전환되었다.

카페 회원들은 작금의 상황이 대체 어떤 방향으로 진행되고 있는 건지 아무도 짐작하지 못했고 그들의 회장이 살해당한 이유조차 몰랐다. 게다가 회장이 살해당했으니 이제 피살 동기를 알려줄 사람도 없었다. 개중 눈치 빠른 회원 한 명이 여덟 번째 피살자의 내용을 작성했던 아이디를 검색했지만 그는 유일하게 그 게시물 하나만을 작성했을 뿐, 다른 게시물은 고사하고 댓글조차 없었다.

그들은 말 그대로 대혼란 속으로 빠져들었다. 회장이 킬러가 아니었다는 놀라움에서부터 그가 무엇을 잘못했는가에 이르기까지 각종 가설이 난무했지만 그 가운데에 주목할 만한 의견은 단 한 가지도 없었다. 모두 혼란 속에서 떠오르는 말들을 아무렇게나 마구 주워섬길 뿐이었다.

그들이 그렇게 맹신해 마지않았던 회장의 죽음으로 말미암아 회원들은 이제 그들의 킬러를 맹목적으로 옹호할 수 없었다. 자신들만은 안전하다고 믿었던 그 굳건한 믿음이 산산이 조각 나버린 것은 물론이요 그토록 명확하다고 생각했던 살해 동기마저 불분명해졌으므로 그들은 자신이 선 자리에서 재빠르게 한둘씩 돌아서기 시작했다.

어쩌면 그들은 이제껏, 국회의원이 살해되고서 사회적 분위기가 달라진 뒤부터 줄곧 그런 기회만을 기다리고 있었던 건지도 몰랐다. 기실 달라진 건 아무것도 없었지만 크게 달라진 무언가가 있는 것처럼 자연스럽게 자신을 속일 수 있는 빌미가 그들에겐 필요했는지도 몰랐다.

목청 높여 옹호하던 세력의 반대편으로 돌아서는 게 아주 타당한 행위임을 합리화할 수 있는 구실이 그들에겐 필요했는지도 몰랐다. 이제 와 생각해보니 이리저리 휩쓸리기만 했을 뿐 딱히 나만의 의견이랄 게 없었던 자신의 존재에 참을 수 없는 가벼움을 느끼지 않을 수 있는 핑계가, 그들에겐 절대적으로 필요했던 것인지도 몰랐다.

이전까지는 킬러를 옹호하는 세력에 묻혀 있는 게 더 정의롭고 당연하고 안전하다고 그들은 믿었었다. 그러나 아홉 번째 살인이 발생한 뒤 급격하게 바뀐 사회적 분위기가 그들을 서서히 초조하게 만들었다. 더는 킬러를 옹호하는 세력이 더 큰 무리이자 정의로운 일을 행사하는 세력이라고 느껴지지 않았다.

세력은 어느샌가 킬러를 혐오하고 저주하고 질타하는 무리 쪽으로 옮아가 있었다. 그들은 불안했다. 이제 자신이 속한 무리는 더는 주류가 아니었다. 약자의 무리에 속한 포유류 고유의 불안을 그들은 감지했다. 너른 초원 위에 홀로 동떨어진 것 같은 느낌이 들었고, 단 한 방에 목을 물어뜯어 숨통을 끊어놓을 수 있는 송곳니를 가진 맹수가 풀숲 어디선가 안광을 번뜩이며 자신을 노려보고 있을 것만 같았다. 어서 빨리 더 큰 세력을 가진 무리 속으로 희석되고 싶은 갈망이 마음속에서 조급하게 샘솟기 시작했다.

하지만 소심한 자의 양심이란 늘 그렇듯, 그에 앞서 자신을 먼저 속여야 하는 과정을 거쳐야만 했다. 그래야만 이전에 도대체 무슨 일이 있었던 건지 모르겠다는 표정으로 새로운 무리 속에 섞일 수 있었고 한때 자기가 몸담았던 집단을 향해 손가락질하며 욕설을 퍼부을 수 있었다.

그러기 위해선 생각과 관점이 달라져야 했는데 위기감을 느낀 자에게 그런 일은, 막상 해보니 손바닥을 뒤집는 것만큼이나 수월했다. 신기하고 놀랍게도 제자리에 선 채로 고개만 돌렸을 뿐인데 모든 게 다 다르게 보였다. 정말이지 이제껏 자기가 보아왔던 진실은 거울에 비친 허상이었던 듯 진정한 진실은 자신의 뒤에 있어, 그러니까 뒤돌아선 지금에야 눈앞에 펼쳐지는 것 같은 흥분된 마음이 바로 거기에 있었다.

킬러가 아무리 추악한 흑막을 이유로 죄인을 심판한다고 해도, 어쨌거나 살인은 살인이었다. 그들이 읽고 믿고 분노에 두 주먹을 불끈 쥐었던 이전의 상황들은 이제 온데간데없었다. 생각해보면 그 다양한 사연들이 전부 진실인지도 사실 알 수 없었다. 단지 카페 운영자가 올린 게시물 하나만으로 시작된 맹목적인 믿음이었다. 모두 그자가 꾸며낸 이야기일 수도 있었다.

아니, 애초부터 꾸며낸 이야기였다고 말하지 않았던가. 너무 솔직해서 그 말 자체가 마치 거짓인 것처럼 느껴지게 한 고도의 속임수였던 것을. 정말 언론의 보도처럼 운영자가 전부 지어낸 창작 소설에 몽땅 다 놀아났던 것인지도 몰랐다. 너무도 정교해서 누구라도 속을 수밖에 없었던 그 가증스러운 허위에.

어쩌면 그랬으므로, 운영자가 말도 안 되는 소설을 썼으므로 끝내 연쇄살인마의 희생자가 된 것일 수도 있다는 아이러니에 패러독스에 더는 어떻게 해결되지 않는 미로 같은 자가당착에 빠져 그들은 허우적거렸다. 그러니까 다 집어치우고 그 어떤 사연과 내막이 숨겨져 있었든 간에 살인자를 옹호한다는 것 자체부터가 잘못된 시작이었을지도 모른다는 후회가 그들은 뒤늦게 들었다.

그러자 갑자기 걷잡을 수 없는 배신감이 일기 시작했다.

감히 자기를 추종하는 사람을 살해하다니. 아군인지 적군인지 똥오줌도 구별하지 못하는 살인마를 경외했다는 사실에 드는 수치심과 자책과 그로 인한 울분이 마치 장마철에 역류하는 하수구의 오수처럼 솟구쳐 올랐다. 아무리 동기를 이해하려고 애를 써봐도 도무지 이해할 수 없었으므로 동기 따위 더는 필요 없었다. 살인마를 영웅으로 둔갑시켜준 저스티스맨도 살해당한 마당에 누군들 안전하겠는가.

그리하여 결국, 모든 것이 그렇게 원점으로 되돌아왔다. 누구라도 피살자가 될 수 있다는 가공할 만한 불안과 공포만 남은 원점으로. 다만 그것이 극도의 분노를 동반하고 있다는 사실만이 이전과 다른 점이었다.

마침내 카페에서도 한둘씩, 자신의 배신감에 대한 감정을 털어놓는 사람들이 늘어났다. 그러다가 어느 순간인가 갑자기 막힌 댐이 뚫리듯 삽시간에 그 감정에 동조하는 사람들의 수가 대폭 증가하면서 그들은 우르르 돌변했고, 믿을 수 없을 만큼 빠르게 킬러의 추종자에서 배타 세력으로 탈바꿈했다.

급기야 우리들의 킬러 카페는 순식간에 안티 카페로 뒤바뀌어 버렸다. 킬러라는 명칭도 사라졌고 오로지 정신병자 연쇄살인마만이 존재할 뿐이라는 글로 도배되었다. 영웅심에 빠진 살인마를 하루속히 검거해야 한다고 그들은 마치 어제와는 다른 사람들인 것처럼 입을 모았다.

이대로 두었다간 대체 또 누가 죽어나갈지 모르며 어쩌면 다음 희생자로 이 카페의 회원이 지목될지도 모른다는 소문까지 나돌았다. 회원들이 썰물처럼 빠져나갔다. 결국 멀고 먼 길을 돌아 제자리로 온 셈이었다. 그들의 글만 따로 모아보면 그중에는 과연, 이제껏 킬러를 지지했던 사람은 단 한 명도 존재하지 않는 것만 같았다.

모두의 예상대로 국민의 불안은 말할 수 없이 증폭했다. 이제 초점은 하루빨리 살인마를 검거해야 한다는 방향으로 모였으나 그렇다고 해서 한마음으로 모인 것은 또 아니었다.

잠시나마 킬러라는 존재의 정당성을 구심점으로 결집했던 누리꾼들은 마치 길 잃은 광인들 같았다. 그들을 안심하게 했던 살해 동기가 사라진 게 분명한 원인이었고, 남의 일이기만 했던 일이 자기 일이 되는 순간 공포는, 흡사 마른하늘에서 내리치는 뇌우처럼 수많은 가지를 사방으로 뻗으며 각자의 마음속에서 번져나갔다.

그들은 공포와 위기를 스스로 다스리지 못했다. 살인마를 잡아들이지 못하는 분노를 어느 방향으로 표출해야 할지 알 수 없어 방황했다. 정처 없이 떠돌다가 무언가 손에 잡히면 눈을 까뒤집고 떼로 몰려들어 물고 뜯고 할퀴었고 목을 졸랐다.

검경 합동 수사본부는 말할 것도 없었고 법무부 행자부 경찰청장 국무총리 청와대 대통령까지 눈에 띄는 족족 모두 비난의 대상이 되었다. 심지어 국방부 장관까지 욕을 먹었는데, 그는 욕을 먹으면서도 어리둥절했고 욕한 사람도 내뱉고 난 뒤 고개를 갸우뚱했다. 그러니 그들에게 그 대상이 누구인가는 중요하지 않았다. 아무라도 붙잡고 욕을 해대거나 독설을 퍼부어대지 않으면 그들 가슴속에 자리 잡은 극도의 불안과 공포가 다스려지지 않았다.

모 심리학 박사가 티브이 프로그램에 출연해 현대인이 공포를 다스리지 못하는 요인을 분석하며 그 결과로 벌어지는 행태들에 대해 낱낱이 나열했는데, 그게 또 공교롭게 혹은 딱 마침맞게 최근 일어나고 있는 국민의 행동들이기도 해서 무언가 불쾌해진 사람들이 역시 기다렸다는 듯이, 이놈 잘 걸렸다 하며 방송국으로 연구소로 미친 듯이 버튼을 두들기며 전화질을 해댔다.

물론 그 가운데는 모든 상황을 희화하는 무리도 있었다. 각종 영화 포스터에 관련 공직자들을 합성한 패러디가 난무했고, 망치로 때리고 칼로 찌르고 기관총으로 갈기는 플래시 게임이 다시 부활하기도 했다.

누군가 타당한 의견의 글을 올리면 미친 듯이 댓글을 달아 그것이 곧 진실이자 진리인 것처럼 만들었다. 반대로 어떤 댓글은 본문도 읽어보지 않은 채 무조건 욕설이었고 또 어떤 댓글은 그 와중에도 자기네 상품을 홍보하는 도메인을 올렸다. 기상천외한 이들이 한둘이 아니었다.

그들의 도마 위에는 위대한 것과 보잘것없는 것 들이 수시로 오르내렸다. 몇몇은 이 기막힌 작태에 대해 실소를 금치 못했고 차라리 킬러라는 구심점이 있을 때가 훨씬 더 질서 정연했다고 생각했다. 혼란은 걷잡을 수 없었다.

불꽃
The Flame

도시 전체가 불길에 휩싸여 있다. 검게 그을린 빌딩 표면으로 정오의 햇살이 날아와 부딪혀 흩어진다. 깨진 유리창이 불규칙한 도형의 형태를 그리고 그 속에는 짐작도 할 수 없는 크기의 어둠이 웅크리고 있다. 그리고 그 어둠 속에서 간헐적으로 빛나는 몇 쌍의 광채. 한 치 앞을 알아볼 수 없는 검은 장막 속에 묻혀 있어도 어떻게든 시야를 확보해야만 하는 육식 동물의 고유한 눈빛이 그 속에서 단속적으로 살아 움직인다. 섬뜩할 만큼 날카로운 점멸. 흡사 공동묘지 위를 떠도는 원혼의 불꽃처럼 드러났다가 사라지는 그 광채의 한가운데는 극단의 두려움이 배어 있다. 두려움은 미세한 소리와 사소한 움직임에 빠르게 반응한다.

그들 스스로 차단한 외부 세계와의 접촉은 어떤 경로로도 이루어지지 않는다. 그들은 오로지 어둠과 어둠 속을 잇대어 몸을 움직일 뿐, 자그마한 소리와 빛줄기 하나만으로도 온몸을 웅크린 채 세상 밖으로 향한 시선을 이내 거두어들인다. 그들이 평소 무엇을 먹고 사는지 알 수 있는 단서는 그 무엇도 없다.

어느 곳에선가 총성이 울리고 그것이 신호라는 듯 또 다른 총성이 이어진다. 유사한 소리가 방향과 강도를 달리하며 겹쳤다가 엇갈리고 다시 이어지기를 반복한다. 그것은 마치 맹수의 포효와도 같다. 이 세계의 지배자라고 자부하는 자들이 굶주린 배를 부여잡은 채 우연히 발견한 상대가, 꼭 그들처럼 거리를 활보하며 먹잇감을 찾는 대등한 힘의 소유자들이다. 그들의 사활을 건 싸움이 한동안 속절없이 이어지고 그 광기 어린 폭주를 피해 몸을 숨긴 이들은 여전히 빌딩 속 어딘지 모를 어둠 한구석에 몸을 웅크린 채 숨을 죽이고 있다. 총성은 끊이지 않고 그 거대한 울림이 다시 인간의 귓바퀴를 파고들어 두려움으로 형태를 바꾼다.

도시 한편에서는 또 다른 무리의 무법자들이 피투성이가 된 채 갈피를 잡지 못하고 온 거리를 휘청거리며 돌아다닌다. 그들은 피로 떡이 진 머리와 땀으로 변색된 옷을 입고 마치 좀비처럼 육신을 늘어뜨린 채 느릿하게 몸을 움직인다. 목적지나 정해진 행로가 있는 걸음이 아니다. 그들은 그저 가는 길에 놓인 창문을 깨뜨리거나 아직 남은 건물에 불을 지르거나 홀로 떨어진 누군가를 발견하고는 무참히 살해하며 그 하루의 오후를 보내고 있을 따름이다. 이유는 없다. 아니 그것이 이유이다. 무언가를 끊임없이 부

수고 파괴하지 않으면 곧 자신이 파괴되고 말 거라는 두려움이 그들을 움직이게 한다.

도시 곳곳의 고층 빌딩 옥상에는 동공의 초점을 잃은 사람들로 가득하다. 그들은 두 손을 높이 쳐들고 주문 같은 괴성을 끊임없이 질러댄다. 혹자는 뛰고 혹자는 울고, 어떤 이는 도무지 알아들을 수 없는 언어를 지껄이며 온몸을 부르르 떤다. 그들이 맞으려는 외계인이 지구로 오지 않는 이상 절대로 내려오지 않을 모양으로 보인다.

광장을 가득 메운 또 다른 일단의 무리가 한 방향을 바라보며 두 손을 모은 채 고장 난 기계처럼 고개를 주억거리고 있다. 눈가에 검은 기운을 잔뜩 드리운 채 앙상하게 뼈만 남은 몰골의 한 남자가 그들이 바라보는 단상 위에 서서 해골 같은 손을 들어 올리고는, 마지막 남은 기력을 모아 종교적인 설파를 쏟아낸다. 군중은 광란의 목소리로 호응한다.

어딘가로부터 날아온 포탄이 공교롭게도 그 무리의 한가운데로 떨어져 폭발한다. 피와 살이 뜯겨나가며 사방으로 흩어진다. 건물 외벽 곳곳에 그들의 근육 혹은 표피가 흡착되거나 튀어 흘러내린다.

오래전에 발효된 국가 계엄령 따윈 이 폭동을 잠재울 수 없다. 군인들의 총과 탱크는 이미 폭도들의 손에 넘어간 지 오래다. 정보산업의 최첨단 강국이었던 이 나라에는 이제 국민이 존재하지 않는다. 사라진 국민의 자리엔 누리꾼만이 가득하다. 국민의, 국민에 의한, 국민을 위한 국가는 존재하지 않는다. 누리꾼의, 누리꾼에 의한, 누리꾼을 위한 광(狂)케이블만이 존재할 따름이다.

무형의 그들이 유형의 도시 폭도로 변신한 이후 폭력과 폭동, 방화와 살인은 그야말로 누군가를 먼저 해하지 않으면 결국 당하고 마는 현실에서 살아남기 위해 벌이는 처절한 방어기제이자 선택의 여지 없는 광기의 살인으로 끝내 발전하고 말았지만, 기실 그 시작은 개인의 복수로부터 비롯되었다.

폭력과 살인과 죽음과 죽임이 한 공간에서 공존하고 일상처럼 반복되자, 마침내 그 어느 쪽으로든 행위의 두려움이 서서히 무뎌지면서 점차 스스로 행하고자 하는 욕구에 휩싸이게 된 그들은 드디어 평소 그들을 모욕했던 이들을 찾아 나섰다.

소셜 네트워크 서비스의 개인 계정을 통해 자신을 조롱하던 이들을 하나하나 직접 찾아 손모가지를 잘라내서는 눈앞에서 흔들어대며 또 한 번 조롱해보라고 광기 어린 고함을 고래고래 질러댔고, 직장 상사의 가족을 몰살하는 일 또한 더는 망설여지거나 행하기 어려운 일에 속하지 않았다.

그들은 겁에 질려 도망 다니는 일가족을 향해 고성의 기괴한 음성을 질러대며 몰살하고는 가가대소했다. 한때 그들의 간절했던 소망을 비웃으며 예의 기득권자의 득의만만한 표정으로 비열한 질문을 던지던 면접관을 찾아 같은 질문을 되돌려주며—코가 좀 부자연스러운 것 같은데 면접 때문에 수술한 겁니까?—당락의 여부 대신 날카로운 칼날을 가슴에 들이대고 죽죽 그어버렸다.

열다섯 살 소년들이 쉰다섯 살 장년에게 욕을 퍼부으며 담배를 집어 던지고는 벽돌로 머리를 으깨 부쉈다. 각자가 판사가 되어 자신이 죽이고자 하는 자가 죽어 마땅한 이유를 읊조리며 행하던 무차별한 살인은, 급기야 목적과 동기를 상실하고 마침내 폭력과 살인 그 자체의 쾌락으로 발전하게 되었다.

독단적으로 폭력 또는 살인을 저지를 용기가 없는 이들은 한데 뭉쳐 무리를 이룬다. 누군가 불을 지르면 따라 지르고 집회에 참가하면 그곳에 함께 서 있으며 소리치면 함께 고함친다. 그들에게도 역시 모든 게 수월하고 익숙하며 두려움 따위 이제 더는 없다.

개인으로선 무시무시한 공포에 질린 한 마리 거북이와 다를 바 없었지만, 집단이 된 이상 그들은 그 어떤 파괴자들보다 더한 폭력의 근성을 가감 없이 표출한다. 그들은 이미 인터넷 안에서 가상의 시뮬레이션을 충분히 겪은 터라 조금의 망설임도 없이 일사천리로 파괴하고 무참하게 살인한다.

가족, 친구, 신의, 인류의 틀을 이루던 그 어떤 끈끈한 어휘도 이젠 그들과 관련 없어진 지 오래다. 산다는 건 오직 그 하루의 연명, 내일이 되면 또 누가 적이 되고 어떤 이가 살아남을지 아무도 모른다. 당장 필요한 사람과의 합종연횡만이 그들이 살아남을 수 있는 유일한 지혜이자 신조가 되었을 따름이다. 어제 옆에 누워 잠을 청했던 자가 오늘 갑자기 적이 된다 해도 그들은 놀라거나 애석해하지 않는다. 조금의 망설임도 없이 더 큰 무리에 속해 대항하는 자들을 해치워나갈 뿐이다. 그 모든 게 두려운 자들은 오로지 빌딩 안의 어둠 속에서 그림자를 감춘 채 살아가야 할 뿐.

　죽음과 파괴의 여신 칼리의 영혼이 빙의된 그들은 이제 자신의 정체가 드러날 수 있는 모든 것을 파괴한다. 보이지 않는 것에 익숙한 그들은 보이는 것을 두려워하며 증거나 기록이 될 만한 모든 기능과 장비와 기술을 붕괴해버린다. 각종 전산망을 파괴하고 데이터를 삭제한다. 그들이 도시에서 파괴하지 않는 것은 오로지 테라급 성능의 개인 컴퓨터와 광케이블뿐이다. 그 외에 문명을 이루던 건축물들은 폐허의 골조로서 앙상한 기둥만을 남긴 채 과거의 흔적을 기념할 뿐, 이제 세상은 태초와 같은 혼돈의 향연으로 되돌아갔다.

다섯 길 깊이
Full Fathom Five

검경 합동 수사본부의 인력이 전원 교체된 후에도 수사에 진척이 없자 다소 아이러니한 일이 벌어졌다. 수사 인력이 자신들을 화형에 처한 누리꾼들의 자료를 참조하기 시작한 것이다. 이전과는 달리 카페에서 벌어지는 상황도 수사의 단서가 될 수 있으니 꼼꼼하게 체크하라는 수사본부장의 특별 지시가 있기도 했지만, 그렇지 않더라도 자꾸 원점만 맴도는 수사팀으로서는 지푸라기라도 잡는 심정으로 아무거라도 뒤져봐야 했다.

그런데 조금 다른 관점에서 카페의 게시물들을 주시하다 보니 그악한 무질서 속에서나마 드문드문, 습관적인 수사 방식의 허점을 제법 합리적으로 지적하는 의견이 올라오기도 했다. 죄다 쓰레기일 거라고만 여겼던 게시물들 가운데 종종 눈에 띄는 그런 글들이 수사를 진행하는 어떤 사고의 전환을 제공해주기도 했고 꽤 쓸 만한 해법도 있었기에, 수사팀은 좀 더 신중을 기해 카페의 글들을 살폈다.

경찰은 범행 도구로 사용된 총기에 대해 내부 수사에 착수했었다. 삼팔구경 리볼버가 경찰에서 사용하는 총기라는 점 때문이었다. 분실 또는 도난 총기부터 확인해야 했다. 유출 경로를 색출하여 그 지점에서부터 범인의 행적을 추적해볼 생각이었다. 하지만 당연히, 결과는 없었다.

전국에 소재한 총기류를 검경 합수부에서 직접 다 조사해볼 수는 없었다. 그러므로 자율적인 점검과 보고를 지시했는데 설령, 분실하거나 도난당한 총기가 있었다 할지언정 누가 징계를 감수하고 그것을 정직하게 보고할 것인가. 그러므로 도난 분실 이상무라고 상부에 집결된 보고가 모두 정직하다고 볼 수만은 없었는데, 그렇다고 해서 달리 확인할 방법이 있는 것도 아니었다.

대원 모두 처음 그런 방식의 수사를 지시한 반장의 얼굴을 말없이 바라보다가, 이내 자기들도 별반 다르지 않다는 것을 깨닫고는 몇몇은 담배를 태우러 나갔고 몇몇은 금방 샤워만 하고 돌아오겠다며 나갔다. 그들이 자리로 돌아왔을 땐 수사도 다시 원점으로 돌아와 있었다. 그때, 뚫어져라 인터넷을 검색하던 대원한 명이 소리쳤다.

"반장님, 여기 좀 와보세요."

반장과 반장이 아닌 대원까지 모두 모였다. 모이지 않아봤자 딱히 할 일도 없었다. 대원이 가리키는 화면에는 다음과 같은 글이 게재되어 있었다.

혹시 범행 도구가 경찰 총기와 동일하다고 해서 경찰 내부로부터 유출되었을 거로 생각하는 사람이 있습니까?

게시물의 제목이었다. 반장은 내심 뜨끔했지만 내색하진 않았다. 그러나 반장의 얼굴을 쳐다보는 대원들은 있었다.

작성자의 기술에 따르면 삼팔구경 리볼버는 동양에서 가장 흔한 총기이고 마음만 먹으면 얼마든지 개인적인 국내 반입이 가능하다는 주장이었다.

논리 전개가 일목요연하고 충분한 개연성이 있는 의견인지라 반장은, 어차피 손해 볼 것 없다는 심정으로 게시물의 내용을 한번 확인해보기로 마음먹었고 현장을 몇 군데로 나누어 수사팀을 움직였다.

그러나 정작 출동한 현장에서 근무하는 공무원들은 모두 설레설레 고개를 저으며 그런 일은 있을 수 없다며 항변했다. 그도 그럴 만한 것이 사실 수사팀이 묻는 내용을 순순히 수긍한다면 그것은 어떤 측면에서 공권력의 또 다른 허점을 인정하는 것이자 자신들의 과실을 시인하는 꼴이라, 있을 수 없는 일이라 뻗대고 마는 상황이 오히려 정상적이라고 봐야 옳은지도 몰랐다.

하지만 오랜 수사 경험으로 미루어 보아 부인하는 뉘앙스가 순수하지만은 않았다. 한마디로 냄새가 좀 났고 그로써 게시물의 내용이 전혀 근거 없는 낭설만은 아니라는 느낌이 들었다.

자유무역의 보고라고 해도 과언이 아닌 러시아 블라디보스토크와 중국 훈춘을 통해 연길로 유입된 총기는 곧바로 다롄 항을 출발해서 평택항으로 밀수될 수 있다고 작성자는 기술했다. 러시아와 중국의 밀무역이 빈번한 블라디보스토크와 훈춘에서 권총 몇 자루쯤 구하는 것은 일도 아니라는 얘기였다. 권총뿐만이 아니라 기관단총에서부터 엠이공삼 유탄발사기까지 돈만 있으면 원하는 무기를 얼마든지 사들일 수 있다고 작성자는 기록했다. 반장은 그런 일이 과연 가능한지 몇 군데 부서를 통해 확인해보았고 충분히 가능하다는 보고를 받았다.

이렇게 마련된 총기들이 연길을 통해 다롄 항까지 운반되는 것역시 느슨한 중국 공안들을 고려해볼 때 은박지에서 껌을 떼어내씹는 것만큼이나 수월한 일이라는 얘기였다.

"그 정도야?"

"걔들 있죠, 지들이 경찰이면서 거스름돈으로 위조지폐를 받으면 다시 돌려주고 다른 돈을 내놓으라고 한답니다. 저도 뭐, 들은 얘기지만."

"뭔 소리야 그게."

"중국이란 나라가 워낙 땅덩이가 크고 사는 인간들이 많다 보니 오만 범죄가 들끓을 거 아닙니까. 그런데 그 가운데 위폐를 만드는 건 범죄 축에도 못 낄 정도로 흔한 일이다 그 말이에요. 그러니까 지폐를 받으면 너 나 할 것 없이 불빛에 비춰보는 게 그들의 일상이랍니다. 그런데 공안마저도 그게 위폐인 걸 확인한다고 해도 조사는커녕 다른 돈을 내놓으라고 한다는 거예요. 한마디로 그런 일 따위까지 신경 쓰고 싶지 않다는 거죠. 그렇게 흔한 일이기도 하지만 한편으론 그게 중국 공안들의 현실이기도 하다는 거예요."

"근거 있는 말이야?"

"근거 없어도 그럴듯한 얘기잖아요? 중국 아이들을 생각해보면. 워낙 기상천외한 범죄들이 봇물 넘치듯 넘쳐나니까 위폐 따윈 등수에도 못 든다는 얘기예요. 게다가 위폐나 신용카드 관련 범죄는 대개 삼합회니 뭐니 하는 것들이 껴 있어서 손대기가 쉽지 않대요. 여하튼 간에 사정이 그러니까 뒷돈 받고 밀수품 눈감아주는 건 애들이 기저귀 차고 돌아다니는 것만큼이나 흔한 일이라는 게 모르긴 몰라도 맞는 얘기일 거라는 거죠, 제 말은."

"그렇게 잘 아는 놈이 여태까진 뭐 하고 있었던 거야?"

"아, 그거하고 이거하곤 다른 거죠. 반장님도 참."

"다르긴 개뿔."

그렇다면 중국 사정은 그렇다 치더라도 평택항의 세관은 도대체 어떻게 통과할 수 있었을까.

합수부 수사팀이 불려 나온 세관 공무원에게 물었다.

"절대 불가능한 얘기입니까?"

"불가능한 얘기입니다."

"절대는 아닌 겁니까?"

"그런 얘기는 아무튼 처음 듣는 거니까."

"처음 듣긴 하지만 장담할 순 없다는 얘기인 거네요?"

"이 양반들이 지금 같은 공무원들끼리 뭐 하자는 거요?"

언젠가부터 정부 시책으로 평택항만을 발전시키려는 모색이 강구되고 있었다. 말이 모색이지 수출입 화물에 대한 느슨한 단속이야말로 단기간에 항만을 발전시키는 첩경이라는 사실을 부인할 순 없었다. 그런 이유로 평택항만 세관에서는 대부분의 수출입 화물 컨테이너를 제대로 까보지도 않고 통관시키는 게 현실이라는 논리였다. 서류 몇 장과 재치 있는 말 한마디, 이어지는 약간의 보상이면 참깨 포대에 대포도 넣어 올 수 있다는 게 작성자의 의견이었다.

합수부 수사팀이 가만히 살펴보니 불려 나온 세관 공무원은 말단이었다. 수사팀은 나직하게 고개를 주억거리며 일단 알겠다고 대답한 뒤 사무실로 향했고 계장을 다시 만났다. 계장은 수사 대원들을 보자 환한 표정으로 웃으며 커피를 한 잔씩 뽑아주었다.

"커피는 역시 단맛에 마시는 거니까요."

두 대원 중 후임이 다소 딱딱한 표정으로 쓸데없는 소리 말고 묻는 말에나 대답해달라는 식으로 대꾸하자 계장은 능글맞게 씩, 한번 웃고 이쪽은 신참이신가 보구먼, 하고 중얼거리고는 선임을 바라보며 "경찰 공무원들 사이에서는 그런 일이 전혀 없나 봅니다?" 하고 반문했다.

밀수품이 농산물이나 마약이었다면 조사 자료라도 충분했을 터인데 총기라는 점에서 수사가 더 난항을 겪을 수밖에 없었다. 간혹 조직폭력배들이 권총을 소지한다는 소문은 나돌았지만, 그 때문에 누가 죽었다거나 압수물 중에 포함된 적이 없었으므로 소문은 소문일 뿐이었다. 해서 총기 밀매란 남의 나라에서나 일어나는 일이었지 우리나라에서까지 그런 일이 있으리라고는 짐작조차 못 했던 것이다.

합수부는 전 인력을 세관 자료 파악에 집중했다. 그런데 평택항으로 유입된 최근 몇 년간의 화물을 조사하는 방식에도 누리꾼들의 비난은 들끓었다. 밀무역이 유력한 허위 송장은 차치하고, 무시로 오가는 보따리 상인의 물건은 어떻게 할 것이냐는 점이었다.

누리꾼들은 한 치의 오차도 용납하지 않았다. 합수부는 비지땀을 흘렸다. 급기야 그 일로 반장이 수사본부장인 검사장에게까지 불려 갔다 내려왔다. 반장은 파일을 집어 던지며 욕지거리를 내뱉었다.

"이건 뭐 빌어먹을, 수사를 하라는 거야 말라는 거야."

수사본부장은 이른바 누리꾼들의 의견을 여론이라 일컬으며 하루속히 정확한 방향을 잡으라고 역정을 냈다고 했다.

"이젠 아주 인터넷인지 뭔지 하는 놈 때문에 수사도 맘대로 못 하겠어. 나 원. 감 놔라 배 놔라 이놈 저놈 다 떠들어대면 대체 어느 장단에 맞추라는 거야. 이젠 초등학생 눈치까지 봐가며 수사를 해야 하는 거야? 진짜 쌍, 성질 나서 못 해먹겠네. 이러다가 나중엔 동네 개가 짖으니까 조용히 좀 수사하라고 하는 거 아니냐?"

그 과정에서 이면의 문제도 발생했다. 무역업자들의 심각한 손실이었다. 까다로워진 통관 절차로 보세 창고에 머무는 물품이 늘어났고 그 때문에 낭비되는 시간과 돈이 만만치 않았다. 무엇보다 외국 거래처들의 불만이 가장 큰 문제였다. 종합상사는 국민 정서라는 점을 감안해 끙끙 속으로만 앓았지만 생계형 무역상들은 극도로 반발했다.

그에 대한 누리꾼들의 반응은 전혀 없었다. 그런 원리조차 이해하지 못하는 누리꾼들도 많았고 무책임이 그들의 또 다른 이름이기도 했으므로 예상치 못한 일에 관해서는 일제히 모두 약속이라도 한 듯 입을 다물었다.

한편으론 전국 실탄 사격장을 통해서 근 몇 년간 그곳을 다녀간 자들의 신상을 조사하기도 했다. 법과학자의 소견에 따르면 피살자들의 이마를 뚫고 들어간 탄환의 각도나 사출구의 형태로 미루어 보아 전문적이라고까지 할 수는 없었지만, 어느 정도 총기 교육을 받은 사람의 솜씨인 것만은 분명하다는 얘기였다.

이에 대해서도 누리꾼들이 가만있을 리 없었다. 현역 군인은 말할 것도 없고 예비군도 일 년에 한 번씩 세 발 이상의 사격을 하는 곳이 대한민국이라는 나라인데, 어느 정도의 총기 교육이란 게 대체 어느 정도를 말하는 거냐며 그들은 반문했으나 어느 정도인지 정확하게 아는 사람은 없었다. 그냥 어느 정도였다.

게다가 실탄 사격장을 최근 몇 년간 다녀간 사람이라니 태평양 한가운데서 색깔이 다른 플랑크톤을 찾는 게 더 손쉽지 않겠느냐는 게 누리꾼들의 의견이었다. 설령 그 살인마가 사격장을 다녔다손 치더라도 이토록 꼼꼼하고 철저하게 자취 하나 남기지 않고 종적을 감추는데 실명으로 다녔을 리가 있겠느냐는 주장도 있었다. 부아가 난 수사 대원 한 명이 그 게시물에 댓글을 달았다.

그럼 니들이 찾든가 씨발놈들아.

그러자 바로 그 밑에 또 다른 누리꾼의 댓글이 달렸다.

합동 수사반장님, 아무리 화가 나셔도 여기서 이러시면 곤란하죠.

몇몇 누리꾼들은 미국 드라마에 등장한 현실성 없는 과학 수사 방식을 장황하게 늘어놓기도 했지만 들인 공에 비해 얻을 건 욕밖에 없었다. 과정은 달랐지만 잔뜩 욕을 먹고 있다는 결론만은 합수부 대원들과 같은 처지였다.

도저히 수사본부 인력만으로는 해결되지 않자 드디어 대한민

국의 모든 경찰력이라 해도 과언이 아닐 만큼 많은 수의 경찰관
들이 전국 곳곳에서 무시로 불심검문을 벌였다. 혹시라도 총기를
소지한 범인을 현장에서 검거할 수 있지 않을까 하는 일말의 확
률 때문에 시작된 무모한 수사 방식이었다. 때와 장소와 밤낮을
가리지도 않았다.

"나 참, 이런 지시는 대체 누가 내리는 거야? 대놓고 이렇게 검
문을 하면 범인더러 알아서 빨리 숨으라는 거야 뭐야?" 누리꾼들
은 비웃었다.

그러나 그와 관계없이 지하철역이든 놀이공원이든 어디서든
수시로 검문이 이루어졌다. 극도로 예민해진 경찰의 검문 태도
역시 공손하진 않았다. 가방을 뒤지는 것은 물론, 내용물을 다 뒤
집어놓고 사과 없이 다음 사람으로 옮겨가기 일쑤였다. 마치 과
거 한때 학생운동 유인물을 검사하듯 닥치는 대로 검문은 진행되
었다.

차량을 대상으로 하는 톨게이트에서도 사정은 다르지 않았다.
무작정 차를 세워놓고 무작위로 검문검색을 하는 바람에 대기 차
량이 한정 없이 길어지기도 했고, 한시적으로 이용을 중단한 하
이패스 이용자들의 비난은 곧 폭발을 예고하는 도화선의 불꽃처
럼 튀었다.

여러모로 무리한 그런 검문 방식에 누리꾼들이 또 가만있을 리
가 없었다. 찢어진 가방 사진을 비롯해 부서진 엠피스리, 선이 끊

어진 헤드폰 등등 다양한 피해 물품 사진들이 인터넷을 가득 메 웠고 그런 문제로 경찰과 승강이를 벌이는 동영상도 올라왔다.

물론 모든 사진이 검문으로 손상된 물건의 사진인지는 확실하지 않았다. 그러나 손상된 물건이 하나라도 있다는 사실이 중요했다. 누리꾼들은 격분했고 혹자들은 전 세계가 비웃을 법한 이 멍청한 수사 방식에 관해, 다 알면서도 일부러 누리꾼들을 엿 먹이기 위해 부리는 경찰의 수작이라고 주장했다. 피해자 대부분이 청소년과 이삼십 대, 인터넷을 가장 많이 사용하는 연령대에 집중되어 있다는 사실이 바로 그 증거라고 그들은 경찰 음모론을 외쳤다.

일각에서는 경찰의 음모가 아니라 정부의 음모라고 주장하는 이들도 있었다. 무언가 아주 중요한 사실을 은폐하기 위해 벌이는 흔해빠진 공작이라며 두 눈을 부릅뜨고 그들이 국민을 기만하려는 사실이 무엇인지 찾아야 한다고 목청을 높였다.

머지않아 언론도 동참했다. 일부 경찰의 과격한 검문 방식을 전체의 문제인 양 자극적으로 보도했다. 이로 말미암아 동영상에 찍혔던 경찰관 몇몇이 옷을 벗어야 했다. 이 사건으로 경찰 내부도 조금 뒤숭숭해졌다. 직업에 회의를 느끼는 경찰 공무원이 한둘씩 늘어나기 시작했다.

언론의 진실은 누리꾼들의 방식과 비슷했다. 모두가 옳다 하니 옳아진 진실. 오히려 어떤 면에서는 선동적인 부분도 없지 않았다. 상황이 그렇다 보니 검문 수사는 결국 중단되었다. 합동 수사 본부장이 직접 나서 대국민 사과를 하면서 마무리되었다. 누리꾼들의 힘은 여지없이 발휘되었고 경찰은 막막했고 범인은 여전히, 오리무중이었다.

그러던 중, 국면을 완전히 전환케 하는 놀라운 일이 한 가지 발생했다. 강남역 물품보관함에서 권총을 습득했다는 한 시민의 제보가 들어온 것이다. 습득한 시민은 대학생이었는데 그는 여자친구와 함께 영화를 관람하려고 강남역에 나왔다가 물품보관함을 이용하게 되었다고 말했다. 처음 가방을 넣을 때는 몰랐는데 영화를 보고 나온 뒤 가방을 꺼낼 때, 거기 자신의 가방 외에 뭔가가 하나 더 있다는 것을 알게 되었다고 그는 경찰에 진술했다.

"상자 같은 게 보관함 저 안쪽 벽 천장에 붙어 있었어요. 떼어보니까 아무 표식도 없는 마분지 상자에 청테이프를 감아서 고정되도록 해놓았더라고요. 꽤나 묵직했는데 남의 물건이니 뜯어볼 순 없고, 벌어진 틈으로 살짝 보니 아무래도 권총 같아서……."

권총은 리볼버 삼팔구경이었고 국과수에 의뢰한 결과 지문이나 기타 유전자를 감식할 수 있는 흔적은 전혀 남아 있지 않으며 총기의 일련번호 또한 지워진 물건이라는 사실을 알아냈다. 그러니까 경찰 소유의 총기는 아니라는 것과 더불어 범행에 사용된 밀수품이라는 유력한 증거물로 볼 수 있었다. 합수부는 총기가 국내에 반입될 수 있는 사례에 관해 게시물을 올렸던 작성자의 아이피를 추적하는 한편, 강남역 물품보관함의 운영자를 만났다.

그는 최대 일주일까지 물건을 보관한다고 말했다. 그러나 대학생이 진술한 바대로라면, 권총 박스를 집어넣고 후에 물건을 빼지 않은 상태에서 결제하는 것 또한 문제가 될 게 없었으므로, 아마 그랬기 때문에 다른 사람이 다시 보관함을 이용할 수 있었던게 아니냐는 반문에 수사팀은 결국, 보관 기일이란 아무 짝에도 쓸모없는 단서라는 점을 깨닫고 씁쓸하게 돌아서야 했다.

실제로 그 대학생도 아주 우연하게 상자를 발견한 것으로, 아무 생각 없이 물건을 넣고 빼는 상황이라면 권총은 언제까지고 그 속에 있을 수 있었을 거라는 의견이었다. 그 권총이 그러니까 대체 얼마나 오랫동안 보관함 속에 들어 있었던 건지는 확인할 도리가 없었다.

"이렇게 되면 영상 자료를 판독하는 데 엄청 시간이 걸리겠는데?"

라고 수사팀은 예상했지만 그조차도 그들의 뜻대로 이뤄지지 않았다. 곧바로 물품보관함 인근에 설치된 폐쇄회로 카메라 영상 자료 확보에 나선 수사팀은 보관된 화상 자료가 불과 사흘 전에 찍힌 것까지지밖에 없다는 얘기를 듣고 턱을 떨어뜨릴 수밖에 없었다.

"아니, 이게 말이 됩니까? 제가 알기론 적어도 한 달은 보관해야 하는 걸로 아는데!"

하고 수사팀이 열을 냈지만 소용없었다. 담당자는 또랑또랑한 목소리로 공공기관의 개인정보보호법 법률 시행령 및 시행규칙 그 어디에도 그런 말은 없다고 대꾸했다. 다만 행자부에서 마련한 폐쇄회로 카메라 운영 지침에 관련 조항이 있을 뿐인데 그조차도 법적인 효력이 있는 내용이 아니라 그저 권고사항일 뿐이라고 했다.

"아니 그럼 의무적인 보관 기간이라는 게 아예 없다는 얘깁니까 지금? 사설도 아니고 공공기관에서?"

"그런 셈이죠. 자체 규정이 없을 때는 삼십 일 정도 보관하라는 권고가 있는데요, 그건 그냥 권고고 실상은 그렇게 보관 못 해요. 여기처럼 복잡한 장소에서 찍히는 그 방대한 분량의 영상을 하드디스크에 저장하는 건 일주일도 벅찬 일이라고요. 진짜 오래가야 한 일주일 가는 거고 보통은 그냥 그 위에 덮어씌웁니다. 아니면 감당 안 되니까."

"한 달 규정 있네요. 삼십 일!"

"글쎄 그러니까 그게 권고라니까요. 그나마 저만큼이나 규정을 아는 담당자도 흔치 않아요. 다들 그런 규정이 있는지조차도 모릅니다."

"훌륭하시네요."

"네?"

"아 그러니까 이전 화상은 삭제되고 그 위에 새로운 게 덧씌워진다는 말씀이신 거죠?" 다른 형사가 재빠르게 말을 돌렸다.

"…… 네."

그러자 담당자를 비꼬았던 형사가 황급히 휴대폰을 들고는 어디론가 전화를 걸었고, 삭제된 폐쇄회로 영상 복원이 가능하냐고 물었는데, 이미 덧씌워진 영상 아래 깔린 건 복원이 불가능하다는 답변만이 돌아왔다.

"그럼 이거 시시티브이 뭐하러 달아놔! 하나 쓸모없는 무용지물이구만! 하여간 우리나라 행정, 이씨!"

하고 여전히 심기가 불편한 형사가 투덜거리자 잔뜩 미간을 찌푸리고 그를 노려보던 담당자가 말했다.

"그럼 경찰에서 관리하시든가요."

"뭐요?"

"됐다, 야, 가자."

결국 시민이 발견한 권총 증거 자료로 추적할 수 있는 범인의 행적은 거기까지였다. 게시물을 작성한 아이피를 추적한 결과 또한 막막했다. 중국 장춘이었다. 뭔가 풀리는가 싶었던 수사는 다시 원점으로 돌아와버렸다.

거의 몸을 움찔하다시피 하고 말았으므로 입맛만 다신 꼴이었던 수사가 다시 난항으로 접어드는가 싶을 즈음, 한 동영상이 부지불식간에 인터넷으로 확산되고 있었고, 얼마 후 동영상 촬영자가 그 사실을 경찰에 제보해왔다. 혹시 몰라 인터넷에 올려봤는데 누리꾼 대부분이 확실하다고 해서 경찰에 제보하게 되었다는 것이다. 제보자가 올린 동영상에는 용의자로 추정되는 사람의 모습이 찍혀 있었다.

동영상을 재생하자 촬영한 주인공이 뭐라고 웃고 떠들며 강남역 지하상가를 한번 휘둘러 찍고는, 다시 물품보관함 앞에 선 친구를 향해 앵글을 고정하며 역시 뭐라고 알 수 없는 소리를 지껄여대며 웃는 중이었다. 주변이 너무 시끄러워 내용을 확인할 수 없었지만 내용은 하등 중요한 게 아니었다. 핵심은 보관함 앞에 서 있는 친구의 뒤쪽에 선 남자였다.

그는 검은 모자를 푹 눌러쓰고 청재킷을 입고 있었는데 사물함에서 뭔가를 꺼내다가, 혹은 넣다가 바닥에 떨어뜨리는 것이 카메라에 잡혔다. 남자의 뒷모습만으로도 무척 당황하고 있다는 것을 알 수 있었다. 그가 떨어뜨린 물건은 상자였고 열린 상자의 틈으로 거뭇한 물체 일부가 고개를 내밀고 있었다.

그 장면은 촬영자의 앵글 속에 우연히 잡힌 영상이었으므로 아주 잠깐 등장하는 바람에 육안으로 식별하기가 쉽지 않았는데, 동영상을 확인한 또 다른 누리꾼이 그 부분을 확대 갈무리해 새로운 게시물로 작성해 올리면서 화제가 되었다.

새 게시물을 작성한 누리꾼은 자신이 확대 갈무리한 사진 속의 거뭇한 부분이 리볼버의 손잡이라고 주장하면서, 명확한 리볼버의 사진과 함께 어설프게나마 부위별로 비교해놓았다. 곧바로 동영상의 원본이 국과수로 들어갔고 판독 결과 삼팔구경 리볼버임이 밝혀졌다.

왜인지는 알 수 없었지만 동영상을 촬영한 제보자는 일약 스타덤에 올랐다. 그는 다만 대학 방송제에 쓸 동영상을 촬영하다가 우연히 그 장면이 얻어걸린 상황이었음에도, 갑자기 사람들의 관심이 집중적으로 쏠리자 마치 자신이 그것을 노리고 촬영하기라도 한 것 같은 착각에 빠져들었다.

누리꾼들 또한 막무가내로 흥분했다. 난생처음 보는 연쇄살인마의 뒷모습에 극도로 흥분한 김에 누구라도 마구 칭찬해야 했는데, 그 일의 일등공신으로 촬영자를 빼놓을 수 없었으므로 그들은 무조건 일단 촬영자부터 띄워 올리고 봤다.

상황이 그리 전개되다 보니 미디어도 가만있을 수 없었다. 항간의 가장 큰 화제라고밖에 할 수 없는 동영상 촬영자를 섭외하기 위한 경쟁이 뉴스는 물론, 역시 왜인지는 알 수 없으나 연예정보 프로그램까지 치열했다.

장래 희망이 방송 관련 종사자였던 그는 어리둥절한 와중에도 어쨌든, 이것이 기회가 될지도 모른다는 꿈에 부풀어 섭외가 오는 모든 프로그램에 빠지지 않고 응했다. 얼마 후 그는 능변이라는 이유로 공중파 토크쇼와 다른 예능 프로그램에도 등장했고 그 프로그램들은 높은 시청률을 기록했다.

일각에서는 그가 열한 번째 목표물이 되는 게 아니냐며 우려했다. 그러나 그런 우려가 누리꾼들의 관심을 돌리지는 못했다. 어차피 자신들이 목표물이 되는 것은 아니었기 때문이다.

그렇게 그들만의 기묘한 파티를 지속하는 동안에도 경찰은 동영상을 토대로 용의자의 뒷모습을 면밀하게 제작해 전국으로 배포했다. 그러나 그것이 할 수 있는 일의 전부였고 수사 성과의 마지막이었다.

사건은 또다시 미궁에 빠졌다. 그 정도 수배 사진으로는 더 이상의 성과를 일궈낼 수 없었다. 수배 사진도 사실, 모호함 그 자체였다. 그만한 키와 덩치는 전국 곳곳에 깔렸고 검은 모자와 청재킷은 그보다 백배는 더 많았다. 목격자들의 진술도 수배 사진만큼이나 모호했고 그나마도 대부분이 허위 제보인 경우가 더 많았다.

속이 바짝바짝 타들어가는 경찰은 갓 자대배치를 받은 전경 병력까지 물품보관함 수색에 투입했다. 혹시라도 총기 관련 증거물이 더 나오지 않을까 싶어서였다. 그러나 지하철 역사는 물론 다른 곳에 있는 물품보관소까지 모조리 조사해봤지만 끝내 다른 증거물은 확보하지 못했다.

경찰의 수사는 마지막 사력을 다했던 만큼 빠르게 맥을 놓아 버렸다. 더는 어떤 방향으로도 갈피를 잡지 못했고 제자리걸음도 아닌 부동자세로 그 자리에 멈춰버렸다.

한동안 이어진 소란스러움의 여파 때문인지 추가 피살자는 발생하지 않았다. 수사 또한 여전히 진전이 없었다. 추가 피살자가 발생하지 않자 그 기간의 간극만큼이나 비슷한 거리로 사람들의 관심도 멀어졌다. 멀어지고 멀어지다 보니 급기야 수사가 계속 진행되고 있다는 사실조차 사람들의 머릿속에서 잊히기 시작했다.

불안과 공포 속에서 광기 어린 행동을 일삼았던 누리꾼들도, 언제 그런 일이 있기라도 했던 것인지 기억조차 못 할 만큼 모든 것을 깨끗하게 잊어버렸다. 우리들의 킬러 카페도 이젠 모든 회원이 탈퇴하고 매크로로 돌아가는 사행성 도박 광고 게시물만 꼬박꼬박 업데이트되었다.

돌풍 같은 모래바람이 휩쓸고 간 사막처럼 황량함만이 그곳에 남아 맴돌았고, 한때 그곳을 가득 메우고 있던 사람들은 모두 각자의 생활 속에서 새로운 흥밋거리를 찾아 방황을 이어나갔다.

부활절과 토템

Easter and the Totem

경찰은 자신을 절대 찾을 수 없을 거라고 그는 생각했다. 이유는 아주 간단했다. 그는 부활했으니까.

그는 자신이 행하는 심판에 관한 사람들의 반응이나 의견에는 애초부터 관심이 없었다. 염두에 두지도 않았다. 어차피 그들은 아직도 자신의 알에 갇혀 살거나 그렇다는 사실조차 깨닫지 못하고 사는 존재들, 뭐가 됐든 조금만 시간이 지나면 다 잊어버리고 마는 원시 생물 같은 존재들에 불과했으니까.

인간이란 존재는 그렇게 모든 것을 금방 잊고 만다는 사실을 그가 조금만 일찍 깨달았더라면, 아마도 자신이 겪었던 극악한 현실을 무던하게 견디며 그들의 무리 속에 여전히 섞여 있었을 테지만, 다행히 그는 위기 속에서 알을 깨고 창공을 향해 날아오른 새처럼 아브락사스의 세상으로 훨씬 더 가깝게 다가서 있었다.

그렇지 못한 사람들은 그럼에도, 자발적으로 신문 한 장도 사 읽는 법이 없어서 세상이 어떻게 돌아가는지조차 전혀 알지 못했다. 꼭두각시처럼 인터넷 포털 사이트에 뜨는 기사만 수동적으로 클릭하거나, 아니면 자기가 좋아하는 기사만 취향대로 골라서 읽다 보니 그것이 오로지 그들이 아는 세상의 전부가 되었을 따름이었다. 타자의 숨겨진 사생활이나 파헤쳐 먹고사는 자들이 키보드를 두들겨 올리는 활자가 곧 이 세계의 실체라고 믿고 사는 붕어 인간들.

누구와 있든 언제 어디서나 심지어 걸으면서도, 조그만 전자기기 화면 속에 대가리를 처박고 사는 그들은 스스로 무엇을 판단하는 기능도 상실해버렸다. 마치 어느 시대엔가는 존재했었을 신체 일부가 퇴화해버린 진화생물처럼 그들은, 그런 능력 자체가 있었는지조차도 인식하지 못하는 것 같았다.

그리하여 그들은 타자의 삶, 자신과는 전혀 다른 인생을 살아온 명사들의 개인 가치관에 기대어 자신의 현실을 위로하고 무의미한 미래를 설계했다. 말하자면 그저, 남이 살아온 발자취에 ctrl+c를 클릭하고 다시 자신의 삶에 ctrl+v를 끊임없이 붙여 넣는 일상을 반복하고 있는 것이었다.

인간의 선의와 악의는 모두 가슴에서 자라 머릿속에서 형상화되고, 그것은 오롯이 눈을 통해서만 발현되기 마련인데, 어느 때부터인가 이 세계의 사람들은 서로 눈을 맞추지 않았으므로 진실을 구별하는 안목을 키울 수 없었다.

심금을 울리는 기사 몇 줄이면 보잘것없는 그들의 영혼 따위 헐값에 손아귀에 움켜쥘 수 있었고 그런 그들에게 진실 여부는 사실 판단의 대상도 아니었다. 천박한 감성을 충족시키는 것만으로도 그들의 삶은 풍족한 것 같았으므로 진짜 삶을 바라보는 무게 있는 시선 따위는, 애초부터 고려 대상에 속하지 못했다.

무엇을 기준으로 세상을 판단하고 살아가야 하는지에 관한 지혜 자체를 잃어버린 지 오래였으므로, 무엇을 받아들이고 살아가야 하는지에 관한 판단도 그들에겐 없었다. 그저 그 순간의 감정에 따라 맹목적으로 타자의 의견을 받아들이거나, 혹은 배척했다. 그러니 그것은 이중적 잣대로 세상을 바라보며 양면적인 삶을 사는 게 아니라, 잣대라는 자체가 아예 사라진 시대를 마치 허우적거리듯이 살아가고 있는 것이었다.

단 한 번의 실수로, 가족에게조차도 외면을 받아야만 했던 여자가 선택할 수 있는 삶의 방향이란 그리 많지 않았다. 스스로 모든 걸 포기하거나, 아니면 이를 악물고서라도 이겨내는 방법밖에는 없었다. 혹은 도피해버리거나. 그러나 대한민국 사회에서, 그렇지 않아도 여자의 몸으로는 곳곳에 만연한 차별을 견뎌내기 어려운 마당에 무차별적으로 쏟아지는 마녀 사냥까지 이겨낼 방법이란 없었다.

그는 한때 모든 걸 포기하려고 마음먹은 적도 있었다. 움켜쥔 것이 무엇인지도 모른 채 무작정 움켜쥐고 사는 삶이 더는 무의미하다고 여겨질 때가 있었다. 놔버리자는 생각을 그는 했었다. 손아귀의 힘을 빼고 쥐고 있는 것을 그냥 놓아버리면 그것으로 모든 게 다 해결될 텐데, 왜 이토록 끝이 보이지 않는 고통 속에서 옴짝달싹도 하지 못한 채 살아야 하는가. 여자는 정말 다 놓아버리고 싶었지만, 결국 그러지 못했다. 그는 과연 그럴 수 있는 사람이 아니었다. 그럴 만한 용기가 없었다.

그럴 만한 용기가 없는 사람들이 늘 그렇듯 여자도 그리하여 세 번째 안, 도피를 선택할 수밖에 없었다. 세상을 놓아버릴 수는 없었지만 그가 사는 세계의 울타리를 벗어날 수는 있었다. 어차피 여자가 살던 세계에선 더 이상 머물 수도 없었다. 빗발치듯 쏟아지는 냉혹한 시선의 현실을 그는 더는 견뎌낼 수 없었다. 해서 그는 결국 떠나기로 마음먹었고, 중국행 비행기에 몸을 실었다.

해소할 수 없는 울분을 가슴속 깊은 곳에 묻어두고, 벼랑 끝에 선 심정으로 타국에서의 생활을 시작한 여자는 그곳에서 점차 달라졌다. 죽지 않고선 대안이 없을 것 같았던 아픔이 극한의 육체 노동으로 조금씩 희석되었고 맑은 물 아래 가라앉은 앙금처럼 그의 신경 곳곳에 날카로운 기억으로 남았다.

그는 조금씩 변했다. 혹독한 시련 속에서 그는, 그의 인생을 나락으로 떨어뜨렸던 사람들처럼 자신에게 남은 공감 세포를 모두 제거해버렸다. 극한의 노동은 그에게 육체의 신성함을 일깨워주었고 거기에 강한 신체까지 덧붙여주었다. 단단한 신체에 따르는 견고한 정신은 하나의 담대한 심장으로 응집되었고 그러한 심장을 가진 자가 더는 타자의 감정에 동요하지 않게 되자 눈빛이 달라졌다. 그는 더 이상 무언가를 두고 망설이거나 주춤거리지 않았다.

마음먹은 것은 이른 시일 안에 행동으로 옮겼고 그러기 위한 과정 전체를 즐겼다. 실행을 위한 점검과 검토. 그것은 마치 혈관을 따라 흐르다 튀어 오르는 맥박의 어느 한 지점처럼 그에게, 삶의 새로운 동력이 되어주었다. 신선한 자극이었다. 가상의 상황을 설정하고 벌어질 수 있는 경우의 수를 모두 나열하여 수없이 복기하는 과정은, 그에게 있어 완벽을 기하기 위한 절차 이상의 의미를 지니고 있었다. 말하자면 그것은 피를 끓어오르게 하는 격앙된 감정, 그러나 감추어진, 극도로 침착한 표면 위로 흐르는 고요한 냉기의 발현이자 장차 실행하게 될 일들을 앞서 예측하며 맛보는 비릿한 금속성의 상상 그 이상의 쾌락이었다.

그의 섬세한 감각은 훈련된 것이었다. 통제할 수 없는 극도의 불안과 예기치 않은 일상의 연속이 그의 오감을 담그고 달구고 두드리며 벼려왔다. 자신의 필요에 따른 바람으로서가 아니라 처한 환경이 요구하는 틀에 적응하기 위해 만들어진 타의에 의한 숙련이었다. 살아가며 단 한 번도 짐작조차 해보지 못한 위기에 봉착해본 자만이 소중하게 여길 수 있는 찰나의 순간들을 그는 그렇게 습득해온 것이다. 수없이 겪고 느끼고 깨달아 만들어진 감각이었다.

그러면서도 그는 여전히 세상을 증오했다. 그러지 않을 수 없었다. 지난 삶의 어느 한때가 그에겐 결코 잊을 수 없는 상흔으로 남았으니까. 한동안 잊고 살아야 살 수 있었으므로 잊은 것처럼 하고 살았지만 절대 잊을 수 없는 기억들이 그가 떠난 세계 일부에 여전히 남아 있었다. 그 기억의 구성원들은 심지어 그와 달리 마치 그들 인생에선 아무 일도 없었다는 듯이 잘 살고 있었다.

그는 이제 더는 피하지 않으리라 마음먹었다. 그러자 한때 그를 사로잡았던 증오심이 되살아났다. 저 깊은 어둠 속에 묻어두고 더는 꺼내지 말자 다짐했던 그 실체를 다시금 꺼내어 들여다보니, 여전히 자신의 영혼 일부를 잠식하고 있는 증오심의 크기가 적나라하게 보였다. 그 누구도 상상할 수 없을 만큼 거대하고 강렬한 증오심.

더불어 그는 깨달았다. 세계는 말하자면 일종의 그늘이라는 사실을. 우주라는 울타리 안에서 자란 커다란 악의 축이 늘어뜨린 그늘. 수천 년 동안 눈 비 바람 그 모든 풍파를 견디며 크고 또 자라 이제는 누구도, 이 세계에 존재하는 그 어떤 사물도 범접할 수 없는 고유의 영역을 확보한 본체, 그 아래 기생하는 나약한 인간들이 벌이는 악의 향연.

그는 어느 날 자신의 그러한 깨달음이 한 폭의 그림으로 표현된 것을 목격했다. 추상미술을 전시하던 어느 미술관 벽면에서 발견한 잭슨 폴록의 작품 속에서 그는 또 하나의 자아를 발견했다. 자신의 마음속을 가득 채우고 있던 증오가 커다란 화폭 위에 화려하게 발화(發花)되어 있었다. 자신의 욕망이 예술적 형태로 담겨 있는 모습을 보고 그는 눈이 번뜩 뜨였다.

그는 매일 그곳을 찾아가 그 그림들을 바라보았다. 그러는 동안 그는 그것을 그림이 아닌 실체로 형상화할 수 있을 거라는 생각에까지 이르게 되었다. 그랬다. 그는 자신이 갈구하던 삶의 어떤 방향을 그곳에서 찾은 느낌이었다. 탈출구가 거기 있었다. 편벽에 불과한 기이한 습관도 예술이란 탈을 쓰면 이해가 되는 기벽으로 둔갑하는 예술가의 삶이라는 것이, 자신의 삶에서도 이루어질 수 있음을 그는 각성했다. 위대한 작품을 창조한 예술가들이 얼마나 기이한 인간들이었는지를 돌이켜보면 그런 생각이 결코 무모한 발상은 아니었다.

그는 어쩌면 인류 역사에서 이제까지 단 한 번도 존재하지 않았던 새로운 형태의 예술을 개척할 수 있을지도 모른다는 생각이 들었다. 그 무엇도 범접할 수 없는 실재적인 악의 형상을 구현할 수 있으리라고 그는 생각했다. 진짜 악을 실행하고 그 실행이 완성되는 순간 하나하나를 프레임 속에 담아 그것을 예술로 승화시킨다. 그러면서 그는 더불어 한 인간이 보내는 일생의 가치에 관해 오랜 시간 성찰해보았다.

사는 것보다 중요한 건 어떻게 사는가에 관한 문제.

그는 어떤 의미에서 이미 한 번 죽었고 부활하여 또 다른 삶의 유속에 속해 있었다. 그렇다면 이 두 번째 인생을 어떤 내용으로 채워 넣을 것인가. 끊임없이 고민하던 그는 결국, 비루하기 이를 데 없는 인간이란 존재 사이에서 그 누구도 실천하지 못했던 신화, 선(善)을 가장한 비열한 삶의 초상들을 하나하나 찾아 자신의 프레임 속에 집어넣는 인생을 그려내다가, 힘이 다하면 그 자리에 꼿꼿하게 선 채로 생을 마감하리라 결론 내렸다.

그리고 오랫동안 오로지 그 하나의 목표만을 향해 정진하고 준비한 끝에 충분한 기운을 모은 그는, 다시 한국과 중국을 오가며 용의주도하게 계획한 자신만의 액션 페인팅을 하나하나씩 완성해나갔다.

그는 연길에서 만난 조선족의 신분으로 양국을 오갔고, 특별히 권총을 선택한 것도 주도면밀한 계산하에 이루어진 스케치의 일부였다. 여자는 이미 육군 부사관 생활을 통해 권총을 충분히 다루어봤다. 해서 적지 않은 수의 대상을 처리하기에 권총만큼 좋은 도구도 사실 없었지만, 무엇보다 그가 표현하고자 하는 삶의 이면, 인간들의 무언의 합의로 묻힌 봉인의 해제를 프레임 속에 담아내기에도 그 이상의 도구가 없었다.

게다가 대한민국 경찰력이 흉기를 찾을 수 없는 수사 방식에 취약하다는 사실 또한 그에게 있어 마치 신의 계시와도 같았다. 경찰 공무원인 그들은 경찰보다는 공무원 쪽에 더 가까웠던 탓에, 본래 자기들이 하던 수사 방식이나 패턴에서 벗어난 사건들에 대해서는 거의 저능아들이나 다름없었고 면밀하게 계산된 범죄에 대해서도, 속수무책이었다. 그렇다는 사실을 여자는 수많은 자료를 통해 확인할 수 있었다.

그렇게 여자가 자신의 신화를 완성하기 위해 주의 깊게 한 걸음씩 내디디던 중에 우연히 발견한 저스티스맨의 카페는, 이를테면 신성하지만 건조한 여자의 삶에 신선한 재미를 던져주었다. 물론 자신의 행적을 상징하고자 만든 토템으로서의 두 개의 탄흔과, 비열한 군중 속에서 진정한 악의 정통성을 계승하고 알리고자 창출해낸 생생한 작품 일부를 먼저 인터넷에 게재한 것은 본인이었다. 그러나 그것이 한 광적인 편집증 환자에 의해 재생산되어 나타날 줄은 짐작조차 하지 못했다.

저스티스맨이 그려낸 자신의 모습은 엉터리 삼류 소설이나 다름없었지만, 그래도 열심히 뛰어다니긴 했는지 적어도 각 사건들의 동기와 실체에 대해서만은 상당 부분 일치했고 전달하고자 하는 메시지의 의중 또한 매우 적확한 편에 속했으므로 가끔 놀란 것도 사실이었다. 긍정적인 측면에서 보자면 여자가 표현하고자 했던 사각 프레임 속의 추상화를 그가 마치 도슨트처럼 해설해주는 역할을 해냈다고도 볼 수 있었으므로 어떤 의미에선 고맙다고도 할 수 있었다.

하지만 그의 놀이는 너무 길었다. 이목의 수가 많아지고 다양해짐에 따라 어떤 경로로든 자신의 진짜 행적에 손이 탈 우려가 있었다. 또한 게시물의 내용으로 되지도 않는 살을 붙이기는 했어도 본말이 전도되지는 않았던 글솜씨에 내심 감탄했던 것도 사실이었지만, 그렇다고 해서 그 내용들을 출판하기 위해 설레발치는 행위까지 여자가 용인할 수는 없었다. 그런 결정은 오롯이 자신만이 할 수 있었다.

그러나 무엇보다 가장 큰 문제라고 생각했던 것은 역시, 저스티스맨의 권력 욕망이었다. 그는 여자의 행적을 기록하며 그 일련의 과정이 마치 자신의 정의인 것처럼 착각하기 시작했다. 킬러라는 존재가 분명히 존재하기는 하나 그는 그저 연쇄살인마에 지나지 않는다고, 저스티스맨이 언젠가부터 그렇게 생각하고 있음을 여자는 느낄 수 있었다. 살인마를 우리들의 킬러로 승화시킨 것은 저스티스맨 자신이라고 생각하는 흔적들이 점차 많아졌다.

우리들의 킬러는 결국 자신이 만든 피조물이며 정의의 화신을 만든 창조자가 다름 아닌 자신이라는 것을, 그는 점점 더 사람들에게 알리고 싶어 했다. 그러한 욕망이 그의 글을 통해 조금씩 드러났다.

그도 여자가 최초로 프레임 속에 담았던 고등학생처럼, 정의를 무기로 타자를 심판대 위에 올릴 수 있다는 욕망 속에 속절없이 빠져들었다. 어설픈 정의의 실현을 통해 자신의 위상을 높일 수 있다는 악의적 매력에서 그 역시 벗어나지 못했다. 스스로 몸을 움직여 결과를 만들 능력은 쥐꼬리만큼도 없는 주제에, 모니터 뒤에 숨어 키보드나 두들기는 것으로 자신의 정의가 완성된다고 믿는 쓸모없는 부류가 그도 되어가고 있었다.

그는 서서히 여행자 카페의 운영자처럼 변했다. 은연중에 여론을 조성했고 그 여론을 통해 불필요하게 자신의 세를 과시했다. 그는 점점 자신만의 왕국 속에서 최초의 길을 잃어가고 있었고, 각성하여 되돌아 나올 수 있을 것처럼 보이지 않았다. 해서 여자는 결국 어떤 기점으로, 그러니까 건달의 회화를 스케치하고 끝마친 직후, 저스티스맨을 자신의 프레임 속으로 새로이 포함시킬 수밖에 없었다. 여자가 생각하기에 그의 회장 놀이는, 거기까지가 딱 적당한 선이었다.

저스티스맨은 자신이 도약의 발판으로 삼으려고 했던 주인공의 현신(現身)을 등 뒤에 앉혀두고, 떨리는 두 손을 간신히 가누어가며 아홉 번째 인물에 관한 게시물을 작성해야 했다. 여자도 이미 한 번 같은 경험을 맛본 적이 있었다. 자신이 게재한 게시물에 누리꾼들이 광적으로 열광하고 지지하는 것이 과연 어떤 느낌일지 알고 싶어 해본 경험이었다. 왜 아무런 대가도 없는 그런 멍청한 행위를 끊임없이 되풀이하는 건지.

그러나 결국 아무런 대가도 없는 것은 아닌 셈이었다. 보잘것

없는 대가 따위 바라지 않고 이어온 행위였다면, 차라리 그 나름의 철학이라도 찾아 가치를 부여해줄 수 있었을 텐데. 하지만 그에게 그런 철학 따윈 없었고 그저 여자의 예술을 등에 업고 비루한 현실에서 벗어나고자 몸부림치는 발악만이 존재할 따름이었다. 여자가 보기에 그것은 치졸한 생의 연명이었다.

"비루한 삶을 연장하기보다는 차라리 부활을 꿈꾸라."

여자는 전하고 아홉 번째 게시물이 완성되는 것과 동시에 그의 또 다른 존재 형상을 프레임에 담아내었다. 언젠가 만천하에 공개하게 될 위대한 전시회의 소중한 작품 가운데 하나로서, 그를 부활시켜준 것이다. 그리고 얼마 안 있어 지하철 물품보관함 소동이 벌어졌다. 그것이 여자의 행보에 제동을 건 것은 사실이었다. 여자는 생각했다.

그는 누구였을까.

여자는 또 생각했다.

그는 과연 누구였을까.

여자가 운용하는 조선족 정보원들은 모두 점조직 형태를 이루고 있으므로 누구도 자신의 존재를 알지 못했다. 게다가 청재킷은 고사하고 검은 모자조차 가지고 있지 않은 여자는 하물며 지하철 물품보관함 근처에도 가본 일이 없었다. 여자는 항상 정장을 차려입었다. 그럼에도 자신과 똑같이 일련번호가 지워진 리볼버 삼팔구경을 가진 그는 누구이며 그것으로 과연 무엇을 하려고 했던 것일까.

여자는 장춘 공항 벤치에 앉아 담배에 불을 붙이고 곰곰이 생각해보았다. 그 일과 그의 행동이 앞으로 자신의 행보에 어떠한 영향을 미칠 것인가를. 여자가 깊은 생각에 잠긴 동안 모두 타들어간 담뱃재가, 용케도 그 자리에 머물러 시공이 소멸한 뒤 남은 흔적처럼 위태롭게 매달려 있었다. 불꽃도 이제 거의 숨이 죽어 여자의 손가락 끝에 붙들린 반딧불이처럼, 희미하게 부서진 빛을 발하고 있었다.

작가의 말

언젠가 다른 지면에서도 밝힌 적이 있지만 나는 매년 대여섯 차례, 팔 년 동안 공모전에 응모해왔다. 그런데 그렇게 줄기차게 응모하다 보면 그것은 하나의 습관이 된다. 아침에 일어나서 눈곱도 떼기 전에 커피부터 내리는 것처럼, 공모전 또한 그 시기가 오면 아무 생각 없이 일단 내고 본다. 그리고 잊어버린다.

물론 처음 몇 해는 야무지게 퇴고도 하고 두근거리는 마음으로 원고에 꽃도 달아 응모하고 싶은 마음이지만, 그것의 유효기간은 생각보다 그리 길지 않다. 떨어지고 또 떨어지고 떨어진 데를 다시 또 떨어지는 건 마치, 맞은 자리를 또 맞고 두 번 다시 같은 자리는 안 맞으리라 다짐하자마자 또 같은 데를 맞는 심정과 비슷하다. 줄곧 맞다 보면 내가 도대체 왜 맞는지조차 까먹고 맞을 때도 많다.

수상자에게는 미리 전화가 온다. 수상해본 적이 없어도 눈치껏 그 정도는 예상할 수 있다. 그러므로 전화가 왔어야 할 시기에 전화가 오지 않는다는 것은 또 떨어졌다는 얘기이다. 그런데도 나는 굳이 확인을, 마치 시선은 창밖을 보고 있지만 손은 과자봉지를 향해 가고 있는 것처럼 은근슬쩍 확인을 하곤 아니나 다를까 크게 상심한다.

떨어진다는 건 그렇다. 알고 봐도 아프다. 그렇다고 떨어질 것이 두려워 응모하지 않을 수는 없으니—실제로는 떨어지는 것이 너무 짜증 나 몇 번 응모를 안 한 적도 있다.—결국 그 나름의 자기 방어기제가 생기기 마련인데, 그것이 내고 잊는 것이다. 내고 잊고 내가 그런 소설을 썼는지조차 몽땅 지워버리고 새 소설에 몰두한다. 아직 결과도 안 나왔는데 이미 그 소설은 망했다는 심정으로. 그러니 이번엔 정말 될 소설을 쓰겠다는 결심으로.

지난해 가을 첫 번째 수상 소식을 들었을 땐 어어, 그러다가 시간이 다 갔다. 그런 반응이 소식을 전하는 분 입장에서도 너무 태연한 것처럼 느껴졌던 모양이다. 역대 수상자들과 반응이 너무 달라 의아했다는 말을 전해 들었다. 내 기억에도 역시 우와 정말요? 이런 반문 없이 차분하게 듣다가, 그럼 제가 뭘 준비해야 하는 거죠? 라고 마치 이제 막 합류 소식을 전해 들은 우주 비행사나 지껄일 법한 소리를 뇌까렸던 것 같다. 과연 이 간절함이라는 것도 한 팔 년쯤 간절하다 보면 그게 뭔지 잘 모르게 되는 모양이다. 적절하게 간절했을 때 소식을 들었다면 그 자리에 주저앉았을지도 모르는데 말이다.

그런데 올 초에 세계문학상 수상 소식을 들었을 땐 자리에서 벌떡 일어섰다. 본능적으로 벌떡 일어서긴 했는데, 기분은 마치 내가 낳지도 않은 아이가 마침내 화성에 도착했다는 소식을 들은 것처럼 어안이 벙벙했다. 왜냐하면 기간상으로는 몇 개월의 간격이 있었지만 느낌상으로는 거의 연달아 듣는 수상 소식이었기 때문이다.

그러니 이번에도 기뻐하기엔 무리였다. 일단 이게 무슨 일인지부터 이해하는 게 우선이었다. 잘 이해가 되지 않았다. 팔 년 내내 떨어지던 사람에게 거의 연달아 수상 소식이 날아드는 경우는 실로 드문 현상이고, 이제까지 살아온 인생에서 내가 실로 드문 현상에 등장했던 경우는 대체로 안 좋은 일이었기 때문이다. 그러므로 좋은 일이 연달아 벌어진다는 건 가히 몰래 카메라를 의심하고도 남을 일이었다.

하지만 당연히 몰래 카메라일 리 없었다. 누가 나 같은 사람에게 몰래 카메라를 하겠는가. 세계일보사 사옥에 도착한 날, 날은 추웠으나 햇살에 눈이 부셨다. 살다 보면 이런 일도 생기는가 싶었다. 좋은 일이 두 번이나 연거푸 생겼으니 나는 이제 안 좋은 일이 다가올 것을 대비해야 했는데, 하필 그때 비행기를 타야 했으므로 불안했다. 태평양을 건너는 내내 마음을 졸였다. 디트로이트 공항에 내려서야 마음이 놓였다. 작가의 말을 쓸 수 있게 된 것은 살아남았으므로 가능한 일이다.

이 소설은 구 년 전 초여름에 처음 태어났다. 그땐 단편이었고, 나의 첫 소설이었다. 그런데 첫 소설이 최종심에 올라 나를 놀라게 했다. 나는 기염을 토하며 소설가가 되리라고 결심했다. 처음 쓴 소설이 최종심에 올랐으니 금방 될 줄 알았다. 올해는 될 거라고 생각하며 팔 년을 보냈다. 육 년 정도인가, 한 서른 번쯤 떨어지고 나서야 나는 깨달았다. 내가 소설에 재능이 없다는 사실을.

그래서 더 해야 하는지를 잠시 고민했던 적이 있었다. 그런데 가만히 생각해보니 내겐 딱히 재능이라 불릴 만한 재능이 하나도 없었다. 이제까지 그렇게 살아왔던 내가 느닷없이 재능 없음을 한탄하다니. 좀 웃겼다. 선택은 그래서 간단했다. 어차피 나는 모든 일에 재능이 없으니, 그냥 내가 좋아하는지 아닌지만 생각하면 되었다.

이 소설은 단편이었으나 내게 기염을 토하게 했던 첫 작품이라 외면할 수 없었다. 장편으로 늘려 다시 숨을 불어넣어보고 싶었다. 동막골 이장님처럼 일단 뭘 많이 먹여 분량을 대폭 늘린 후, 정말 토할 정도로 깎고 자르고 다듬었다. 그런 이 소설이 지면 위로 올라올 수 있도록 해주신 분들이 계신다.

졸작이 세상 빛을 보게 된 것은 전적으로 강유정, 구효서, 김성곤, 엄용훈, 임철우, 정은경, 정홍수 일곱 분의 심사위원님들 덕택이다. 이분들의 안목에 누가 되지 않는 작품이 되기를 간절히 바랄 따름이다. 또한 『저스티스맨』이 한 권의 책으로 만들어지기까지 애써주신 나무옆의자 이수철 대표님, 하지순 주간님, 이하 출판사 식구분들께도 감사의 말씀을 드린다. 내가 얻은 행운이 이분들에게도 고르게 전해지길 희망한다.

더불어 나와 같이 수상한 『수상한 식모들』의 박생강, 멋진 페미니스트 정미경 소설가 두 분도 함께 축하한다. 수상한 식모들이라고 해서 우리가 식모들은 아니라고 했다간 또 아재 개그 한다고 돌을 맞을 것 같아 하지 않겠다. 참고로 두 작품의 제목은 『살기 좋은 나라?』와 『큰비』다.

무엇보다 이번에 또 떨어져, 맞은 데를 또 맞은 분들께 격려의 말씀을 올리고 싶다. 살다 보면 이런 일도 생기는데, 그게 누구에게 생길지 우린 아무도 알 수 없으니 절대 포기하지 마시라고.

2017년 5월

도선우

제13회 세계문학상 대상

저스티스맨

초판 1쇄 발행 2017년 6월 7일
초판 2쇄 발행 2017년 6월 16일

지은이 도선우
펴낸이 이수철
주 간 하지순
디자인 이다은
마케팅 정범용 김지운
관 리 전수연

펴낸곳 나무옆의자
출판등록 제396-2013-000037호
주소 서울시 마포구 성미산로1길 67 다산빌딩 301호
전화 02) 790-6630 팩스 02) 718-5752

페이스북 www.facebook.com/namubench9
인쇄 제본 현문자현 종이 월드페이퍼

© 도선우, 2017

ISBN 979-11-86748-94-7 03810